Marcels Paradies

Der Autor

Hans-Peter Grünebach ist 1948 in Bogen an der Donau geboren und in Garmisch-Partenkirchen und München aufgewachsen. Berufliche Stationen führten ihn u. a. nach Berlin, in die Niederlande, nach Italien, Bosnien-Herzegowina, Mazedonien und Afghanistan. Ziele von Studienreisen waren China, Russland und die USA. Neben Lyrik und Prosa in zahlreichen Anthologien und Literaturzeitschriften sind von ihm Kurzgeschichten, Theater, Romane und Gedichtbände erschienen. Er lebt heute im Kloster- und Künstlerdorf Polling bei Weilheim in Oberbayern.

Hans-Peter Grünebach

Marcels Paradies

Roman

Engelsdorfer Verlag
Leipzig
2021

Alle Personen und Namen innerhalb dieses Romans sind frei erfunden. Ähnlichkeiten mit lebenden Personen sind zufällig und nicht beabsichtigt. Der Roman »Marcels Paradies« ist eine überarbeitete Ausgabe von »Sir Archibalds Seelenreise« erschienen 2012 im ehemaligen AAVAA-Verlag, Berlin.

Bibliografische Information durch die Deutsche Nationalbibliothek:
Die Deutsche Nationalbibliothek verzeichnet diese Publikation in der Deutschen Nationalbibliografie; detaillierte bibliografische Daten sind im Internet über https://dnb.de abrufbar.

ISBN 978-3-96940-217-7

Dramaturgische Beratung: text & geschick, Wiesbaden
Lektorat: Marianne Kräft-Grünebach

Titelbild © Aliaksandr [Adobe Stock]

Hergestellt in Leipzig, Germany (EU)
www.engelsdorfer-verlag.de

18,90 Euro (DE)

»Man sieht nur mit dem Herzen gut.
Das Wesentliche ist für die Augen unsichtbar«
(Antoine de Saint-Exupéry)

KAPITEL 1

Beim Finanzamt München Mitte firmierte ich unter »Sir Charlie Douglas«. Alle Hunde der Bouchards zuvor waren adelige »Douglas« gewesen, eine Dackelhierarchie in der x-ten Generation.

Ich aber verzichtete Zeit meines Lebens auf das »Sir«, denn mein Vorname kam ganz gutbürgerlich von Scharlatan, französisch Charlatan. Der soll ich als Welpe gewesen sein, hatten mir Marcels Eltern beständig vorgebetet.

Das »Sir« blieb für mich deshalb gefälliger, aber unredlicher Beischmuck. So hörte ich nur auf »Charlie« und wenn mich jemand mit »Sir Charlie Douglas« zu sich rief, stellte ich mich einfach tot. Schließlich hatten es die Menschen verstanden. Man rief: »Charlie«.

Charlie der Erste, der Zweite oder der Dritte, das hing von der Phase meines Seins, oder, verständlicher, von der Reinkarnationsstufe meines Seins ab.

Inzwischen war ich ein in die Jahre gekommener Dackelrüde aus gutbürgerlichem Hause, der seit Marcels Kindertagen gut behandelt wurde und entsprechend unentbehrlich fühlte ich mich auch; bis Marcel eines Tages eine Geigerin nach Hause brachte, Isabell.

Zugegeben, sie roch zauberhaft nach Lavendel und Rosenöl. Wenn sie sich zu mir herunterbeugte, dann umhüllten mich ihre Locken zärtlich wie die Mähne einer mir bekannten Collie-Dame. Pure Sinnlichkeit spürte ich, wenn sie »braver Charlie« sagte. Und wenn sie mich mit ihren Elfen gleichen Fingern hinter den Ohren kraulte, dann verdrehte ich vor Lust die Augen und warf mich in ihren Schoß.

Meine Begeisterung für Isabell hielt so lange an, bis sie in Marcels Wohnung einen schmalen Koffer öffnete, ein Gerät mit einem lackierten Holzkorpus mit langem Hals hervorholte und begann, mit einem Stock aus Pferdehaaren über Darm- und Stahlsaiten zu kratzen. Das war nichts für mich und meine Schlappohren. Isabell musste weg.

Marcel hatte wohl ähnliche Gedanken, denn auf diese Zwei- Ebenen-Reise auf die Iberische Halbinsel nahm er nicht Isabell mit, sondern mich. An einem Sommertag nahm die Geschichte ihren Anfang.

Marcel saß in seiner kleinen Wohnung im Gärtnerplatzviertel beim Frühstück und las laut die Tageszeitung: »Eine schwergewichtige Ehefrau soll zusammen mit ihrer undankbaren Brut den Hoftyrannen zerstückelt und Teile des ehemals mächtigen Landwirtleibs an Hunde verfüttert haben? – Wie unappetitlich!«, murmelte Marcel vor sich hin und zog dann zweifelnd die jungenhafte Stirn kraus.

Er fragte sich, zu welchem Zeitpunkt die Seele des Malträtierten ihren irdischen Leib verlassen haben könnte, falls die Geschichte wahr wäre? – Ferner hätte er gerne auch erfahren, in welcher neuen Gestalt der getötete Bauer der Fortsetzung dieser Schlachtplatte hätte zusehen können.

Marcel musste lachen. Er glaubte natürlich nicht an Reinkarnation, wie angeblich die Mehrheit der Deutschen. Dennoch war es ihm manchmal, als wenn zwei Menschen in ihm um die Vorherrschaft rangen: Einer, der die ihn an die Vergangenheit band, und ein zweiter, der ihn nach vorne schauen ließ.

Dem zukunftsgerichteten fühlte er sich meistens näher. Aber derjenige, der ihn an Gewesenes erinnerte, prägte ihn und bekam in Träumen ein Gesicht. Im Traum befand er sich meist in vergangenen Epochen. Manchmal hatte er im Schlaf eine Gestalt vor Augen, die einer ihm vertrauten, ähnlich war. Hie und da glaubte er sogar ihre Stimme zu hören, die ihn aufforderte: »Flieg, Marcel, flieg!«

Die Stimme war ihm aber fremd. Er konnte sie nicht zuordnen.

Einmal hatte er seiner Mutter von seinen Träumen erzählt. Sie holte sich sogleich Rat beim Vater.

»Er ist eben ein fantasievoller Junge. Vielleicht wird er einmal fantastische Geschichten schreiben wie Hugo, Balzac oder Maupassant; oder er wird gar ein Märchen-Poet wie der fliegende Saint-Exupéry«, hörte er aus dem Nebenraum.

Die Mutter unterbrach den Vater streng und wies ihn tadelnd/entrüstet auf Saint-Exupérys mysteriösen Flugzeugabsturz hin.

»Ja, natürlich starb der Autor des ›Kleinen Prinzen‹ zu früh«, war die Antwort, »aber möglicherweise ist die Seele des Schriftstellers ja um Marcel herum und unser Sohn ahnt etwas davon – wer weiß?«

Es war Marcel damals nicht klar, ob Vater scherzte. Auch verstand er nicht, warum Vater so betonte, dass er zu solchen Phänomenen nichts Erhellendes sagen könne. Parapsychologie und alle Formen der Esoterik waren, Vaters Meinung nach, Sache von Frauen. Überhaupt sei Mutter in Sachen »Mystisches« kompetenter als er, hörte Marcel ihn sagen.

Die Eltern sprachen manchmal über den Tod und über das religiöse Jenseits, ohne sich in den Unterschieden ihrer ursprünglichen Konfessionen – er Protestant, sie Katholikin, ihm zuliebe konvertiert – zu verlieren.

Robert Bouchard war bodenständig, für das Diesseits, für das Beweisbare zuständig. Das verlangte auch sein Beruf als Mathematik- und Physiklehrer an einem musischen Gymnasium in München.

Marcels Vater entstammte einer französischen Hugenottenfamilie. Seine Urururur-Großmutter Beatrice Croimare, die von 1632 bis 1730 lebte, heiratete einen Gaston Bouchard aus Marville an der Othain. Sie selbst kam aus Saint-Jean-lès-Longuyon, einer kleinen Gemeinde östlich von Marville. Von den drei Söhnen hieß einer Daniel. Dieser wurde Spitzenfabrikant in Paris. Er siedelte 1715 nach Bayreuth um.

Daniel Bouchard floh nicht aus religiösen Gründen. Das landesweite Pogrom an französischen Protestanten, welches als »Bartholomäusnacht« bekannt wurde, ereignete sich 143 Jahre vor Daniels Entschluss, ins Fränkische zu ziehen. Von seinem Ahn Daniel wusste Robert Bouchard nicht viel mehr. Aber, dass Daniels Sohn, Peter, Theaterintendant am Hofe zu Kulmbach-Bayreuth wurde, das stand in der Familienchronik.

Man kann annehmen, dass Peters Gönnerin Friederike Sophie Wilhelmine von Preußen, die Schwester Friedrichs des Großen, war. Neben ihrer Rolle als Regentin war die eingeheiratete Marktgräfin auch Kunstmäzenin, Komponistin und Opernintendantin und prägte das kulturelle Leben der Stadt Bayreuth nachhaltig. Zur napoleonischen Zeit waren die Kirchen entmachtet, ihr Einfluss gering. Religiöse Fehden mussten hinter militärischen Waffengängen und einer politischen Neuordnung in Europa zurückstehen. Das Markgraftum Bayreuth, ehemals Preußen, war 1807 französisch geworden. Nach dem Tiroler Aufstand von Andreas Hofer gegen die Rekrutierungen für Napoleons »Grande Armée« wurde es im Pariser Vertrag von 1810 dem jungen Königreich Bayern zugesprochen. Dadurch unterhielt Bayreuth weiterhin gute Beziehungen zu Frankreich und Hugenotten machten Karriere. Nachzulesen war, dass Peters Sohn Friedrich Wilhelm bis zu seinem Tod 1825 Prediger zu Berlin, Professor für Mathematik und Direktor eines Erziehungsinstituts für adelige Zöglinge war. Weiterhin, dass von dessen sieben Kindern einer Steuerrat zu Köln und ein Enkel Direktor der Bergakademie in Berlin wurde. Alwine, die Frau dieses Enkels namens Wilhelm, hatte dem Stammbaum nach neun Kinder, von denen Sohn Oskar Sanitätsrat in München wurde. Danach hatten sich bis zu Robert alle männlichen Bouchards, wie Ahn Friedrich Wilhelm, der Mathematik verschrieben und hielten München die Treue.

Im Laufe der Generationen hatten die Bouchards gelernt, sich durch gesunden Realismus den bayerischen Gepflogenheiten anzupassen.

Immer aber hatten sie sich abstammungsbezogene Leidenschaften erhalten. Marcels Mutter nannte diese Neigungen »Vaters Marotten«.

So zog Vater die französischen Romantiker, Naturalisten und Realisten den deutschen vor, wie er es auch mit den alten Meistern der Malerei hielt, als gehörten sie zu seinem Familienverband.

Dass er zudem nur Briefmarken und Münzen der »Grande Nation« sammelte und nur Anzüge, Schuhe, Uhren aus »La France« trug, gaben ihm das Image eines Individualisten mit einem, von einigen belächelten, ganz persönlichen »französischen Stil«.

Dabei war Robert durchaus stolz, Münchner zu sein. Er kannte alle drei Strophen des Bayernliedes und hatte die bayerische Hymne sogar ins Französische übersetzt. Aber er konnte auch die Marseillaise schmettern.

Nur einen einzigen deutschsprachigen Autor verehrte er sehr: Theodor Fontane. Ob es an dem Nachnamen lag?

Den John Maynard rezitierte er immer, wenn sie auf dem Starnberger See oder auf dem Ammersee mit dem Ausflugsdampfer unterwegs waren. Auf Effi Briests Wandlung kam er meist zu sprechen, wenn der Haussegen schief hing. Den Archibald Douglas sang er an, wenn Mutter zu kritisch mit seinen Marotten ins Gericht ging, oder wenn ihm nach Singen zumute war. Marcels Dackel wurde nach ihm benannt.

Jeden Herbst zur Obsternte erinnerte Vater seine Familie beim Spazierengehen an Herrn Ribbeck auf Ribbeck im Havelland und an dessen Birnbaum im Garten.

Einmal konnte Marcel seinem Vater zuhören, wie der sich politisch ereiferte. Es war schon spät am Abend. Vater hatte Kollegen zu Gast. Jemand war auf das militärische Engagement der Sowjetunion am Hindukusch zu sprechen gekommen. Da zitierte Vater aus dem Stegreif Fontanes »Trauerspiel von Afghanistan«: »Wir waren dreizehntausend Mann/ Von Kabul unser Zug begann/ Soldaten, Führer, Weib und Kind/ Erstarrt, erschlagen, verraten sind/.

Zersprengt ist unser ganzes Heer/ Was lebt, irrt draußen in Nacht umher/ Mir hat ein Gott die Rettung gegönnt/ Seht zu, ob den Rest ihr retten könnt.«

Vater hatte volle Aufmerksamkeit und nutzte diese, um schnell noch mit bebender Stimme den letzten Vers nachzuschieben: »Die hören sollen, sie hören nicht mehr/ Vernichtet ist das ganze Heer/ Mit dreizehntausend der Zug begann/ Einer kam heim aus Afghanistan.«

Das Gespräch verstummte. Bald danach verabschiedeten sich die Gäste.

Vater liebte Fontane nicht nur, weil der auch hugenottenstämmig war, sondern, wie er sagte, weil Fontane zu seiner Zeit in Dichtung und Prosa Zusammenhänge überblicken und Probleme wirklichkeitsnah beschreiben konnte.

Mutter hatte Marcel damals in den Arm genommen. »Solche Träume sind nicht ungewöhnlich«, sagte sie und forderte ihn auf, ihr von seinen nächtlichen Erlebnissen zu berichten; »Träume muss man aufarbeiten!«

Dem folgte er anfangs und fühlte, ihr körperlich nahe, auch eine tiefe seelische Verbindung. Später, mit der Pubertät, wuchs die Distanz zur Mutter, und mit zunehmendem Abstand nahm die Häufigkeit ihrer Gespräche zu diesem Thema ab.

Marcel hielt seine Träume später für »Kinderei«; sie wurden ihm peinlich. Er begann darüber zu grübeln, was mit ihm nicht stimmte. Im Ergebnis fühlte er sich richtig krank. So wie die Träume kamen und gingen, kamen Depressionen auf und verschwanden wieder.

Mutter hatte seinetwegen ihr Soziologie-Studium an der LMU abgebrochen. Sie wollte nur ein Kind und das kam zu früh für eine berufliche Karriere. Da die eigenen Eltern weiter weg wohnten und die Münchner Schwiegereltern schon gestorben waren, hatte sie von dort keine Hilfe zu erwarten. So hatte sie sich für Marcel entschieden. Sie wollte für ihn da sein und seine Entwicklung mitgestalten.

Ihr Mann hatte sie nicht zu diesem Entschluss gedrängt. Er war geduldig und bemüht, Lebensräume anderer zu respektieren. Allerdings war Robert, trotz Marcels früher Ankunft, auch nicht unfroh über den Gang der Dinge. Die nicht berufstätige Ehefrau gab ihm Rückhalt und Ausgleich. Sein Leben verlief so harmonischer. Er war dadurch weniger der »Sonderling«. Zu Hause war sie der Fixstern, um den alles kreiste, und nicht er.

Mutter nahm Marcel früh mit ins Theater, in Konzerte und mit zum Sport. Sie selbst belegte Sprach- und Malkurse und beschäftigte sich in einer »Autorenwerkstatt« mit kreativem Schreiben.

Oft durfte Marcel dabei sein. So begann für ihn schon früh die Auseinandersetzung mit den unterschiedlichen Genres der Literatur. Er begann Gedichte und Kurzgeschichten zu schreiben.

Mutter selbst verfasste ein Kinderbuch, in dem sie über die Abenteuer der Hundedame »Josephine«, deren Sohn »Arthur« und das Feldhasen-Waisenkind »Blitz« schrieb und es selbst illustrierte.

Marcel erschien der Plot weit hergeholt. »Blitz« nahm in dem Buch die Seele von »Arthur« in sich auf, als dieser versehentlich von einem Jäger erschossen worden war. Marcel glaubte, dass seine Mutter versucht hatte, einzelne Erlebnisse mit ihm und seine Charakterzüge darin zu verarbeiten. Das Werk war ihm gewidmet. Seine Mutter hatte ihn mit dem goldgeprägten, in hellrotem Iris-Leinen gebundenen Buch zu Weihnachten überrascht.

Der Inhalt erschloss ihm mehr vom Inneren der Mutter und offenbarte ihre Neigung, Tieren menschliche Eigenschaften und Sprache zu geben. War ihr Glauben an die Reinkarnation ernst? War sie von der Wanderung der Seelen überzeugt oder spielte sie das Seelenwandern nur mittels ihrer Sprache?

Derlei Überlegungen hatte der kindliche Marcel natürlich noch nicht angestellt. Mutter hatte Marcel vom Leben und Sterben der griechischen Götter erzählt. Sie war damals für ihn Hera, Pallas Athene und Aphrodite zugleich. Später war sie seine Vertraute, wenn er von seinem Wunsch sprach, fliegen zu lernen. Sie hatte eingeschränkt: »Aber nicht wie Ikarus!«

Sie und sein Onkel Paul waren die Einzigen, die sein Faible für alles, was flog, ernst nahmen. Das schloss Flugzeuge, Vögel und Insekten ein.

Er sammelte Schmetterlinge, bastelte Cessna-Modelle, fuhr mit dem Fahrrad zum Flughafen und malte sich mit den Starts und Landungen die Länder und Städte aus, von denen die Flugzeuge kamen und zu denen sie flogen.

Der Onkel hatte ihn als kleiner Junge einmal auf den Besucherhügel mitgenommen und ihm von seinem fliegenden Großvater, aber auch von Antoine de Saint-Exupéry, von »Wind, Sand und Sterne«, dem »Flug nach Arras« und vom »Kleinen Prinzen« erzählt.

Mutter hatte Marcel die Bücher gekauft, als er ihr von dem Gespräch mit Onkel Paul berichtet hatte.

Erst als er sich selbst zunehmend analytisch orientierte fiel ihm auf, dass seine Mutter in einer ganz anderen Welt unterwegs war. Das fand er einerseits peinlich, anderseits aber auch mutig.

Mutter hatte sich irgendwann verstärkt für paranormale Phänomene interessiert, solche, welche die Naturwissenschaften nicht beweisen konnten.

Sie stritt mit Vater häufiger über Telepathie, und der riet ihr heftig ab, zu den Sitzungen zu gehen, bei denen sie lernen wollte, Gedanken zu lesen. Dann nahm sie gar an einem Hellseher-Zirkel teil; und lernte, mit Pendel, Tarot-Karten und Glaskugel in die Zukunft zu blicken.

Eines Tages fand Marcel auf der Suche nach einem Fotoalbum seines Urgroßonkels mit Luftbildaufnahmen aus dem ersten Weltkrieg in Mutters Regal ein Buch mit düster-rotem Cover, das einen Satanshimmel beschrieb. Das Lesezeichen markierte das Kapitel »Hypnose und Suggestion in der Liebe«. Er blätterte und erschrak bei dem Gedanken, in welch wirklichkeitsfremder Welt sich seine Mutter bewegte. Andererseits bewunderte er ihre Neugier, an einem literarischen Hypnoselehrgang teilzunehmen. Dabei ging es um Schwarze Magie und Hexenrituale.

Marcel konnte nicht anders, als den Band an sich zu nehmen, in der Hoffnung, seine Mutter würde bei so vielen Büchern dieses eine nicht vermissen.

Noch in der Nacht schmökerte er darin und fand den Unterschied zwischen Magie und Zauberei erklärt, dazu praktische Beispiele. Er staunte über Anleitungen zum Tischrücken und ohne Hilfsmittel zu schweben. Manches überflog er nur, anderes las er genauer. Er bekam eine Vorstellung, wie man die Zukunft mittels Buchstechen vorhersagte. Er erfuhr, dass es im 13. Jahrhundert einen Codex Gigas, eine Teufelsbibel, gegeben haben soll, und wie man Merkmale für die Anwesenheit des Satans erkennen könne. Auch las er in dem Buch über die Sieben Todsünden und ihre Zuordnung zu den Dämonen, eine Anleitung zur Geisterbeschwörung, über den historischen Doktor Faustus und seinen Teufelspakt mit Mephistopheles. Natürlich war Goethe zitiert.

Das Zauberbuch »Clavicula Salomonis« erregte seine augenblickliche Neugierde. Über die Bedeutung der mathematischen, geometrischen Zeichen »Siegel«, »Charaktere«, »Signaturen«, konnte er später mit seinem Vater reden. Allerdings hatte auch der nur eine blasse Ahnung von den Bedeutungen; versprach aber, sich zu informieren.

Das Siegel eines Geistes sei bei einer Beschwörung die Hauptsache, hieß es in Mutters Buch; daher müsse die Bedeutung des Siegels vorher genau studiert werden. Mit Hilfe eines solchen Zeichens könne man sogar Erzengel auf die Erde herabziehen und diese durch Zauberworte beeinflussen. Was bei den Beschwörungsformeln zu beachten sei, und was Wörter wie »Shemhamphorash« in der Magie bedeute, verwirrte Marcel. Letztendlich schlug er den Satanshimmel ermattet zu. Er schlief trotzdem traumlos und stellte das Werk zwei Tage später unauffällig an seinen Platz zurück.

Schon früher hatte seine Mutter eine Zeitlang Kontakte zu einer spirituellen Gruppe gepflegt, die ihre Reinkarnationserfahrungen untereinander austauschten, sich auch zu Geheimsitzungen trafen.

Marcels Mutter muss von den mysteriösen Stimm-Erscheinungen ihres damals vierzehnjährigen Sohnes erzählt haben. Als er seine Mutter das nächste Mal zu einer nicht geheimen Sitzung begleitete, wollten einige Teilnehmer von seinen Erscheinungen »aus erster Hand« hören. Er tat ihnen den Gefallen, fühlte sich dabei aber seelisch ausgezogen. Obwohl er das zustimmende Nicken des einen oder anderen wahrnahm, war es ihm, als würden ihn manche für einen

Aufschneider halten. Er spürte die Röte im Gesicht. Sein Herz pochte und seine Hände wurden feucht. Sie zitterten. Wieder einmal glaubte er, krank zu sein.

An jenem Abend war auch eine mollige Juliane zugegen, deren Hund kurz zuvor an Krebs gestorben war. Sie behauptete, ihre tiefe seelische Beziehung zu dem verstorbenen Vierbeiner habe die Seele ihres Rüden reisen und in ihre neue Hündin »Lisa« schlüpfen lassen. »Lisa« sei ein Charakter-Spiegelbild des alten Weggefährten.

Es folgte eine einstündige Diskussion zu den Möglichkeiten und Bedingungen, unter denen Julianes Annahme zutreffen könnte.

Während dieser Debatte war es Marcel langweilig geworden. Er war an der Seite seiner Mutter eingenickt, bis sie ihm einen Stups verpasste. Alle blickten auf ihn. Er rappelte sich in seinem Stuhl hoch. Die Situation war ihm hochpeinlich.

Kapitel 2

Marcels Schulzeit war ohne größere Schwierigkeiten verlaufen. Was hätte bei solchen Eltern auch passieren können. Sein sehnlichster Wunsch, fliegen zu lernen, wurde schon als Jugendlicher wahr. Die Eltern hatten ihm den Segelflugschein finanziert.

Aber erst als Erwachsener hatte er mit Hilfe seines Onkels Paul seine Pilotenprüfung für Motorflugzeuge ablegen können. Marcels Lieblingsonkel war bei einem Autounfall ums Leben gekommen und hatte Marcel Geld für die Fluglizenz hinterlassen. Die fünfundvierzig Flugstunden waren Marcels Erbanteil.

Seine Mutter schenkte Marcel als Anerkennung zur bestandenen Prüfung einen Ring mit einer Triskele. Das Motiv darauf stellte ein keltisches Sonnenrad dar. Mutter erklärte den dreifachen Wirbel dieses Symbols als Glücksbringer, als »Einheit von Vergangenheit, Gegenwart und Zukunft« auch »Dreieinigkeit von Körper-Geist-Seele«, »Geburt-Leben-Tod« oder »Werden-Sein-Vergehen«. Die Triskele sollte Marcel als Schutzamulett gegen negative Kräfte dienen und ihn stets heil auf die Erde zurückbringen.

Marcel traute der Schutzwirkung des Ringes wohl nicht ganz. Auf seinen Flügen nahm er neben »Headset«, Luftfahrtkarten, Flugbuch und Lizenzmappe, Mutters Triskele und zusätzlich eine Taschenbuchausgabe des »Kleinen Prinzen« mit. Dessen Autor Antoine de Saint-Exupéry war dem »Kleinen Prinzen« schließlich nach einem glücklich überlebten »Crash« begegnet. Das Büchlein war deshalb sein »geheimer Talisman«.

Danach gefragt, betonte er stets, nicht abergläubisch zu sein.

Für Marcel waren Glaube, Aberglaube und Reinkarnation keine neuen Themen. Er schloss die Vererbung von Seelen in seiner Lebenswelt nicht aus. Aber es fehlte ihm die letzte Überzeugung. Diese machte er abhängig von Beweisen. In seinem pragmatischen Denken war er doch ganz nach dem Vater geschlagen.

Zwar zweifelte er an der göttlichen Offenbarung von Bibel, Talmud und Koran, aber er war als Journalist neugierig genug, sich für die monotheistischen Weltkirchen und ihre noch gültigen oder gewesenen Seelenwanderungslehren zu interessieren. Immerhin standen auch seine Vorväter im frühen Christentum Wiedergeburtslehren nahe. Religionen, die das Vorhandensein einer Seele voraussetzten, beschäftigten sich immer auch mit deren Präexistenz. Wo Präexistenz möglich erschien, war das Weiterleben nach dem Tod im Himmel oder in der Hölle nah.

So wurde der »Siebte Himmel« im Talmud beschrieben.

Die einstige Rabbiner-Lehre ging in den Koran über und fand durch ihn weite Verbreitung. Der »Siebte Himmel« erhielt sich in Sprichwörtern christlicher Kulturkreise.

»Ich fühle mich wie im siebten Himmel!«, hatte Marcel schon öfter ausgerufen, auch in seiner ersten Liebesnacht.

Sie hieß Lucy. Sie hatte ihn verführt, und er hatte ihrem reifen Körper keinen Widerstand entgegengesetzt.

Lucy hatte rot leuchtende Haare wie Milva und duftete nach erfahrener Frau. Die selbstbewusste Lucy war mit ihren sechsunddreißig Lenzen auch ungebunden glücklich. Sie wollte die Gegenwart genießen und von einem Vor- oder Nachleben nichts wissen.

Lucy freute sich über seinen »Siebten Himmel« wollte ihn aber nicht auf Dauer mit Marcel teilen.

Ein ganz anderer »Siebter Himmel« beschäftigte ihn nun als Hort des Rechts, des Gerichts und der Gerechtigkeit auch beruflich, denn er sollte einen Essay zum religiösen Hintergrund derjenigen verfassen, die unter Berufung auf Gott, inmitten einer Menschenmenge Sprenggürtel, Minen oder Bomben zündeten. Er musste über Djihadisten und Märtyrer, wie sie die eine Seite bezeichnete, über islamischen Terroristen, wie sie die »Westliche Welt« nannte, schreiben und in vier Wochen ein ausgewogene Text dazu abliefern. Den Großteil der Recherche hatte er bereits ausgedruckt und wasserdicht verpackt.

Marcel überflog nochmals die Notiz über die »Schlachtplatte« auf dem Bauernhof und beendete die Beschau mit der gleichen banalen Frage, die sich wohl alle Leser dieses Artikels stellten: »Wer macht denn sowas?« Er nahm die Scheibe Toast aus dem Brotröster, bestrich sie und kaute nachdenklich auf dem angekokelten Stück herum. Er legte das Thema Inkarnation vorläufig zur Seite und begann, situationsbedingt, über die Krebsgefährdung durch polyzyklische aromatische Kohlenwasserstoffe zu grübeln.

Marcel bewegte die bittere Süße der Quitten-Marmelade mit der Zunge hin und her – als nähme er an verschiedenen Stellen des Gaumens Geschmacksproben. Sollte in seinem Hals ein Geschwür heranwachsen, wie er aufgrund häufiger Heiserkeit hypochondrisch spekulierte, so wäre ihm das jetzt egal. Die fruchtige Quitte aus Mamas Produktion überdeckte die bitteren Rußpartikel des Toasts, so dass Marcel seine tiefsitzende Sterbensangst vergaß, ein »Running Gag«, wie er im Münchner Mittelstand häufiger vorkommt; wohl eine der sozialen Folgen eines aus dem Ruder gelaufenen Millionendorfs.

Er las weitere Weltnachrichten, die ihm den Atem stocken ließen, wie die Opferzahlen der Flut-Katastrophe in China, die eines Erdbebens in Indonesien und die einer Kampfdrohne im pakistanischen Grenzgebiet.

Jemand schlug mit dem Klöppel an seine »Berta«, die Glocke, die einst einer Braungefleckten am Ende einer Ledermanschette am Hals hing. Marcel hatte einst mit seinen Eltern Ferien auf einem Bauernhof gemacht. Wegen seuchenhaften Klauenbefalls wurde seine Lieblingskuh Berta zum Schlachten geführt. Marcel war noch ein Kind und weinte um Berta. Die Bäuerin hatte Mitleid mit ihm und ihm ihre Glocke vermacht. »Immer wenn du diese Glocke hörst, schaut dir Berta aus dem Himmel zu«, sagte sie. Seitdem war das Allgäuer Souvenir seine Verbindung zum Himmel.

Die Türklingel, wie sie der durchschnittliche Münchner besitzt, hatte Marcel wegen des, seiner Meinung nach, unnötigen Stromverbrauchs abgeklemmt. Seitdem störte seine mit Klee und Gänseblümchen bemalte Berta zwar die Hausbewohner, das Almgeläut erreichte Marcel aber auch dann im Tiefschlaf, wenn er eine ganze Flasche Châteauneuf-du-Pape geleert hatte, ein Tropfen, der ihn normalerweise in seinen Siebten Himmel beförderte.

In der Annahme, es wäre die Nachbarin, Frau Kostanidis, von der er ein Moussaka-Rezept erwartete, wickelte er seinen blau-weißgestreiften Morgenmantel enger.

Die warmherzige Archäologin Dr. Irene Kostanidis hatte ihn bei einer Führung durch die Glyptothek in ihren Bann gezogen. Dort erst fanden sie heraus, dass sie Nachbarn waren. Sie könnten sich ja ergänzen, befanden sie.

Sich der Gleichfarbigkeit bayerischer und hellenischer Farben seiner Oberbekleidung bewusst, zog er den Gürtel zusammen und schlurfte in seinen Lederpantoffeln zur Wohnungstür.

Aus dem Gemenge dahinter hörte er nicht den Stakkato-Sopran von Frau Kostanidis, sondern eine kräftige Frauenstimme mit einem ihm bekannten Akzent: »Hallo, Marcel. Wir sind es, Adri und Trijnie. Können wir dich besuchen?«

Marcel war perplex; ohne Anruf, ohne Ankündigung, so früh am Tag? Er öffnete die Tür. Da standen tatsächlich seine niederländischen Freunde.

»Die Maastrichter sind an Spontanität ja nicht zu überbieten. Was macht ihr denn hier?«

»Wir sind immer für unsere Freunde da, besonders für die aus München«, lachte Trijnie, »du weißt doch, Marcel, wir mögen mit unseren Freunden gerne trinken und lachen. Sind wir fruh? Schleepst du nok?«

»Nein, nein, kommt rein. Ich freu mich!«

Da waren sie nun, der Lulatsch und seine über einen Kopf kürzere pausbäckige Freundin, suchten Quartier und breiteten die Arme aus.

Marcel vermied normalerweise Körperkontakt, gerade, wenn er noch nicht rasiert und angezogen war.

Trijnie jedoch ahnte davon nichts, als sie ihn umarmte und ihm je zweimal links und rechts einen Kuss auf die Wangen drückte. Der schlaksige Adri gab ihm die Hand und lächelte, die Schultern zuckend, verlegen.

Marcel winkte die beiden durch den dunklen Garderobenflur in sein Wohn-Esszimmer.

In der Kochnische warteten Geschirr und Gläser des Vorabends auf Abwasch. Marcel kippte das Fenster zur Straße, ließ Verkehrslärm ein und das Gemisch aus abgestandenem Wein, verbranntem Toast und Damenbesuch hinaus.

Den für seine jungen Jahre und der fast rheinischen Frohnatur mit runden zwei Metern alles überragenden Adri und die spontane, rotblondgelockte Trijnie mit üppiger Oberweite, hatten Marcel und Isabell vergangenes Jahr am freien Strand von Les-Saintes-Maries de la Mer kennengelernt. Ein Unwetter und beider Kult-Enten hatten sie zusammengeführt.

Der Plage Libre war überflutet. Das Wasser hatte alle Camper mit ihren nicht weggeschwemmten Zeltutensilien zum Rückzug auf den trockenen Hauptplatz an der Promenade gezwungen. Durchnässt und übernächtigt fanden sich die Havarierten zu einem gemeinsamen Rührei-Frühstück zusammen.

Die feuchten Klamotten waren zwischen den Autos auf Zeltspannschnüren zum Trocknen aufgehängt. Die Gestrandeten überboten sich gegenseitig an optimistischen Wetterprognosen, obwohl die Regenwolken weiterhin beängstigend tief über sie hinwegfegten. Es sah eher aus, als ob der Regen die Camargue für alle Zeit in ein Aquarium verwandeln wollte.

»Ich will nach Südfrankreich, diesmal aber auf die Atlantikseite«, erzählte Marcel, nachdem er den beiden eine Flache Sprudel und zwei Gläser hingestellt hatte. »Leider will Isabell nicht mit. Wir haben uns zerstritten.«

»Das ist aber schade; wegen der Geige?«, fragte Trijnie mit einem Augenzwinkern.

»Nein! Die Geige macht mir wenig aus. Die mag nur Charlie nicht. Er ist gerade bei ihr. Ich werde ihn mitnehmen.« »Was ist dann passiert?« Trijnie wollte es genau wissen.

»Isabell hat mir gestern Nacht erklärt, dass sie auf die Reise verzichten werde. Dem war eine heftige Debatte um die Wegstrecke und die Art der Unterkünfte vorausgegangen. Während ich von Roncesvalles-Novarra auf dem bekannten Camino Francés zu Fuß nach Santiago de Compostela zum Grab des heiligen Jakobus wandern, in Pilgerherbergen nächtigen, und mit Zug oder Bus an den Ausgangspunkt zurückfahren wollte, favorisierte Isabell den Camino de la Costa, das Auto als Transportmittel. Und sie bestand auf vorgebuchte Hotels.«

»Du wolltest deine Charleston-Ente stehen lassen?« Adri konnte nicht glauben, dass Marcel zu Fuß pilgern wollte.

»Isabell meinte, dass genügend Schriftsteller bereits über die überfüllten Massenunterkünfte geschrieben, und dass die Reiseplanung der Vorjahre ein Fehlschlag gewesen war. Und, dass man doch erkannte Fehler nicht wiederholen müsse. Und dann sagte sie noch, dass meine Planung doch keine sehr intelligente Lösung sei. Außerdem habe sie Angst, sich bei den Kletterabschnitten die Hände zu verletzen; die brauche sie aber für ihr Spiel, hatte sie geklagt. Isabell befürchtete zudem, den Anstrengungen der Gepäckmärsche nicht gewachsen zu sein.«

»Da war Isabell aber viel zu streng mit dir, Marcel«.

Trijnie streichelte Marcel wie zum Trost über die Schulter. »Da mein Einkommen als Jungredakteur große Sprünge neben dem Hobby ›Fliegen‹ derzeit ausschließt, meine jüngsten Ersparnisse in Waschmaschine und Mobiliar stecken, stand Isabells Statement ›Dann fahr ich eben nicht mit!‹ am Diskussionsende unüberbrückbar zwischen uns.«

»Und das war alles? Für ein Ende zwischen euch genug?«

Trijnie fasste es nicht, bis Marcel die Situation klärte: »Nun, es hatte auch noch andere Differenzen gegeben. Eigentlich wollten wir gemeinsam pilgern, um die Festigkeit unserer Beziehung zu prüfen.

Aber Isabell war nach der Debatte so erregt, dass sie sich grußlos aufmachte und, neben ihrem Geigenkasten, nur wenig Hoffnung auf eine gemeinsame Zukunft hinterließ.«

Noch einmal streichelte Trijnie Marcel tröstend, diesmal seine Hand, die ihr nahe war. Adri schaute verlegen. Er wusste nicht, was er sagen sollte. Ihm lag ein Sprichwort auf der Zunge, das er einer deutschen Mitschülerin einmal in ihr Poesiealbum geschrieben hatte: »Eine Freundschaft die ein Ende fand, niemals echt und rein bestand.« Doch er sagte nichts.

Kapitel 3

Marcel war inzwischen rasiert, in seine Jeans geschlüpft und hatte drei Tassen Café Crema aus seiner Kaffeemaschine in Becher mit kitschigen Hundemotiven laufen lassen.

Dann überließ er die beiden eine Weile einer Mittelmeer-Fotoshow des vergangenen Jahres auf seinem voluminösen Laptop.

Adri und Trijnie fanden sich dort beim Beach Volleyball und als Schiffsbrüchige bei Spiegeleiern mit Speck wieder.

Marcel klingelte bei seiner griechischen Nachbarin: »Könnten Sie mir bitte Milch für den Kaffee borgen, liebe Frau Kostanidis?«

»Ich kann Ihnen doch keine Bitte abschlagen, Herr Marcel, und warten Sie einen Augenblick, ich bringe Ihnen auch das versprochene Moussaka-Rezept.«

Marcel wartete kurz, bis sie auch das versprochene Kochrezept gebracht hatte.

Marcel warf Frau Kostanidis ein Luftküsschen zu und kehrte zu seinen Gästen zurück.

Später knurrte Adri hörbar der Magen. Die Drei verständigten sich, etwas essen zu gehen. Adri und Trijnie waren nachts gefahren und kämpften tapfer gegen Hunger und Müdigkeit. Der Kühlschrank des Junggesellenhaushalts war wegen der anstehenden Reise leer.

»Auf dem Viktualienmarkt könnten wir Matjes essen«, schlug Adri vor.

»Besser, wir machen eine typisch bayerische Brotzeit – ihr sollt etwas von der bayerischen Seele erfahren«, entgegnete Marcel.

Adri fügte sich. Er war neugierig.

Es war nur eine Viertelstunde Weg von Marcels Mansardenwohnung in der nahe an der Isar gelegenen Kohlstraße bis zum »Spöckmeier«.

Dorthin führte Marcel routinemäßig Freunde, die von auswärts kamen. Es war für ihn ein Ritual, das ihn nicht viel Kraft kostete.

Marcel hatte sich als Student durch Altstadtführungen manche Mark mit Gruppen erwandert und sich dadurch mehr leisten können als seine Kommilitonen.

Für ausländische Freunde war der Gang mit ihm also ein »Muss«.

»Ihr wisst, dass ich als Fremdenführer vielen Touristen München gezeigt habe. Ich bin ›Altstadtprofi‹ und auf Leute wie euch programmiert«. Er lachte. »Beim ›Spöckmeier‹ gibt es jedenfalls die besten Weißwürste Münchens«. Adri und Trijnie zogen mit.

Sie gingen über den Isartorplatz, durchs »Tal« vorbei am »Alten Peter« und am Rathaus mit seinem Glockenspiel. Das war leider vorbei.

Vom Marienplatz wandten sie sich links zur Rosenstraße. An der Fassade des Sporthauses Schuster erinnerte eine Metalltafel an die Familie Spitzweg. Gegenüber lud ein in schlichtes Schmiedeeisen eingerahmtes »Paulaner München«-Wappen mit einem bescheidenen Schriftzug in blau zum »Spöckmeier« ein.

Das Traditionswirtshaus bayerischer Gaumenfreuden betraten sie durch dessen blaugestrebte Glastür, welche die ehemals massive Holztür ersetzt hat, um mehr Licht einzulassen und um dem angewachsenen Kundenverkehr gerecht zu werden.

Marcel steuerte auf das »Weißwurst Stüberl« zu.

Adri tat mit seinem belustigenden Akzent kund, dass er schon über die »Münchner Weißwurst« gelesen habe. Seine Erinnerungen seien jedoch bruchstückhaft und bräuchten unbedingt eine Auffrischung. »Wir brauchen da etwas Nachhilfe«, sagte er.

»Daran soll es nicht mangeln!« Marcel bemühte sich, dem erhöhten Geräuschpegel gerecht zu werden.

»Mit nur einer Unterbrechung in Paris habe ich meine gesamte Schul- und Studienzeit in München verbracht. Ich werde euren Wissensdurst stillen können.«

Sie hatten Platz genommen.

»Die wichtigste Frage, die ich mir selbst stelle, ist, warum wir diese Würste so gerne essen, wenn achtundfünfzig Prozent der Bayern an

Reinkarnation glauben und in jedem Schwein, in jedem Rind, in jedem Kalb die Wiedergeburt von König Ludwig dem Zweiten, Heinrich dem Löwen oder Ludwig dem Bayer stecken könnte. Müssten wir dann nicht beim Vertilgen von Schweinsbratwürstchen, Rinderfilets oder Kalbshaxen mehr Hemmungen haben; so auch beim Verzehr von Weißwürsten, oder?«

Marcel erwartete keine Antwort.

Sie hatten den mittleren Vierertisch auf der rechten Seite belegt, unweit des blauen Kachelofens. Der Platz ließ den Blick auf die Schiebetür zu, durch die Kellner mit schwarzen Hosen, weißen Hemden und rosa-, oder grüngemusterten Westen und Bedienungen in blauen Dirndln, weiße Blusen darunter und Schürzen mit feinen rot-weißen-Karos darüber, ein und aus gingen.

Marcel deutete auf die Fotogalerie vor der Holzvertäfelung und forderte die beiden auf, das Geschehen Drumherum im Auge zu behalten, um die »Bayerische Seele« in sich aufnehmen zu können.

Adri und Trijnie ließen die Stimmung auf sich wirken.

»Bayerische Seele?« Trijnie deutete fragend auf den Nachbartisch.

In der Mitte des Raumes wartete eine gemischte Gruppe junger, italienischer Touristen, gegen die ihnen sonst nachgesagten Gewohnheiten, andächtig-ehrfurchtsvoll auf ihre bayerische Kultwurst und wusste nicht, was sie mit dem vor ihnen stehendem Weißbier anfangen sollten. Der Kellner erlöste sie, indem er Berge von Brezeln vor ihnen aufbaute.

Auf der Kachelofenbank versuchte eine schlanke Business-Dame im marineblauen Modell-Kostüm und flinken Augen, sicher Assistentin einer Geschäftsleitung in Mutterschaftsurlaub, Pflichten gegenüber dem Baby und Manager-Aufgaben in Einklang zu bringen. Die schöne Erscheinung hielt mit einer Hand ein Skript, las einen Vortrag und versuchte mit der anderen ihrem Kind, das aus einer noblen Karosse bisher nur in den hölzernen Himmel des Weißwurst-Stüberls blicken konnte, einen Schnuller in den Mund zu stecken.

Die oder der Kleine schien nicht einverstanden zu sein; das Kind begann zu plärren. Nun erst wurde die Mutter gewahr, dass hier jemand schrie, der seine eigenen strengeren Maßstäbe anlegte und Aufmerksamkeit einklagte.

Die Mama legte ihren Vortrag zur Seite, hob das Kind aus dem Wagen und legte es sich an die Brust.

Das milliardenfach erprobte Mittel wirkte; aber Trijnie schüttete sich aus vor Lachen.

Das war ihr dann so peinlich, dass sie schnell in Richtung einer gastwirtlichen Darstellung an der Gegenwand zeigte, um von dem Dürer-Motiv »Maria und Kind« abzulenken.

Nun drehten sich andere Gäste um, schüttelten fragend die Köpfe und wollten wohl wissen, was an der Relieftafel »Der Götter Bachus & Gambrinus X Gebote« oder an der bemalten Sieger-Holzscheibe eines Schützenwettbewerbs aus dem Jahre 1891 wohl so lustig sei?

Marcel bestellte.

Rechts von ihnen saß ein Alter mit Hut, eine Krücke neben sich, beim Tee. Das war für diesen Schankraum schon merkwürdig. Auch verrieten das runde unglückliche Gesicht mit seinen roten Flecken und der enorme Bauch, dass sein Träger sich bislang ganz anderen Getränken gewidmet hatte. Die Gewohnheit und die Erinnerung an bessere Zeiten führten ihn wohl weiterhin zum »Spöckmeier«. Die ärztliche Empfehlung zwang ihn wohl zu dem Kulturbruch mit einem magenfreundlichen, grünen Tee.

Adri klagte über hölzerne Tischbeine, die im Weg standen, die das Geraderenken seiner Beine verhinderten. Auch war ihm das Pölsterchen auf der Sitzbank nur ein Hilfsmittel beim Verrutschen niederländischer Hünenknochen.

Über den Tischen lag das Aroma von Hopfen, Laugenteig und Brühe. An den Wänden zogen verblichene Fotografien von Wirtshausmotiven an den Hungrigen vorbei und erweckten Halluzinationen.

Auf den Tischen sorgten Stiefmütterchen für Andersfarbigkeit. Servietten und Platzdeckchen zeigten ihre kitschigen weiß-blauen Muster. Sie reklamierten bayerisches Selbstverständnis und Landesstolz.

Das Warten überbrückte Marcel durch seine Version der Geschichte der Münchner Weißwurst: »Adri, du hast doch gelesen, dass die Weißwurst mit süßem Senf gegessen wird; dazu Brezeln und Weißbier. Aber wisst ihr auch, wie sie entstanden ist?«

»Natuurlijk niet, Marcel, je moet dat vertellen!«

Das Thema schien Trijnie wachzuhalten. Sie rutschte auf ihrem Stuhl nach vorn, setzte beide Ellenbogen auf, so wurde ihr rosa Korallenarmband und ein Ornamente-Tattoo sichtbar, stemmte die Hände unter das blondflaumige Kinn und schürzte die sinnlichen Lippen.

Marcel erzählte die Geschichte so, wie sie im Stadtführer stand: »Am Rosenmontag des Jahres 1857 erfand ein Wirt am Marienplatz die Münchner Weißwurst durch einen Zufall. Ihm waren die Schafsdärme für die Kalbsbratwürstchen ausgegangen. Daraufhin schickte er seinen Lehrling los, Schafsdärme zu besorgen. Der kaufte fälschlicherweise Schweinedärme. Was machte der Wirt in seiner Not? Er füllte die zu großen Schweinedärme mit der vorbereiteten Masse, briet die Würste jedoch nicht aus Angst, sie würden platzen, sondern brühte sie in heißem Wasser auf. Die Gäste aßen sie zunächst aus Neugierde, dann aus Appetit. Sie müssen ihnen geschmeckt haben, denn andere machten sie nach. Seitdem haben die Münchner ihre Weißwurst.«

»Applaus, Applaus!« Trijnie klatschte verhalten, die Ellbogen unverändert in Spannung: »Aber warum mussten wir uns vorhin so beeilen? Wir haben gelesen, dass man sie vor Zwölf essen muss. Warum?«

Marcel ließ den Gästen Zeit, selbst nachdenken.

»Natürlich kann man Weißwürste in München auch nachmittags und abends bestellen, weil es auch in Bayern Kühlschränke gibt. Da werden sogar diejenigen gebaut, die in Holland Matjes und Poffertjes kühl halten.«

»Mach dich nicht lächerlich, Marcel, Poffertjes werden in der Pfanne zubereitet und sofort gegessen«, korrigierte Trijnie, das Kinn weiterhin angriffslustig aufgestützt.

»Es hat sich aber durch die mangelnde Kühltechnik von früher eingebürgert, dass Weißwürste das Mittagsläuten nicht hören dürfen, wie man sagt. Heute ist diese Regel natürlich überholt. Dass sich viele Esser trotzdem noch daranhalten, beruht bei den Touristen auf Unwissenheit und bei den Einheimischen auf Tradition oder Geschäftssinn Bei uns schlägt's jetzt aber Zwölf.«

Der quadratisch wirkende Kellner mit dem grünen Samt-Wams brachte die Terrine, den Brotkorb mit sechs Brezen und das Steingut-Fass mit dem süßen Senf. Marcel teilte mit dem Edelstahl Weißwurstheber jedem eine Weißwurst und mit dem hohlräumigen Holzlöffel Senfschläge aus.

»Gezuzelt wird sie. Am besten zuerst mit Messer und Gabel auf dem Teller längs halbieren, dann herunterwälzen. Smakelijk eten und Prost!«

Das Weißwurst-Stüberl hatte sich weiter gefüllt, und die junge Mutter hatte ihre Brust wieder bedeckt; das Baby war zurück im Sportcoupé, die Mama aß – keine Weißwurst, sondern Nürnberger Bratwürstel.

Marcel erzählte eine Story von seiner Mama: »Ich war krank und hatte demzufolge keinen Appetit. Schon gar nicht war mir nach Weißwürsten. Doch mein Vater hatte welche eingekauft, und Mutter wollte sie mir schmackhaft machen. Sie erzählte von einem Chinesen aus Kanton, der einen Stand an der Münchner Freiheit hatte, damals Künstlertreff. Dort brutzelte er eine, in München unbekannte weiße Wurst als chinesisches Schmankerl. Eines Tages wurde er von der Polizei dabei ertappt, wie er streunende Hunde einfing und diese zu weißen Würsten verarbeitete. Bei der Vernehmung gab er an, dass die Hunde keine Bürgerrechte besäßen. Sie wären ehemalige Sträflinge, die als Straßenköter wiedergeboren waren. Die Wiedergeburt hatte man ihm noch abgenommen, nicht aber die Verarbeitung der Hunde zu Wurst. Er landete für ein paar Wochen im Gefängnis.«

»Und, hat es dir danach noch gesmakt?«

»Mir nicht und meinem Vater auch nicht. Obwohl Mutter hinterher eingestand, die Geschichte erfunden zu haben, und dass sie nicht beabsichtigt hatte, uns den Appetit zu verderben, aß ich nicht davon und Vater verzichtete für eine Weile auf die traditionelle Brotzeit. Meine Mutter wollte auch nicht die Leute aus dem Reich der Mitte diskreditieren. Es ging einfach ihre Fantasie mit ihr durch. Meine Mutter ist eine interessante Persönlichkeit. Ihr solltet sie kennenlernen.«

»Ja, gerne!«, meinte Trijnie.

Die beiden Niederländer waren noch mit Zuzeln und Schneiden beschäftigt.

Trijnie amüsierte sich jetzt über die inzwischen gestärkten, laut gestikulierenden Italiener, die über »Primo Piatto«, Secondo« und »Dessert« debattierten und versuchten, der Spöckmeier-Karte die Dreiteilung ihrer nationalen Tafelordnung zu entlocken. Sie brachten den Kellner damit schier zur Verzweiflung.

Irgendwie muss ihr die vorangegangene Schilderung noch nachgehangen haben. An einer Brezel kauend fragte Trijnie: »Glaubst du denn an Seelenwanderung bei Hunden oder Menschen? Eine Tante von mir unterhält sich mit einer Vorfahrin und glaubt, sie sei deren Wiedergeburt. Die gesamte Familie ist ratlos. Und die armen Hunde?«

Marcel gab sich diplomatisch. »Mutters Geschichte war sicher kein passendes Tischgespräch – tut mir leid. Zu Hunden fällt mir gerade nichts ein, doch es gab jemandem in einem anthroposophischen Seniorenstift, der mit seiner verstorbenen Frau gesprochen haben soll. Und eine alte Dame, die dort aus einer Zeit berichtete, aus der sie keine Detailkenntnisse haben konnte. Derjenige, der mir davon erzählte, war kein Spinner.«

Trijnie saß nun gesättigt und locker zurückgelehnt, während Adri weiter versuchte, seine Beine von links nach rechts und wieder zurück zu sortieren.

»Das klingt in meinen Ohren schon sehr sonderbar, was ihr da sagt«, gab Adri zu: »Ich habe über Seelenwanderung zwar nachgedacht, gehöre aber nach wie vor zu den Zweiflern. Hier kreuzen sich wohl unerforschte Pfade des Mensch-Seins und unterschiedliche Anschauungen der Kirchen. Meine Katholiken und die Protestanten des Nordens haben sich seit der Reformation zum Verbleib der Seelen, zur Auslegung der Dreifaltigkeit und so weiter in den Haaren gelegen. Die ethische Ausrichtung der Schulmedizin ist immer noch fest im Griff der Kirchen. Darum haben wohl Esoterikerinnen so großen Zulauf, oder?«

Marcel nickte. »In München wurde sehr spät, ich glaube um 1720, noch eine ›Hexe‹ verbrannt.«

»Eine richtige Hexe?«, fragte Trijnie. Sie war wie so oft nicht mit Ernst bei der Sache, aber Marcel ließ sich auf ihre Frage ein: »Die ›Hexen‹ waren ja ohne Schuld. Sie hatten lediglich das von ihren Müttern vererbte Wissen angewandt. Zum Beispiel hat eine ›weise Frau‹ eine Schwellung durch selbstangerührte Heilkräuter-Paste behandelt. Das Pech der ›weisen Frau‹ war, dass die Kirche sich das Recht zum Heilen von Körper und Seele und das Quacksalbern vorbehalten hatte. Die Mönche und Kirchenfürsten waren damals noch misstrauisch und glaubten, dass der Teufel den Frauen die Rührhand führte. Zudem konnte eine ›weise Frau‹ ihre Kunst vor Gericht schwerlich nachweisen. Sie waren meist des Schreibens und Lesens nicht mächtig. Meist waren sie arm und konnten sich die Medizin aus den Kloster-Apotheken gar nicht leisten. Damals traf es die Tochter eines Hofstallknechts.«

»In den calvinistischen Niederlanden hatten religiöse Verbohrtheit zu überaus blutigen Auseinandersetzungen geführt«, kommentierte Adri, doch Marcel hörte ihm einen Augenblick nicht zu.

Irgendetwas schien ihn abzulenken.

Eigentlich wollte er noch über den Auftrag seines Chefredakteurs sprechen, doch der Kellner kam auf ihn zu.

In diesem Moment dachte er an den nächsten Tag.

Ihm war siedend heiß eingefallen, dass er seine Reisevorbereitungen vernachlässigt hatte. Er hatte es plötzlich eilig und beendete das Gespräch.

»Ihr seid eingeladen, nur müsst ihr mir noch verraten, was der Bayer unter ›Weißwurstäquator‹ versteht?«

Der Kellner lachte und meinte: »Bravo!«

Adri sagte: »Ich habe darüber gelesen. Beim Überfahren der Donaubrücke, es war nach Ulm, habe ich Trijnie sogar davon erzählt.«

»Richtig! Für viele Bayern ist die Donau sogar eine ›geistige Demarkationslinie‹ zum Rest der Welt. Manch bayerische Seele macht dort auf ihrer Wanderung kehrt.«

Der Kellner verstand die Doppeldeutigkeit zwar nicht, nickte aber mit halbernster Miene.

»Ihr macht euch über eure Brüder lustig«, maulte Trijnie und warf beiden einen aufgesetzt-besorgten Blick zu.

Marcel und der Kellner amüsierten sich und schauten sich vielsagend an.

Marcel beglich die Rechnung.

Trijnie umarmte Marcel beim Verlassen des Stüberls so überschwänglich, dass sie mit ihrer Handtasche im Delfter Porzellan-Design im Vorbeigehen ein Weißbierglas vom Tisch vor dem Kachelofen stieß. Dieses zersprang in tausend Stücke und verursachte bei seinem Besitzer einen ebenso temperamentvollen Protest in einer ihr unverständlichen Sprache. Das musste Oberbayerisch gewesen sein.

Trijnie war das sehr peinlich. Sie half beim Auflesen der Scherben und entschuldigte sich mehrmals mit: »Pardon! Pardon! Pardon!«

Eine Weile geißelte Trijnie noch ihr Ungeschick. Dann gab es Ablenkung. Beim Bummelten über den Rindermarkt musste Adri seine Trijnie auf einem der steinernen Rindviecher fotografieren. Sie kürzten durch die Kustermann-Passage ab.

Als Kontrastprogramm setzten sie sich für eine Weile in das am Viktualienmarkt gelegene Auktionshaus. Niemand wollte den angepriesenen, silbergerahmten »Hundertwasser«, niemand den 2,5 x 3-Meter-»Nain« und niemand die echte »Ming«-Vase ersteigern. Die Gegenstände stammten aus Haushaltsauflösungen, so erklärte der redefreudige Auktionator im schwarz-silbergestreiften Anzug die »Schnäppchen«.

Marcel hatte seine Eile vergessen und dachte an die alten Eigentümer: sie hatten wohl irgendwann einmal ihrer Neigung zum Schönen nachgegeben, Teppiche und Kunstgegenstände erworben und Jahrzehnte daran Freude gehabt. Nun lagen die Gegenstände wie leblos auf Halde in schmucklosen rückwärtigen Gemächern. Nur für einige Minuten wurden sie von krawattengeschmückten Bediensteten in den prunkvollen Auktionsraum geholt, ins rechte Licht gesetzt und fachkundig kommentiert, ja fast warmherzig beschrieben.

Bei mehreren potenziellen Bietern im Publikum, mitgerissen von der Präsentation des Objekts oder wegen des vermeintlich günstigen Preises, zuckten die Hände. Sie wurden jedoch meist selbstbestimmt oder durch die Ehefrau zurückgezogen, da ihre Besitzer vermutlich zu Hause unzureichend Platz hatten, oder weil sie als Touristen nicht mehr als die Einkaufstüten auf dem Stuhl neben sich als Transportmittel verfügbar hatten.

»Da sich kaum jemand um den Zuschlag reißt, dürfte sich der verstorbene Objekt-Liebhaber wegen der Interessenslosigkeit im Grab umdrehen«, raunte Marcel Adri zu.

Adri hatte, wie Trijnie auch, dem Geschehen fasziniert zugesehen. Er nickte und schmunzelte vor sich hin.

Marcel saß hier oft und fragte sich, was die alten Besitzer wohl dächten, wenn sie eine solche Auktion miterleben könnten.

»Auf diesem Platz habe ich mehr über schlechte Kunst gelernt als sonst irgendwo!«, flüsterte er Adri zu.

Adri war »vom Fach«. Er studierte im sechsten Semester Malerei und Kunstgeschichte. Adri beugte sich Marcel zu: »Dieser Auktionator tut so, als wäre jedes Objekt das seine; aber es gehört ihm nicht. Dass es ihm nicht gehört, überspielt er mit Humor, aber es tut ihm nicht echt weh, Kunst unter ihrem echten Wert zu verkaufen; es ist ja nicht sein Geld – er bekommt nur eine Provision.«

Das Geschäft verlief träge.

Sie zogen Trijnie aus der Stuhlreihe und verließen das Haus auf leisen Sohlen.

Beim Heimweg wurden sie angelockt von Kreidetafeln, die spanische Feinkost, Holundertee, Maracuja-, Sellerie-, und Rhabarber-Säfte, griechische und türkische Oliven, französische Weine und anderes anpriesen. Sie durchquerten Duftschwaden von Röstkaffee, Blumen, Gewürzen, Fisch, Gemüse, Obst, Backwaren und Bier. Achtlos weggeworfene Flaschen hatten Rinnsale und Pfützen gebildet.

Sie passierten die bronzene Erni Singerl, und Marcel war in seinem Element. Er erzählte von den Münchner Originalen, Volksschauspielern und vom »Valentin-Musäum«; seine »Münchner Geschichten für Touristen«. Am Standplatz des Karl-Valentin-Brunnens berichtete er, dass Vandalen dem Valentin schon einmal eine Hand abgerissen hatten, und er sich samt seinem Brunnen lange Monate in chirurgische Behandlung begeben musste. Jetzt spuckten die tierischen und menschlichen Köpfe im Bogen um ihn wieder Wasser. Der in rotes Papier gebundene Strauß mit Weihnachtsstern, Tannenzweigen und Kiefernzapfen, den jemand in seinen, den Schirm tragenden und deshalb abgewinkelten, rechten Arm gesteckt hatte, war wohl ein Überbleibsel der Winterzeit. Da hatte jemand seiner Freude Ausdruck verliehen, dass das Spiegelbild der bayerischen Seele wieder auf seinem Platz stand und unter seinem schwarzen, runden Hut, dem »Goggs«, wieder auf Maibaum und Alten Peter blickte. So als wollte es den Münchnern das »Grantln« austreiben und sie weiterhin mit seinem unverwechselbaren Humor auffordern, mitzumachen und das Leben auf die lustige Weise zu hinterfragen.

Den Espresso gab es daheim.

Marcel übergab Adri einen Zweitschlüssel, bereitete den beiden mit Hilfe von Trijnie ihr Gästebett, lud sie ein, dieses zu nutzen, solange sie wollten und bat sie, ihn nun für seine Reisevorbereitungen zu entschuldigen.

Marcel telefonierte mit Isabell, berichtete ihr von dem Besuch und kündigte an, wegen seiner Utensilien und Charlie vorbeizukommen, bevor er morgen in Richtung Frankreich aufbrechen würde.

Die griechische Altertumsforscherin begegnete ihm vor dem Schuhgeschäft, das wie der denkmalgeschützte, rote Backsteinbau, noch aus dem ausgehenden 19ten Jahrhundert stammte.

Er lud gerade Rucksack, Luftmatratze, Schlafsack, Plastiktüten mit Hausrat, Handfeger, sowie Flossen, Schnorchel und Taucherbrille in seinen schwarz-bordeauxroten Citroen »2 CV«.

Der Wagen war auf dem Bürgersteig abgestellt.

Auch in der Kohlstraße, obwohl diese im Verkehrsschatten von Europäischem Patentamt und Deutschen Museum lag, war Parkraumnot.

Frau Kostanidis erinnerte ihn lachend an seine Pflichten: »Sie denken doch an ihre Glocke – nicht, dass da jemand während Ihrer Abwesenheit sturmläutet. Soll ich die Tageszeitung sicherstellen?«

»Das würden Sie für mich tun?«

»Ja, aber nur unter der Bedingung zu, dass Sie für mich in der Kathedrale von Santiago de Compostela eine Kerze anzünden, für meinen verstorbenen Stavros. Er wollte einmal in seinem Leben dorthin pilgern. Dann starb er, und auch der Heilige Jakobus hätte ihn nicht retten können.«

Marcel versprach es und steckte der Nachbarin einen Reserveschlüssel für den Briefkasten zu.

Frau Kostanidis umarmte Marcel und drückte ihn zum Abschied an sich, als gehöre er zu ihrer Familie. Und als wollte sie ihn vor bösen Geistern schützen, markierte sie mit dem Daumen ein orthodoxes Kreuz auf Marcels Brust.

Wieder oben in der Wohnung war es still.

Adri und Trijnie hatten es sich auf der Couch gemütlich gemacht.

Trijnie schlief. Ihr Kopf glitt gerade unter Adris Achselhöhle.

Der nahm sie in den Arm, legte seinen Kopf auf den ihren und beide kippten sanft auf ihre Seite bis die Couchlehne dagegenhielt.

Marcel versuchte möglichst geräuschlos weiterzupacken. Er projektierte für den Kofferraum seiner »Ente« möglichst kleine Pakete, um den Stauraum gänzlich zu nutzen.

Die Vollzähligkeit seiner Reiseutensilien überprüfte er anhand einer Packliste.

Seine holländischen Gäste schliefen derweil tief und fest.

Kapitel 4

Nachdem Marcel den begeisterten Charlie am folgenden Morgen bei der nicht so begeisterten Isabell abgeholt hatte, führte die Route die beiden Reisegefährten bei verträglichen Temperaturen über Zürich, Bern und Genf an den Lac d'Annecy und am nächsten Tag weiter, vorbei an der Metropole Lyon. Der 2 CV erklomm, mit geringem Appetit, das Massif Central. Hinter Clermont-Ferrant wurden sie beim Bad in einem Moorsee vom Regen überrascht, fuhren daraufhin ohne Pause über Tulle und Périgueux weiter bis Libourne, passierten den schönen »Tour de l'Horloge«, querten die Dordogne über die Eiffel-Brücke und bogen ab nach Saint Émilion.

Marcel liebte den Roten. Das hatte er von seinem Vater.

Der Campingplatz lag abseits vom mittelalterlichen Städtchen an einem Fischweiher. Grüne Wasserfrösche mit braunen Sprenkeln bliesen vehement Luft aus den Maulwinkeln in die Schallblasen und quakten, als wollten sie sich über das metallische Schlagen der Gestänge, das Hämmern auf Zeltheringen und das Rangieren von Wohnwägen beschweren.

Der an einem Burgfelsen zu kleben scheinende Ort mit seinen noblen Weinlokalen und dem »Chateau du Roi« ähnelte dem provenzalischen »Châteauneuf-du-Pape«, erinnerte sich Marcel.

Im »Logis de la Cadène«, an einer steil ansteigenden Gasse hinter Weinranken versteckt, ließ er sich eine Flasche vom Besten kommen. Er hätte das gesuchte Restaurant beinahe verpasst, wenn nicht aus dem Grün eine Tafel mit dem Namensschriftzug und einem farbigen Wappen wie ein Wegweiser in die Gasse geragt hätte.

Später blickte Marcel vom Steingeländer an der in den Felsen gehauenen »Eglise Monolithe«, unterhalb des wuchtigen Turms der Burgruine, auf das nächtliche Städtchen und kehrte, Charlie angeleint, über die engen Gässchen und auf ihrem verlebten Pflaster zum Campingplatz zurück.

Charlie hielt in dieser Nacht das Quaken nicht schlafen wollender Frösche wach. Auf sein Bellen reagierten sie nicht, aber einige Camper, die aus ihren Zelten murrten.

In Bordeaux ließ Marcel die »Ente« an der Esplanade des Quinconces zurück und machten sich mit Charlie zu Fuß auf, die Stadt zu entdecken.

Bis zur Place Gambetta, dem Zentrum, trugen die Straßen Züge wohlhabender Herrschaftsbauweise. Die Boulevards, das »Gran Theatre« und der Place de la Bourse unterschieden sich nicht von bekannten Stadtteilen der französischen Hauptstadt Paris, fand Marcel.

Ihm fiel auch auf, dass sich kaum Menschen auf den Straßen bewegten. Wochenenden hatten wohl auch in Bordeaux ihre Eigenheiten.

Als die beiden wieder im Auto saßen und auf der schnurgeraden Landstraße die waldreiche Ebene nach Arcachon durchquerten, reihte sich aus dem Nichts Karosse an Karosse, und Marcel verstand, wo all die Menschen waren. Sie waren offensichtlich aus der Hitze der Stadt ans kühlende Meer geflohen.

Am »Bassin« schienen alle verabredet gewesen zu sein, denn entlang der Corniche ging es nur im Schneckentempo, allerdings mit schöner Sicht; vorbei an schmucken Villen und Ferienhäusern.

Der Mündungstrichter hatte die gemächlich dahinfließenden Arme von Dordogne und Garonne in sich aufgenommen.

Ab jetzt hießen sie Gironde.

Die war schon den Gezeiten ausgesetzt; es war Ebbe. Der niedrige Wasserstand hatte den Blick auf ausgedehnte Schlick-Inseln freigegeben. Es roch nach Meer, Fisch und nach Faulgasen. Charlies Nase schnupperte am Beifahrersitz aus dem aufgestellten Kippfenster.

Im Hafen saßen Dutzende Boote auf dem Trockenen; erst die Flut würde sie wieder aus ihrer misslichen Lage befreien.

Da er sowieso im Stau stand und warten musste, nutzte Marcel die Zeit, von einer Telefonzelle aus Isabell zu erreichen. Auf dem Anrufbeantworter hinterließ er: »Wir sind gleich am Atlantik. Hast du deine Haltung geändert? Geh bitte ran – ich weiß, dass du da bist!«

Die Autoschlange schob und zog die beiden weiter auf der ›Route des Lacs‹ nach Pilat.

Hier erklomm Marcel zu Fuß Europas höchste Düne. Charlie folgte ihm auf dem sandigen Anstieg.

Majestätisch überragte die Düne mit hundertundsiebzehn Metern aufeinander gewehtem Sand den Küstenstreifen.

Der Atlantik und die von Kiefern festgehaltenen Dünen des Hinterlandes fesselten Marcels Blick. Er staunte, wie Wind und Sand die einst als Barrieren gedachten Pinienwälder wieder in Besitz nahmen. Nicht einmal die trutzigen Requisiten des zweiten Weltkrieges, die schwarzen Betonklötze des Atlantikwalls, würden den Naturgewalten noch lange widerstehen können. Sie lagen jetzt schon halb abgekippt in ihrem Grab.

Zwischen Pilat und Biscarosse schlug Marcel sich erleichtert mit seinem Hund für eine Abkühlung durch das Dornengestrüpp der Dünen zum Strand. Als der Blick auf das Wasser fiel, war es Marcel als fiele eine Bürde von ihm ab. Er zog die Schuhe aus, presste den feinen, weißen Sand durch seine Zehen und tänzelte einen Samba, während Charlie bellend um ihn herumsprang. Die Unbeschwertheit der ersten Begegnung mit dem Meer sollte eine rasche Wende nehmen.

Sie erreichten die Wasserlinie.

Zwei ältere und eine jüngere Frau standen zusammen. An die Beine der Jüngeren klammerte sich ein kleines Mädchen; es verbarg seinen Kopf im Rock der Mutter. Die Erwachsenen gestikulierten aufgeregt und schrien sich die Worte zu, damit der Wind sie ihnen nicht verwehte.

Als sie Marcel bemerkten, kam die junge Frau auf ihn zu. Sie zerrte das Kind hinter sich her.

»Monsieur, Monsieur! Aidez-moi! Aidez-moi! Est en difficultés – Mon garçon est en difficultés!«

Marcel hatte verstanden, dass sie um Hilfe bat. »Comment puis-je vous aider, Madame?«

»Mon fils Jean-Pierre ne peut pas retourner – il est là – pouvez-vous le voir?«

Sie zeigte mit dem ausgestreckten Arm in die Brandung.

Marcel folgte der Richtung, die sie zeigte, konnte jedoch nichts ausmachen. Er konzentrierte den Blick auf den Bereich, in dem ein Schwimmer zu vermuten wäre. Durch das systematische Absuchen der Wasseroberfläche entdeckte er schließlich einen Arm in der Brandung, der hochgestreckt um Hilfe winkte.

Marcel war kein guter Sportler und schon gar kein Held, aber seine Mutter hatte ihn häufig zum Schwimmen mitgenommen. Er wurde zwar nicht zur Wasserratte, hatte in dieser Zeit aber immerhin die Prüfung zum »Rettungsschwimmer« abgelegt.

Marcel brauchte seine Schwimmflossen. Die waren im Rucksack.

Er nickte der aufgeregten Französin zu, und forderte sie auf, schnellstmöglich die Polizei zu verständigen: »Je vous aide, Madame, et vous informez la Police tout de suite, s'il vous plait.« Er wunderte sich, wie flüssig die französischen Worte aus seinem Mund kamen.

Madame schickte jemand zum nahen Strandrestaurant.

Während Marcel flink aus dem T-Shirt schlüpfte, seine Jeans abstreifte und seine Tauch-Utensilien aus dem Rucksack zog, kam ihm die Frage in den Sinn, was wohl passieren würde, wenn seine Hilfe vergeblich wäre. Es befiel ihn einen Moment die Angst vor dem Versagen und vor der lebenslangen Verfolgung durch einen toten Knaben. Doch verlieh ihm die Angst vor dem Versagen Kraft. Marcel nahm Charlie an die Leine und übergab den Hund der Obhut der Mutter.

Er lief los, legte die Flossen an, als das Wasser tief genug war, drückte die Erker-Maske über Augen und Nase, steckte den Schnorchel unter das Maskenband, klemmte sich das Mundstück zwischen die Zähne und blies den Tubo aus. Dann warf er sich rückwärts in den ersten Brecher.

Er wurde unter Wasser gedrückt, von der Rückströmung erfasst und weiter ins Tiefwasser mitgerissen. Salzwasser drang durch den Schnorchel in den Mund; erschrocken spuckte er das Mundstück aus.

Schon wurde der Schnorchel aus dem Maskenband gerissen, berührte noch den rechten Oberschenkel und war verschwunden.

Der Gedanke, dass er beim nächsten Luftholen Wasser schlucken könnte, verkrampfte ihm die Brust. Marcel bekam Panik. Er dachte plötzlich an Isabell und seine Mutter und daran, dass er sie vielleicht nie wiedersehen würde. Dann fiel ihm der Ausbilder von der Wasserwacht ein, der von einem seligen Gesichtsausdruck berichtete, den alle Ertrunkenen hätten.

Mit panischem Flossenschlag erreichte er Oberwasser. Kurz konnte er atmen. Er verschluckte sich, bekam Hustenreiz, und seine Angst, lebensbedrohend krank zu sein, war wieder da.

Der nächste Brecher stürzte über ihm zusammen und drückte ihn erneut nach unten. Er paddelte um sein Leben, schaffte es nach oben, holte tief Luft und tauchte gegen die Wellenrichtung, bis das Wasser ruhiger wurde. Jetzt hatte er die Brandung hinter sich und sah sich zwei aufgerissenen, hilfesuchenden Augen gegenüber; ein angstvolles Gesicht, das blonde Strähnen im Auf und Ab der Wogen veränderten.

Unweit von ihm drehte ein Styropor-Wellenbrett seine Kreise.

Dann war Marcel bei dem Jungen, der zunehmend erschöpfter wirkte. Marcel erkannte mit einem Blick, dass der zu schwach war, um allein gegen das rückfließende Oberwasser anzuschwimmen; der Junge würde den Strand nicht ohne Hilfe erreichen.

Panisch klammerte er sich an Marcels Schulter.

»Bonjour, Jean-Pierre, nous fuirons les vagues ensemble, ça va?«

Ob der Junge ihn wirklich gehört hatte, wusste Marcel nicht, aber zumindest ließ dessen Panik nach. Jean-Pierre hatte zumindest verstanden, dass er nun jemanden hatte, der ihm bei der Rückkehr zum Strand behilflich war. Er nickte dankbar ins Wasser.

Sie erreichten das Bodyboard, dessen Verbindung mit dem Handgelenk, dem »Leash«, abgerissen war. Der Junge ergriff das Brett, wie er es gewohnt war, und Marcel sicherte ihn ab, indem er sich unter das Board legte, den Kopf zum Atmen vor dem Bug. Marcel zeigte den rechten Daumen nach oben. Der Knabe lächelte krampfhaft. Er schien verstanden zu haben. Seine Lippen waren blau und die Arme von Gänsehaut überzogen.

Marcel schlug mit den Flossen. Sein Antrieb musste schneller sein als die Rückströmung. Er erspähte die Brandungsschwelle. Sobald er diese überwunden hatte, könnten sie sich treiben lassen und mit einer Welle zum Strand auflaufen. Dabei durften sie sich nicht auf den Grund drücken lassen und nicht in die gefährliche Unterströmung geraten. Marcel würde den Jungen in den tonnenschweren Wasserwirbeln verlieren. Marcel startete mehrere vergebliche Versuche. Die Wellen stellten ihn immer wieder quer. Der Junge drohte zu entgleiten.

Sie kamen nicht aus dem Gefahrenbereich, der sich überschlagenden Wassermassen und nicht aus der Rückströmung heraus. Der Junge hyperventilierte. Er war klamm und konnte jeden Moment kollabieren. Zu lange war er schon im kalten Wasser.

Auch Marcel fror. Ihm schwand der Mut und wieder schwante ihm, dass sein Leben ein frühes Ende nehmen könnte.

Am Strand hatten sich Menschentrauben gebildet, aus denen einzelne Personen winkten; andere deuteten nach oben.

Plötzlich sah auch Marcel den roten Helikopter. Bald dröhnte die Turbine über ihnen und der Rotor glättete das Wasser. Ein lauter Seufzer ging von dem Jungen aus. Marcel hielt ihn am Brett fest.

Ein Seil mit einem Retter wurde länger und schwang über ihnen. Der Mann aus der Luft deutete auf sich und auf den Jungen. Marcel verstand und bestätigte mit dem internationalen Okay-Zeichen der Taucher – die Spitze von Daumen und Zeigefinger aufeinandergelegt.

Der Mann im orangefarbenen Overall warf Marcel eine Rettungsjacke zu, legte dem Jungen einen Sicherheitsgurt um, zog ihn zu sich hoch und hakte ihn am eigenen Brustgeschirr ein. Dann gab er Marcel das Zeichen, dass er wiederkäme. Er signalisierte nach oben, ihn und Jean-Pierre mit der Winde an Bord zu hieven.

Auf den Wellenbergen sah Marcel zwischen der Gischt die Menschen am Ufer klatschen. Euphorie und Stolz überkam ihn; er hatte nicht versagt.

Wenig später war auch Marcel an Bord, in eine Decke gehüllt und mit zuckerreichem Tee versorgt. Der Flug dauerte nur einige Minuten. Sie landeten auf dem Dach eines Krankenhauses. Sanitäter brachten sie in die Ambulanz.

Während der Junge wegen Verdachts auf Unterkühlung stationär bleiben musste, war schnell klar, dass Marcel außer trockener Kleidung und einem Rückfahrtticket an die Strandstelle, an der er seinen Gefährten bei der besorgten Französin zurückgelassen hatte, keine weiteren Bedürfnisse hatte.

Der diensthabende Assistenzarzt hieß Michel, war kleinwüchsig, drahtig, hatte ein scharfgeschnittenes Gesicht, einen dunklen Teint, schwarze, krause Haare und Geheimratsecken. Michel war aus Toulouse.

»Toll, dass Sie den Jungen gerettet haben!«

Michel hatte eine Affinität zu Deutschen. Er hatte in der Universitätsklinik Großhadern hospitiert und in München gewohnt. Er überrannte Marcel mit einer Erzählung von seinen bayerisch-königstreuen und lebenslustigen Vermietern Hierl in der Kaulbachstraße, von der »Association Démocratique des Français de Munich« und von Amouren mit Lissy, Iris und Rosi.

Marcel hatte ihm nervös zugehört. Beim Gedanken an Charlie wurde er richtig ungeduldig.

»Die Mutter des Jungen wartet mit meinem Hund am Strand auf mich. Aber eine schnelle Frage hätte ich. Ich fühle mich oft heiser. Könnten Sie mal nachsehen, was da los ist?«

Michel schaute erstaunt, leuchtete aber Mandeln und Gaumensegel aus.

»Meist ist Schnarchen eine Ursache für subjektive Beschwerden. Das Gaumensegel flattert dann im Luftstrom der Atmung. Beschwerden können aber auch nach dem Trinken von Alkoholika oder nach der

Einnahme von Schlafmedikamenten auftreten. Bei Ihnen gibt es keinen Anlass zur Beunruhigung. Ich schließe einen krankhaften Befund definitiv aus.« Marcel kam es vor, als hielte ihn der Assistenzarzt für einen Hypochonder. Es könnte ja auch sein, überlegte er, dass sein Gaumensegel zu lang war. Dann läge ein Geburtsfehler vor. Das würde er vor der nächsten flugmedizinischen Untersuchung abklären lassen.

Marcel lud den Arzt trotz einer gewissen Antipathie ein, ihn in München zu besuchen. Und Michel würde ihn gerne in Toulouse begrüßen. Dazu war aber keine Zeit, denn Marcel hatte andere Pläne.

Michels zierliche Hilfsschwester mit einem asiatischen, ständig lächelnden Gesicht, hatte inzwischen für Marcels Reiseapotheke, die bislang nur aus dem zum Auto gehörigen Sanitätskasten bestand, Kopfweh-, Durchfall- und Schmerztabletten in eine Plastiktüte gesteckt. Dazu packte sie ihm noch Trinkwasser-Desinfektionsmittel, Vitamintabletten, Pflaster, Sonnencremes, sowie Sprays gegen Insekten. Marcel hätte damit die gesamte Equipe der »Rallye Dakar« versorgen können.

Dr. Sarussi, der Oberarzt, passte Marcel beim Empfangsschalter ab, beglückwünschte ihn im Namen des Hospitals zu seiner Rettungsaktion und kündigte an, ihm eine Kopie des Polizeiberichts nachzusenden. Marcels Protest half nichts.

Ein Notarztwagen brachte Marcel zurück. Marcel tauchte wieder zwischen den Dünen auf und Charlie sprang ihn Schwanz wedelnd entgegen. Er war froh, Marcel zurückzuhaben.

Marcel zog sich um und übergab das Klinik-Weißzeug an den Fahrer.

Die brünetten jungen Mutter Anne und ihrer Tochter Marie hatte zwischenzeitlich mit dem klugen Dackel gespielt und Charlie hatte sie bei Laune gehalten.

Annes Mann, Maurice, war unterwegs, im Krankenhaus nach seinem Leichtfuß-Sohn zu sehen; ihn gegebenenfalls gleich mitzunehmen.

Anne vergoss ein paar Tränen. Sie hatte erst jetzt erkannt, dass der von ihr verpflichtete Retter Deutscher war. Ihr Sohn verdankte diesem möglicherweise sein Leben.

Auch Charlie wurde geherzt und konnte sich der Umarmung von Töchterchen Marie nur mit Mühe entziehen. Mit einiger Verzögerung saßen die beiden Helden wieder in ihrer »Ente«.

Beschwingt ging die Fahrt weiter entlang der Silberküste, der Côte d'Argent, über Labenne, dann auf der Route National 10 nach Bayonne. Die Dünenlandschaft mit den endlosen Sandstränden wich den an das Meer herantretenden Höhen. Die Pyrenäen wuchsen vor ihnen auf.

Im mondänen Biarritz gab es Wellenreiter zu beobachten. Die Bretter trugen grelle Farben, waren Steh- oder Liegebretter, lang oder halblang, signiert und mit Sponsorenlogos bedruckt.

Sie schienen aus den verschiedensten Materialien gefertigt zu sein, belagerten Freiflächen, lehnten an Hausmauern, besetzten Fahrradständer, staken in Kofferräumen, ragten von den Beifahrersitzen offener Cabrios in den Wind und fanden sich vielfach auf Dachgepäckträgern, mit Riemen gegen den Fahrtwind gesichert. Sie schützten auch barbusige Badeschönheiten vor den Blicken zudringlicher Strandpapagalli, und man konnte die Bretter draußen in der Dünung unter den akrobatisch balancierenden Wellenreitern vermuten.

Kapitel 5

Zwischen Casino und Musée de la Mer lockte der überdimensionale Zylinder auf dem Flachdach die Spätnachmittagsbummler ins Cafe »Chapeau Claque«.

Wer vorher noch waghalsig versucht hatte, inkognito »Monsterwellen« zu beherrschen, und sich über die laienhaften Gaffer auf den Felsen ärgerte, die nur darauf warteten, dass ihn die Welle vom Brett warf, der hatte jetzt Gelegenheit, das persönlich Erlebte und das »Dabei gewesen sein« weiterzugeben.

Hautnahes aus erster Hand zu hören, war für eine Clique von Groupies, Jungen und Mädel aus dem In- und Ausland, Grund genug, um genau diese Stunden im »Chapeau Claque« zu verbringen, zu hören und gehört zu werden, zu sehen und gesehen zu werden, oder einfach einen »Cafe Claque« zu trinken; das war nicht mehr als ein Cappuccino mit Sahnehäubchen, klang aber interessanter.

Charlies unachtsam gespannte Leine, an beiden Enden Gezeter, brachte die braungebrannte Schöne mit dem breitkrempigen Cowboyhut ins Stolpern. Einem »Zut alors!« folgte eine Körperdrehung, der Hut rutschte nach hinten; das Kinnband fing ihn auf, ein wuschelig-blonder Krausschopf kam zum Vorschein, bei dem lange kein Coiffeur Hand angelegt hatte, und die so Beschriebene ließ sich samt Rucksack in einen Korbstuhl fallen. Der Tisch war frei. Auch die dünne, sommersprossige Blasse mit den gescheitelten Braunsträhnen, die ihr folgte, nahm Platz. Sie setzten die Rucksäcke auf die freien Stühle und bestellten je einen »Cafe Claque«.

Die beiden sprachen Deutsch miteinander; Cécile, die viele Blicke auf sich zog, mit elsässischem, Kathrin, die Unscheinbare, mit einem Tiroler Akzent. Sie schienen sich noch nicht lange zu kennen.

»Wie hast du nur die 800 Kilometer mit dem riesigen Rucksack bewältigt?«, wollte die Österreicherin wissen.

»Nicht ich – es war mein Wille. Auch wenn ich es immer noch kaum glauben kann, ich schaffte die Foltertour weitgehend ohne fremde Hilfe. Wenn ich gemogelt hätte, wäre das nur Wenigen auffallen.«

»Mogeln? – Wie meinst du das?«

»Ich war auf mich gestellt, und ich hatte Anlaufstellen, bei denen ich zur Kontrolle mein Logbuch stempeln ließ. – Natürlich hätte ich mich selbst beschwindeln können. Das Gepäck mit dem Taxi vorauszuschicken oder mit dem Bus oder Taxi zu fahren, wären Möglichkeiten gewesen. Das machen viele. Buslinien und Taxiunternehmen sind darauf eingestellt.«

»Die Betroffenen hatten doch ihre Gründe?«

»Ja, manche schon, andere nicht. Mit einem verstauchten Fuß kann niemand marschieren. Ein Todesfall in der Familie oder ein Unfall zu Hause kann zur Aufgabe zwingen. Zwischen Städten und größeren Ortschaften konnte man fahren. Aber auf den steinigen Pilgerpfaden dazwischen bist du mit dir allein. Je nach Tagesrhythmus triffst du andere, marschierst mal mit einem Einzelgänger oder mit einer kleinen Gruppe. Bald stellst du fest, dass die anderen einer anderen Marschtabelle folgen, und dass jeder seinen persönlichen Rhythmus geht, sonst unterfordert oder überfordert er sich schnell.«

Cécile schlürfte an ihrem Kaffee.

»Es gab nicht viele Gelegenheiten, bei denen ich schwächeln konnte.«

»Aufgeben? Dachtest du daran?«

»Aufgeben war für mich kein Thema. Es war wohl mein Ehrgeiz, nicht schlapp zu machen. Ich wollte mir selbst beweisen, dass ich es schaffe.«

»Kaum zu glauben. Bei mir ist der ›Innere Schweinehund‹ meist stärker als ich.«

»Ja, nachträglich weiß ich auch nicht mehr, wie das zuging.«

»Und der riesige Rucksack?«

»Der war tatsächlich zu schwer. Bis ich mich von einigen Utensilien trennte. Salben, Schminktopf, das dritte Handtuch und so weiter flogen raus. Ich brauchte das Zeug nicht. Danach kam ich mit dem Gewicht zurecht.«

»Und immer selbst geschleppt?«

»Nein, nicht immer. Einmal ließ ich ihn von einem Burschen tragen, der aussah wie Pierre Brice in jungen Jahren. Der Buckel tat mir weh und menstruationsbedingt hatte ich dazu noch Kreislaufprobleme. Auch wenn der Typ anfangs sicher nur so etwas wie »ritterlich« sein wollte, später hatte ich meine liebe Mühe, ihn wieder loszuwerden. Er folgte mir bis ins Quartier und war auch dort nur schwer abzuwimmeln. – Mein guter Rat: Halt dir die Kerle auf Distanz, wenn du allein gehst!«

»Danke, die Gefahr besteht bei mir weniger. Erstens sprechen mich Kerle kaum an, und zweitens will ich nichts von ihnen. – Aber ich bewundere dich für deine Courage, Cécile, und ich beneide dich, dass du das geschafft hast.«

»Das kriegst du auch hin!«

»Kaum! – Ich bin heute noch weniger davon überzeugt, dass ich die ersten drei Tage überstehen, geschweige denn Santiago de Compostela jemals zu Fuß erreichen würde.«

»Und warum nicht?«

»Es sind doch viele, die aussteigen. Sie alle werden ihre Gründe haben; genügend jedenfalls, um an dem guten Ausgang der Sache zweifeln zu dürfen, oder?«

»Zweifeln solltest du auf keinem Fall, Kathrin. – du allein bestimmst, was du tust und wie du es tust. – Wer zweifelt, der hadert auch mit seiner täglichen Entscheidung, gegen alle Widerstände weiterzugehen.«

»Gegen alle Widerstände?«

»Ja, gegen alle Widerstände. – Ich versuche die meinen einmal zu beschreiben: Am Anfang waren es kleinere Blasen, die ich abends kurierte. Dann wusch ich blutige Socken aus und bepflasterte ganze Fußpartien mit Hansa-Tapes. Es folgten geschwollene Knie, Kreuz- und Hüftschmerzen, Wolf, Muskelkater und Kopfweh. Dazu kamen die wechselnden äußeren Bedingungen: Am Rande der Pyrenäen goss es in Strömen, und ich wusste nicht, wie ich meine Klamotten trocknen sollte, dann stach die Sonne unbarmherzig. Die Hitze und die trockene Luft dörrten mich regelrecht aus.«

»Konntest du Getränke kaufen?«

»Ja schon; aber man braucht vor allem Wasser. Nur durch regelmäßiges Trinken kannst du die verlorene Flüssigkeit ausgleichen. Zusätzlich goss ich mir immer wieder Wasser über den Kopf, um ihn zu kühlen.«

»Das heißt noch mehr Gewicht?«

»Ja, leider! Zwei zusätzliche Literflaschen bedeuteten zusätzliche zwei Kilo.«

»Und der Rucksack ...«

»... der noch schwerere Rucksack versuchte mich klein zu kriegen; er schaffte es aber nicht.«

Cécile war zurück auf dem Jakobsweg. Sie fasste sich an Rücken, Schulter und Bein und schien die körperlichen Qualen wieder zu spüren.

»Wenn du dir nicht hundertprozentig sicher bist, das Ziel zu erreichen, wirst du größere Probleme haben als mit einer optimistischen Einstellung. Ich glaube, dass wir mit unseren Zielen wachsen. Auf dem Jakobsweg wächst zusätzlich jeder über sich hinaus. Er ist deine Begegnung mit dir selbst. Das Kennenlernen und die Auseinandersetzung können hart sein.«

Kathrin war in ihren Korbsessel gesunken und noch blässer geworden. Ihr Inneres schien ihre Sorgen nach außen tragen und sie ihr auf die Stirn zeichnen zu wollen. Sie wirkte jetzt viel kleiner als die robustere Blonde ihr gegenüber, die so entschlossen aussah, als könnte sie morgen mit einer Harley Davidson zu einer Weltreise aufbrechen.

Als hätte Cécile diesen Gedanken von Kathrin lesen können, wechselte sie, sehr zur Verwunderung ihrer Partnerin, plötzlich das Thema: »Übrigens fuhr ich von Santiago de Compostela hierher, um mein Motorrad, das ich vor der Wallfahrt hier bei meiner Tante abgestellt hatte, abzuholen. Für den Rest der Semesterferien möchte ich mir als Bikerin noch etwas von Spanien ansehen und an der Algarve ein paar Tage Ruhe suchen.«

Ohne Kathrin zu Wort kommen zu lassen, fuhr Cécile fort, in sie zu dringen. Sie sah, dass der »Camino Francés« Kathrin gefangen hielt. Deren nach vorn gezogenen Schultern, ihre nervös um sich selbst drehenden Daumen, ihre unter dem Jeans-Rock aneinander gedrückten Knie und ihre fragenden Stirnfalten hatte Cécile wohl bemerkt.

»Du studierst doch?«

»Ja, Bio.«

»Nehmen wir das mal als Beispiel: Wenn du dein Biologie-Examen bestehen willst, wirst du doch vorher nicht an deinem Wollen zweifeln. Das wäre höchst widersinnig und würde das angestrebte Prüfungsergebnis in Frage stellen, nicht wahr?«.

Cécile dachte einen Augenblick nach, dann hatte sie einen guten Einfall: »Hast du schon eine Unterkunft für heute Nacht?«

»Wie sollte ich? – Ich war gerade an der Bushaltestelle angekommen, als wir uns über den Weg liefen.«

»Okay, Kathrin, lass mich kurz mit meiner Tante sprechen. Sie ist ein patentes Mädel und hat eine große Wohnung. Sicher kann sie dich noch aufnehmen, dann hätten wir mehr Zeit zu reden.«

Kathrins Mine wirkte ein wenig unsicher. Sie schien aber Wert auf mehr gemeinsame Zeit zu legen und nickte.

»In Ordnung!«

Cécile ging kurz ans Münztelefon. Sie erreichte ihre Tante Brigitte und verabredete mit ihr die Abholung und den Platzbedarf für sich und Kathrin.

»Ihr müsst aber noch etwa eine Stunde warten, bis zum Ende von der Sprechzeit.«

Sie war Physiotherapeutin und hatte viele Kunden.

»Brigitte«, so ergänzte Cécile, »ist meine farbige ›Schokotante‹. Sie ist wegen meines inzwischen von ihr geschiedenen leiblichen Onkels

Auguste nach Biarritz gezogen. Brigitte will, dass ich sie ›Freundin‹ und nicht ›Tante‹ nenne, das mache sie jünger, wie sie sagt.«

Cécile und Kathrin amüsierten sich eine Weile über Tante Brigitte. Dann vertieften sich noch einmal in die Wege und in den Sinn des Jakobswegs: »Ich erzähle dir einfach noch ein wenig Praktisches, einverstanden?«

»Ja, natürlich – einverstanden!«

»Die physische Herausforderung«, fuhr Cécile fort, »damit auch die psychische, war besonders in den ersten Tagen hoch. Da ich Pamplona sehen wollte, hatte ich mir die längere Strecke ausgesucht und startete in ›Saint Jean Pied de Port‹; ein Umweg. Diese Nebenstrecke führte erst in ›Puente Reina‹ wieder auf die Hauptroute. Du könntest dir den Umweg sparen; ›Pamplona‹ kann man auch auf anderen Wegen bereisen ...«

Cécile berichtete noch eine Weile vom Jakobsweg, dann wechselte sie das Thema und erzählte von ihrem Soziologie- und Philosophie-Studium. Sie schwärmte von den vielen jungen Menschen aus aller Welt, die in Straßburg lebten; das würde den Studienort ausgesprochen attraktiv machen. Sie sprach zu Kathrin über ihre aktuelle Seminararbeit, für die sie sich derzeit mit den Geheimlehren der mittelalterlichen »Gegenkirchen«, den Mystikern und esoterischen Praktiken wie Magie, Astrologie und Alchemie auseinanderzusetzen hätte. Es gäbe wenig Material zu diesem Thema, da die Esoterik erst mit der Erfindung des Buchdrucks ihren Aufschwung genommen hatte. Was Kathrin denn von Esoterik hielt, wollte sie endlich wissen?

Das lenkte Kathrin ab, ihre Stirnfalten lösten sich, die Sommersprossen wirkten aparter, in den Wangen tauchten Farbe und zwei Grübchen auf, die ihr hübsche Züge verliehen. Der Rücken war wieder gerade.

»Zur Esoterik habe ich eine indirekte Beziehung, über meine Lebensgefährtin.«

Kathrin lächelte ein wenig verlegen.

»Meine Freundin heißt Vera. Sie wohnt in Igls, in der Nähe einer Künstlerkolonie in einer kleinen Wohnung. Im ersten Stock in einem umgebauten Bauernhaus. Das Haus hat einen umlaufenden Balkon, von dem es Geranien regnet.« Kathrin macht eine Pause.

»Unter dem mächtigen Schindeldach ist es gemütlich. Wir haben uns dort eine Teak-Holz-Ensemble mit quadratischem Tisch und Lehnstühlen eingerichtet und Liegen und einen rot-weißen Schirm hingestellt. Auf dem Tisch stehen immer Schnittblumen. Der Balkon ist trocken und sonnengeflutet. Es duftet dort nach Holz. Wir teilen auch die Patenschaft für die Balkonblumen«, schilderte Kathrin.

Ihre Augen wurden feucht.

»An Sommerabenden sorgen Windlichter aus Fichte vom Schnitzmeister aus dem Parterre und eine dicke Honigkerze in einer selbstbemalten Laterne für warmes Licht, wenn wir Bücher schmökernd oder plaudernd den Tag ausklingen lassen bei einem ›Schwarzen‹. Manchmal gehen wir spät noch spazieren und trinken in dem über vierhundert Jahre alten Ägidihof ein Zillertaler Pils. An Fest- und Feiertagen reservieren wir uns den Erkertisch im ›Batzenhäusl‹ in der Lanser Straße, und Vera lädt mich zum Essen ein zu ›herbstlichem Gemüse auf Kartoffelküchlein‹. Hast du schon einmal so etwas Feines gegessen?«

Cécile wunderte sich ein wenig über die Frage, da Straßburg auch Kathrin doch als Gourmet-Paradies bekannt sein müsste.

Sie schüttelte den Kopf und lauschte weiter Kathrins Worten.

»Obwohl wir nahe an der Patscherkofel-Bahn wohnen, treibt nur Vera Sport und carvt über die Olympia-Abfahrten. Im Frühjahr und Herbst allerdings, an vorlesungsfreien Tagen und wenn Vera keine Seminaristen hat, wandern wir zusammen auf die umliegenden Almen, jausen dort und pflücken auf dem Rückweg Wiesenblumen für die Balkonvase und für die Küchentischvase, für die auf dem Wohnzimmertisch, und die auf beider grün-weiß-bemalten Nachtkästchen aus Birnenholz. Alle unsere Vasen haben ihre eigene Flohmarkt-Geschichte.«

Kathrin, die bisher nicht geraucht hatte, steckte sich eine Zigarette an; im Zeitlupentempo – erst dann fuhr sie fort: »Vera ist bei der ortsansässigen Schamanismus-Akademie unter Vertrag; ein florierendes Geschäft mit dem ältesten spirituellen Heilsystem der Menschheit. In Veras Seminaren sollen die Lehrgangsteilnehmer die Rituale des Seelenreisens erlernen und ihre spirituelle Kompetenz und die Kraft zur Geistheilung entwickeln.

Besonders dem westlichen Menschen will diese Akademie indianische Wurzeln der geistigen Heilung vermitteln und ihn praktisch schulen. Vera selbst hat dort ihre Heimat gefunden, nachdem sie sich mit vielen ganzheitlichen Themen beschäftigt hatte, wie christliche Mystik, Yoga, Numerologie, Kinesiologie, Mentaltraining, Tarot und Reiki. Das alles hat sie ein bisschen weitergebracht, wie sie mir gestanden hatte, und sie suchte immer weiter, bis sie beim Schamanismus angelangt war. Dann erst hatte ihre Suche ein Ende, und sie fühlte sich reif für eine feste Beziehung...« »Wie habt ihr euch denn kennengelernt?«, fragte Cécile.

»Auf Kreta hatten wir uns kennengelernt, in der Zeus-Höhle, auf der ›Lassithi-Hochebene‹. Wir waren beide allein reisende Rucksacktouristinnen und zu zweit reiste es sich sicherer.«

»Erzähl mal!«

»Da gab es einen Giorgios. Das war der haarlose Führer mit dem Gebiss eines demolierten Palisadenzauns, der uns mit einem verschmitzten ›put hands‹ angewiesen hatte, uns beim Abstieg in die Höhle an den Händen zu fassen. Unten im Schlund angekommen, standen Stalagmiten und Stalaktiten wie Orgelpfeifen über und nebeneinander und warfen ihre Schatten. In einer der Nebenhöhlen war, der Sage nach, Zeus als Kind vor seinem Vater Kronos versteckt und von der Ziege ›Amaltheia‹ und von Bienen ernährt worden. Die Biene wurde auch für mich zum Glücksbringer. Nachdem wir aus der Unterwelt zurück waren, schenkte mir Vera eine Biene als Silberbrosche.«

Kathrin drückte ihre Zigarette aus und deutete auf die Brosche auf dem silberbestickten Top.

»Wir hatten bei Kyria Voula in ›Agios Nicolaos‹ ein gemeinsames Zimmer genommen, mieteten uns einen Roller und verbrachten den Tag an einer windgeschützten Mini-Sandbucht der Halbinsel ›Spinalonga‹, gleich neben einem antiken Heiligtum. Ein paar Säulen standen da, als hätte sie noch niemand bemerkt. Sie waren unsere einzigen Zeugen. Vierzehn weitere Tage bereisten wir dann mit der betagten ›Vespa‹ zusammen die Insel. Palmenstrand von Vai, die antike Stadt ›Itanos‹ und andere Orte. Wir flüchteten vor dem Nordwind in den Süden der Insel und passierten auf dem Weg zur Ausgrabungsstätte des Palastes von ›Kato Zakros‹ das ›Tal der Toten‹ mit in den Tuff-Stein gehauenen Begräbnishöhlen. Vera schrie nach den Seelen der Verstorbenen, und die Antwort kam per Echo zurück. Vera suchte für uns bevorzugt Orte aus, die der Polyp Tourismus noch nicht umfangen hielt. Wir kehrten in Klöstern ein, besuchten die ehemalige Hippie-Hochburg Matala, in der Veras Mutter, von zu Hause ausgerissen, einige süße Monate in einer der Höhlen mit ihrem Freund und dessen Spezis verbrachte. Vera vermutet, dass sie dort gezeugt wurde. Damals soll dort so mancher Joint die Runde gemacht haben«, endete Kathrin bedeutungsvoll.

Kathrin war in Fahrt. Cécile schwieg. Sie wollte nicht unterbrechen.

»Wir waren auch durch die Samaria-Schlucht marschiert. Das Gepäck hatten wir in Chania gelassen. Ein Typ wie Anthony Quinn alias ›Alexis Zorbas‹ fuhr uns persönlich mit dem öffentlichen Bus zum Abstiegspunkt. Nach sechsstündigem Gehen, unterbrochen durch mehrmaliges Abkühlen in den Badegumpen des Baches, stürzten wir uns hinter dem Schlucht Ausgang ins Meer, fuhren mit dem Linienschiff nach ›Chora Sfakion‹ und von dort mit dem Bus über die Insel wieder zurück in den Norden nach ›Chania‹. Diesmal saß der schwarzgeschärpte ›Capitan Michalis‹ am Steuer, der mit dem in schwarz gewirktes Kopftuch, die Bommeln in die Stirn. Schwarze Reitstiefel, schwarze Hose, schwarzes Hemd und verwegener schwarzer Schnäuzer, edles, vom Krieg genarbtes Gesicht, Held des großen kretischen Freiheitsdichters im Unabhängigkeitskampf gegen die Türken, Nikos Kazantzakis, in dessen patriotischem Werk ›Freiheit oder Tod‹ – kennst du es?«

»›Alexis Zorbas‹ habe ich gesehen – fantastisch – die Schlussszene!«

»Ja, großartig, nicht? Etwas zerstörerisch, aber gleichzeitig wahnsinnig optimistisch und lebensnah, der Tanz. Bei der Begegnung im Bus dachte ich an seine Reinkarnation. – Du kennst Kreta, sonst würdest du mir nicht so geduldig zuhören?«

»Nur als Kind mit den Eltern – Rethymnon – Strandurlaub. Erzähl bitte weiter!«

Kathrin war froh, bei Cécile Aufmerksamkeit gefunden zu haben.

»Unter dem Strich«, fasste sie zusammen, »waren wir seit der Begegnung auf Kreta eigentlich unzertrennlich; eigentlich, denn ich wollte meine Semesterferien, während in Veras Akademie Hochbetrieb ist, nutzen, um an meinen Minderwertigkeitskomplexen zu arbeiten. Vera ist zehn Jahre älter. Sie ist stets gestylt und tritt unverschämt selbstbewusst auf. Eigentlich hatte ich mir den Jakobsweg ausgesucht, um ihrer Dominanz zu entkommen; zumindest für eine kurze Zeit.«

Kathrin entschuldigte sich und bahnte sich einen Weg zur Toilette.

Cécile musterte die Gäste um sich herum. Hatte der Typ schräg hinter ihr nicht eine frappierende Ähnlichkeit mit dem jungen Dichter »Saint-Ex« – tiefliegende, melancholische Augen, die besondere Nase – Die Locken passten natürlich nicht dazu. Der Typ könnte ihr gefallen...

Dann war sie abgelenkt. Cécile glaubte, im Innenraum gesehen zu haben, wie Kathrin gerade von einem der ›Surfwunder‹ angemacht wurde.

Die Glasscheibe spiegelte die Spätnachmittagssonne wider. Wenig später erlaubte einfallender Schatten die Durchsicht. Kathrin schloss gerade ihre Handtasche, und ein Pomade-Schönling – das öligschwarze Langhaar zum Pferdeschwanz zusammengefasst – schritt aus der Kneipe flott an Cécile vorbei. Ihr Blick verlor ihn an der Corniche zwischen den Flanierenden.

Kathrin kam, rief im Vorbeigehen bei Marcels Tisch Charlie ein anerkennendes »Oh wie süß!« zu und setzte sich mit einem »Hallo, war ich zu lange weg?«, wieder auf ihren Platz.

Cécile fragte nicht nach, was drinnen gewesen war. Und als wenn sie das Schweigen nicht ertragen würde, fuhr Kathrin fort, von sich zu erzählen, mechanisch, als hätte sie es sich auf der Toilette ausgedacht: »Damit du im Bilde bist: Meine Eltern und mein Bruder leben nicht mehr; sie sind einem Unfall umgekommen. Die Medien hatten berichtet. Wahrscheinlich hast du darüber gelesen. Ich war dabei, als die Bergbahn im Tunnel Feuer fing. Mein Vater entschied, nachdem wir uns endlich aus dem Waggon befreit hatten, die Nottreppe zum oberen Ausgang zu nehmen. Er schien ruhig, wie immer, aber wir hörten uns kaum. Die Skifahrer schrien. Es gab ein Durcheinander. Alle waren sie durch die Skistiefel behindert, und die Flammen und der Rauch machten die Leute hektisch. Ich konnte den anderen nicht folgen. So drehte ich um und stolperte abwärts zum Tunneleingang. Die Richtung rettete mein Leben, denn die giftigen Dämpfe stiegen nach oben und wurden auf dem Weg dorthin wie in einem Kamin beschleunigt. – Meine Eltern und meinen Bruder fand man Stunden später, als der Tunnel wieder begehbar war, dreihundert Meter oberhalb der abgebrannten Bahn, erstickt an dem giftigen Qualm, wie viele andere. Die meisten der Opfer waren Jugendliche oder Kinder, wie mein kleiner Bruder mit seinen zehn Jahren. Das ist die Geschichte meiner Familie. Ich fahre seitdem nicht mehr Ski.« Kathrins Stimme erstickte in Tränen.

Auf Céciles sonnengebräuntes Gesicht mit der vorher noch strahlenden Mine um die hellblauen Augen, hatte sich ein Schatten gelegt. Sie fand keine Worte. Nein, sie hatte nichts über diesen Unfall gelesen. Ob Kathrin die Katastrophe erfunden hatte? Sah sie vielleicht etwas, was nicht war, aber noch kommen würde? Cécile war durcheinander.

Bei allem Mitgefühl, Kathrin hörte sich an, als erzählte sie ein tragisches Märchen, wie bei Hauff, unvorstellbar. Welch ein Schicksal!

Während Cécile noch zweifelte, fuhr Kathrin fort. Sie sprach schnell: »Eine bigotte, kinderlose jüngere Schwester meiner Mutter, mit der ich mich schon vorher nicht verstanden hatte, nahm mich auf. Meine Abneigung resultierte eigentlich nur von einem Vorkommnis aus der Zeit meiner Pubertät, nicht weit vor dem Unfall. Die Tante war damals noch verheiratet und tat schon immer fürchterlich katholisch. Als wir sie für ein Wochenende besuchen kamen, fragte ich sie beim Abwasch nach ihrer Meinung zur Anti-Baby-Pille. Was glaubst du, was sie mir antwortete?«

Cécile hob die Schultern: »Es kann ja wohl nichts Zeitgemäßes gewesen sein; und kein guter Rat für eine Dreizehnjährige?«

»Nein, das war es wirklich nicht. Sie verwies mich auf die neue Enzyklika ›Humanae Vitae‹ von Papst Paul VI, welche die Pille und auch den Gebrauch von Kondomen verbot. Aber Geschlechtskrankheiten waren ein globales Problem, und die Quote der Kindermütter war sogar in unserer Schülerzeitung erwähnt. – Die Tante lebte zwar in einer kleinen Gemeinde auf dem Land, was ihre konservative Haltung ein wenig entschuldigte, aber auf diesen ›Rat von Vorgestern‹ hätte ich wahrlich verzichten können. Ich war damals in einen Mitschüler der Oberstufe verliebt, der schon Erfahrung zu haben schien. Dazu suchte ich den Rat einer erfahrenen Frau, mehr nicht, aber auch nicht weniger…«

Kathrin schnäuzte sich in ihr gebördeltes Taschentuch mit den Initialen V. & K.

»Die Voraussetzungen für einen harmonischen Haushalt mit einer Vierzehnjährigen waren anfangs denkbar schlecht, wie du dir vorstellen kannst. Dazu kamen die Nachwehen von der Scheidung Tante Agathes. Es gab reichlich Zoff. Das Zusammenleben verlief auf unterschiedlichen Kommunikationsebenen; Sender und Empfänger konnten sich nicht treffen. Später ging es etwas besser. Wir führten einige Zeit sogar einen Zwei-Single-Haushalt, mit genauen Regeln. Das funktionierte einigermaßen. Ja, wir kamen uns näher, bis ihr neuer Typ auftauchte, Tobias. Nicht übel aussehend, hätte er sich den Bart abrasiert. Zwei Monate später zog Tobias bei uns ein. Ich mochte ihn dann doch nicht. Er war Vertreter für irgendetwas. Zu Hause verkaufte er weiter; manchmal verteidigte er seine Unordnung, seinen Bierkonsum, sein Pinkeln im Stehen und so weiter, wie ein Marktschreier. Aber, Agathe wollte nicht mehr allein sein.

So hatte ich plötzlich einen Stiefvater, der nur elf Jahre älter war als ich; das ging doch nicht. – Er gab sich zwar anfangs Mühe mit mir, half mir bei den Hausaufgaben, sofern er die Lösungen wusste, beschenkte mich, und ich bemerkte zunächst nicht, dass sein Interesse an mir mehr umfasste, als es sich für ihn ziemte.« Kathrin schnäuzte sich.

»Wie praktisch, so dachte er wohl, zwei unter einem Dach. – Kannst du dir die Situation vorstellen, Cécile?«

»Es tut mir leid, nein. Aber ich versuche es.«

»Nun kommt der Hammer; du wirst es nicht glauben: Nach einem Fest bei Nachbarn musste Agathe nochmal ins Spital, sie arbeitete als Hebamme und war dadurch viel mit dem eigenen Auto unterwegs; da überfiel er mich richtiggehend in meinem Zimmer, glaubte, ich wollte seine Spiele mitmachen. Er tat mir weh und ließ auch nicht ab von mir, als ich laut um Hilfe rief. Er benutzte mich wie sein Eigentum und lockte mich mit Schweigegeld.«

»Wie hast du reagiert – die Polizei eingeschaltet?«

»Agathe glaubte mir Gott sei Dank und nicht seinen verdammten Beteuerungen. Agathe ging mit mir zur Polizei und warf ihn aus der Wohnung. Die polizeimedizinische Untersuchung, die Anhörungen und später der Prozess selbst waren ein Martyrium.« Kathrin steckte sich eine Zigarette an und sog den Rauch tief ein. Dann redete sie weiter, nochmals schneller und zusammenfassend.

»In der Folge kam ich ins Internat, zu den Dominikanerinnen, drehte eine Zusatzrunde, schaffte sogar meine Matura, immatrikulierte mich in Innsbruck und begann mein Studium, erst Physik und Chemie fürs Lehrfach, dann Biologie mit dem Ziel, in der Forschung mein Brot zu verdienen. Abends kellnerte ich in einer Lesben-Kneipe und finanzierte davon meine Reisen nach Griechenland. Du bist jetzt sicher schockiert?

Cécile wusste wieder nicht, was sie sagen sollte. Nach einer kleinen Pause nahm sie den Rucksack von ihrem Nachbarsitz, wechselte den Platz und legte ihre Linke sanft auf Kathrins Unterarm.

Kathrins Augen wurden wieder nass, und es flossen dünne Rinnsale bis in ihre Mundwinkel.

Cécile hielt es nicht mehr, sie unterbrach das Schweigen und versuchte, Kathrin wie ein Kind zu besänftigen: »Da hattest du schon in jungen Jahren ein mächtiges Kummer-Päckchen zu tragen. Das Schicksal deiner Eltern und das deines kleinen Bruders tun mir schrecklich leid. Auch die Sache mit dem Partner deiner Tante ist furchtbar.«

In dem Moment, als sie sprach, war ihr die Banalität des Gesagten bewusst.

Als wenn sie es wiedergutmachen wollte, nahm sie Kathrin in die Arme: »Ist er verurteilt worden?«

»Ja, aber es blieb reichlich Schuldgefühl für mich übrig. In dem Prozess wurde darum gestritten, ob meine Kleidung und mein Verhalten den Lebensgefährten meiner Tante zu seinem Fehlverhalten ermutigt haben könnte; zum Schluss glaubte ich selbst an meine Mitschuld und machte mir Vorwürfe. Erst eine Schamanenreise mit Vera befreite mich von meiner Selbst-Geißelung.«

»Eine Schamanenreise?«

In diesem Moment hupte es vorn auf der Straße. Die schokoladenfarbene, mollige Fahrerin eines silberfarbenen Peugeot Cabrio, ein bunt-gemustertes Tuch lustig um kurzes Kraushaar geschlungen, winkte heftig und streckte mehrmals einen Arm in Richtung eines Halteverbotsschildes.

»Kathrin, wir werden abgeholt; Brigitte ist da, kann aber nicht parken – wir sollen uns beeilen. Bist du bereit? Wir sprechen später weiter.«

»Natürlich, Cécile, ich bin okay, danke.«

Cécile zahlte, und beide verließen mit ihren Rucksäcken das »Chapeau Claque«.

Marcel, der Lockige vom Nachbartisch, schaute von seinem portugiesischen Epos »Lusiaden« auf, verfolgte die beiden mit seinen Blicken und gab seinem im Stuhl daneben eingerollten Gefährten einen Stups: »Das Leben ist reich an Schicksalen, Charlie. Die zwei Mädels hatten sich eine Menge zu erzählen. Zwei Seelenverwandte sind da auf Reisen gegangen. Beide Mädchen würde ich gerne wiedersehen und besser kennenlernen, was meinst du?«

Er erwartete keine Antwort, aber für Charlie war klar: Während Marcel diese Cécile gerne wiedersehen würde, war ihm die andere mit der sanften Stimme sympathisch, Kathrin. Sie roch so gut nach Mohn.

Marcel und Charlie verließen Biarritz.

Kapitel 6

In Guipúzcoa herrschte »Chirimiri«; ein bei den Basken berüchtigter Nieselregen, der bis zu einer Woche dauern kann. Mehr als ein Dutzend Dreitausender stauten das Weiterziehen der Regenwolken aus dem Golf von Biskaya. Die Pyrenäen werden so für das Schmuddelwetter und genauso für den Smog über San Sebastian verantwortlich gemacht.

»Die Stadtverwaltung sollte Fahrverbote aussprechen, um in der Altstadt ein Verkehrschaos zu verhindern«, schimpfte Marcel vor sich hin, als er dem »slow go« folgte.

Vom Tonband schmetterte gerade Agnes Baltsa die »Habanera« aus Carmen, leider nicht auf Spanisch. Marcel hatte sich beim Nach-dem-Weg-Fragen in der Vorstadt Gros bereits auf Baskisch die Zunge zerbrochen. Jetzt trommelte er den federnden Bizet-Rhythmus auf das Lenkrad, sah die rote Rose in Carmens üppigem Dekolleté vor sich und sang die chromatisch abwärtsgleitende Melodie bruchstückhaft auf Französisch mit.

Schicksalhaft wie in der sinnlichen Oper näherten wir uns dem »Centro« und mit dem erregenden Mezzosopran-Tremolo zum Ende der Arie einer Kreuzung, zu der wir keine Vorfahrt hatten.

Marcel trat in Erwartung des Querverkehrs vor dem Stoppschild auf die Bremse; vergeblich. Mit einer Ausdrucksweise, die ich nicht wiedergeben will, trat er auf das Pedal, pumpte und pumpte, und es geschah nichts. Der Wagen rollte ungebremst über die Kreuzung. Schließlich brachte Marcel ihn durch das Ziehen der Handbremse, begleitet von einem weiteren Schimpfwort und von dem Applaus für Carmens stolzen Auftritt, zum Stehen. Marcel atmete tief durch.

»Ja, die Liebe hat bunte Flügel – sie von den Zigeunern stammt.« Marcel stöhnte, als wenn er gerade eine Zentnerlast gestemmt hätte. »Puh, das war knapp. Von beiden Seiten kam kein Auto. Rettung zur rechten Zeit – Gott, Götter, Engel, Geister – Dank sei, wer immer zur Stelle war.«

Marcel umarmte das Lenkrad, da er die Ente nicht komplett umfassen konnte, um auch ihr für die Rettung zu danken. – Er überlegte einen Augenblick, dann haute er ihr mit der Faust auf die Konsole und zischte: »Du Miststück!«

Marcel pumpte noch zweimal, und die Fußbremse tat wieder ihren Dienst. »Was war das für ein Schicksalswink?«

Wir mussten unsere Pläne ändern, die Bremsen überprüfen lassen und dann erst nach Bilbao weiterfahren.

Marcel steuerte uns zu dem fünf Kilometer vom Centro entfernten und nur über Serpentinen zu erreichendem Camping »Igueldo«, auf dem gleichnamigen Berg. Dort gab es für Marcel reichlich Tortilla und Tinto, den hiesigen Roten. Mit Wein kann man mich verjagen, aber das spanische Kartoffel-Omelette war »zum Anbeißen«. Wir litten keinen Mangel, wie die Werbung es prophezeit hatte: »El Camping Igueldo es de 1ª Categoría y está abierto todo el año«.

Die Zeichen standen auf »top«.

Dagegen stand die ausgesuchte Citroen-Werkstatt auf »flopp«. Zum Entlüften unserer Bremsanlage war keine Hebebühne frei, und wir wurden auf den nächsten Tag vertröstet.

So hatten wir Zeit zum Bummeln und bedienten uns dazu des öffentlichen Nahverkehrs. Wir fuhren eine Weile Bus und stiegen auf den 135 Meter hohen Monte Urgell. Von dessen Castillo de la Mota konnten wir den Hafen und die Altstadt mit der Playa de la Cocha, dem sich im Halbrund ziehenden Badestrand, überblicken. Einige trotz Nieselregens Bewegungshungrige sprangen im flachen Wasser hin und her, einige schwammen. Andere warfen sich gegenseitig Frisbees und Bälle zu, oder sie spielten Beach-Volley.

Der Nebel filterte die Farbenpracht des Hafens, tauchte die Szene in ein trübes Licht und dämpfte die Hafengerüche. Die Stadt stellte sich uns mit dem Image einer selbstbewussten Provinzhauptstadt und gleichzeitig dem eines Seebades vor, in dem seit Jahrhunderten der spanische Adel und die hohe Diplomatie verkehrten.

Am nächsten Tag brachten wir die Ente in die Werkstatt.

Der von unserer limitiert gefertigten Charleston Ente begeisterte bärtige Mechaniker Echeverria brachte uns mit der Probefahrt nach Antiguo. Marcel verstand nach mehreren Ansätzen, dass Echeverria heute Vorname wäre, im Spanien des sechzehnten Jahrhunderts aber der Beiname des heiligen Franz Xaver. Der Ortsname »Xavier« wäre baskischer Herkunft und bedeutete »neues Haus«. Die Kommunikation war zu kompliziert. Echeverria versprach, das Auto bis Spätnachmittag wieder abholbereit zu haben.

Um vor dem Regen zu fliehen, suchten wir ein Café auf. Bixente, der deutschfreundliche Besitzer, berichtete von den »Sociedades Gastronomicas«, etwa dreißig Männerclubs San Sebastians, und vertraute uns an, dass die mehrheitliche politische Gesinnung der Clubmitglieder baskisch-national wäre. Der Wirt legte den rechten Zeigefinger auf die Lippen und bat uns, über das Gehörte zu schweigen. Marcel hatte geglaubt, dass die Aktivitäten der baskischen Untergrundorganisation für immer gestoppt wären.

Marcel klingelte von dort aus die Werkstatt an. Echeverria wollte, dass wir das Auto abholten; eine Hebebühne war verfügbar gewesen. Marcel unterbrach den Wortschwall: »Gracias, treinta minutos. Adios!«

Mit dem grün gekennzeichneten Bus waren wir zügig wieder bei »Citroen Guipúzcoa«. Wir konnten nicht verhindern, dass Echeverria seine Fußball-Trophäen, hauptsächlich von Athletic Bilbao, von den Rojiblancos und von den Los Leones, präsentierte. Zudem hatte er in seinem Office ein vergilbtes Foto von Bayern München mit unleserlichen Unterschriften in einem verzierten Silberrahmen an der Wand.

»Estó es Franz Beckenbauer«.

Die Unterschrift hätte genauso gut von einem Fan oder von ihm selbst sein können.

Mit entlüfteten Bremsen wagten wir uns wieder durch den Verbindungstunnel ins Zentrum, parkten an der Promenade und erfreuten uns zu Fuß an den schmalen Gassen und deren Häuserfronten. Marcel schlenderte wie »Hans-Guck-in-die-Luft« und schaute auf die schmiedeeisernen »französischen Balkone«, wie er sie aus New Orleans kannte. Überall hingen Vogelbauer an den Metallgeländern, es hallte vom tropischen Vogelgezwitscher, mehr und mehr Leute suchten Tavernen auf.

Am erwachten pittoresken Alt-Hafen roch alles nach Meer. In einem kleinen Fischrestaurant gab es für mich Makrelenstücke und Sardinen, Marcel freute sich auf eine baskische Riesenkrabbe, ein Nationalgericht. Brot und Besteck war auf einem weißen Papier-Tischtuch gedeckt. Ein wahres Ungeheuer, so groß wie der Teller, und darauf ruhte er, wie er vorher vielleicht auf Beute gelauert hatte, der »Txangurro«. Marcel nahm seine Zivilcourage zusammen und versuchte, unsicher um sich blickend, dem Untier mit Messer und Gabel auf den Leib zu rücken; so vergeblich, wie das Bremsmanöver am Tag zuvor.

Dann schoss Marcel das Blut unter die Gesichtshaut. Der stämmige Wirt war wortlos hinter ihn getreten, nahm ihm das Besteck aus den Händen, legte es zur Seite und brach die Schale der Monsterkrabbe auf. Er lachte Marcel aufmuntert zu und verließ den Tisch wortlos, wie er gekommen war.

Das »Museo Oceanografico« war uns nach diesem Mahl eine Verpflichtung. Neben krabbelnden Riesenkrabben, Katzenhaien und vielfältigsten Muscheltieren sah sich Marcel Auge in Auge mit einer schwarz-grau-gepunkteten Muräne. Sie erinnerte ihn an eine Unterwasserbegegnung vor der griechischen Insel Kithira. Damals war kein Sicherheitsglas zwischen ihm und einer angriffslustigen Artenschwester gewesen.

Nach Rückkehr zum Camping versuchte Marcel noch einmal, Isabell in München zu erreichen. Wieder ließ sie den Anrufbeantworter für sich sprechen.

In der folgenden Nacht verschwammen für Marcel Isabell und der Txangurro zu einem Traumbild, aus dem morgens nur noch das Bild des toten Monsters auf einem weißen Teller zurückblieb.

Hier in San Sebastian hätte Marcel seine Entscheidung, nicht zu Fuß zu pilgern, noch einmal überdenken können. Der Grund für eine

»Wallfahrt zu Fuß« lag mit Isabells »Aus« nicht mehr vor. Marcel hatte jetzt andere Pläne. Er wollte zwar nach Santiago, auch auf der Pilgerroute entlang der Küste, aber ohne im spanischen Norden viel Zeit zu verlieren. Marcels Ziel lag im Süden der Iberischen Halbinsel. Dort wollte er nach einem Ort Ausschau halten, an dem er Muße zum Schreiben und Ruhe fand.

Der Einfachheit halber nahmen wir die Autobahn. Es war ein Tag vergangen, ohne dass wir Kilometer »gefressen« hatten. Bald strahlte wieder die Sonne; viele Mitbenutzer der Asphalt-Rennbahn freuten sich sichtlich, dem Chirimiri entkommen zu sein. Fröhliche Gesichter lachten aus den vorbeiziehenden Karossen.

Bilbao, die Hauptstadt der baskischen Provinz Biskaya lag einhundert Kilometer westwärts. Dort lebten die vielen Menschen auf zu engem Raum. Fabrikrauch, Hafenlärm, gehetzte Blicke, qualmende Lastwägen und eine kurvenreiche Strecke stressten.

»Nur weg von hier«, entschied Marcel.

Erst nach Castro Urdiales verlor sich der Verkehr. Wir verließen eine holprige Nebenstraße und fuhren auf der bequemeren Küstenstraße. Die gab immer wieder den Blick auf malerische Buchten mit mittelalterlichen Orten frei. Das Meer begleitete uns mit frischen Böen und schickte ab und zu Nebelbänke, die wie Geisterschiffe im Luv auftauchten und über den ansteigenden Höhen verschwanden.

Eine Tafel am Straßenrand markierte die Provinzgrenze zu Altkastilien. Im Schatten einer Platane saß dort, angelehnt an deren Stamm, ein sommersprossiges Mädchen auf einer ausgerollten Matte am Boden, im Jeansrock Trauben, von denen sie aß, ein Rucksack neben ihr.

Marcel glaubte jemanden Bekannten erkannt zu haben, so dass er bremste, zurücksetzte und ausstieg. Ich folgte ihm.

Einen Moment verharrte er, unentschieden, und ging dann ruhig auf sie zu.

Dass er Deutscher war, musste sie an seinem deutschen Kennzeichen gesehen haben. Allerdings konnte man hier einen Münchner leicht mit einem Madrilenen verwechseln. Das Abziehbild mit dem »D« hatte Marcel immer noch nicht angebracht. Ein österreichischer Wimpel lugte aus einer Seitentasche ihres Gepäcks.

Näher herankommend war sich Marcel sicher, dass es diese Kathrin aus Biarritz war, deren Gespräche mit ihrer Bekannten er unabsichtlich belauscht hatte.

Kathrin war zunächst noch über ihre Trauben gebeugt; jetzt kam Spannung in ihre Züge, sie schaute zu ihm auf. Ihre Gesichtshaut sah frischer aus als in Biarritz; die Nase war gerötet. Der Schirm einer Baseball-Kappe sollte wohl Schlimmeres verhindern. Zum Schutz von Nacken und Schultern hatte sie sich ein dunkelrotes Dreieckstuch mit grünen Stickereien umgelegt. Auf der Oberseite der Arme hatte die Sonne bereits die Sommersprossen mit einem intensiven Rot überdeckt.

»Hallo, wir haben uns in Biarritz gesehen – tut der Sonnenbrand weh?«

»Wir uns in Biarritz gesehen?«, sie schaute erst Marcel musternd an, dann mich.

»Ja, ich erinnere mich – an ihn – im ›Chapeau Claque‹ – er ist ein süßer Kerl!«

Sie hatte mich erkannt, nicht Marcel. Das erweckte in mir große Freude und entsprechend begeistert begrüßte ich sie.

»Wie heißt dein Freund denn?«

»Charlie – Sir Charlie. Er ist tatsächlich ein alter Freund. – Brauchst du etwas gegen deinen Sonnenbrand? Ich habe das halbe Auto voll von Salben und Pillen.«

»Wenn du etwas Brandsalbe und Sonnencreme entbehren könntest?«

Marcel holte für Kathrin vier Tuben aus seiner gut gefüllten Apotheke.

»Wohin ist denn deine blonde Freundin weitergereist?«

»Cécile macht eine Motorradtour durch Spanien und wohin geht's bei euch?«

»Wir wollen über La Corunia nach Santiago de Compostela, dann weiter an die Algarve und die Ostküste Spaniens zurück.

Kathrin tat uninteressiert und aß weiter ihre Trauben.

»Magst du auch?«

»Nein danke – darf ich mich einen Moment dazusetzen?«

»Wenn du willst.«

So kam doch noch ein Gespräch zustande, und Marcel erfuhr von der Fortsetzung der Begegnung im »Chapeau Claque«. Kathrin war nach dem Abend und nach der Nacht in der Wohnung von Céciles Tante mit dem Zug nach Bilbao gefahren und von einer Landfrau, die Ware an den dortigen Obst- und Gemüsemarkt geliefert hatte, bis zur Provinzgrenze mitgenommen worden. Nun wartete sie auf jemanden, der sie bis Santander mitnehmen würde.

»Habt ihr denn noch Platz für mich?« Kathrin schaute Marcel fragend an.

»Natürlich kannst du ein Stück mitfahren; wir müssen den Rücksitz nur ein wenig aufräumen.«

So wie Marcel Kathrin einschätzte, hatte sie ein Interesse, von jemandem mitgenommen zu werden, der ihre Sprache sprach und dem sie vertrauen konnte. Marcel hatte aber nicht die Absicht, sich über längere Zeit durch so eine komplizierte Romantikerin wie Kathrin zu belasten. Cécile hätte vielleicht eher eine Mitfahrgelegenheit bekommen. Noch wollte er aber keine Frau an Bord haben; es war für ihn noch immer schwer vorstellbar, dass Isabell nicht auf dem Platz saß, den sie die vergangenen zwei Urlaubsfahrten eingenommen hatte. Ich war kein Ersatz für sie, das war mir klar.

Kathrin erzählte, dass sie, gegen ihre ursprüngliche Absicht, den Camino jetzt nicht mehr zu Fuß zurücklegen wollte; die Entscheidung hätte sie in Biarritz getroffen.

»Ich bin nicht stark genug und nicht hart genug gegen mich. Überhaupt hätte ich das Ziel niemals zu Fuß erreicht. Cécile, meine Bekannte, hat mir die Augen geöffnet. Der Weg hat sich für mich geändert; mein Ziel aber bleibt Santiago de Compostela. Ich bin erleichtert und gehe die Sache, wie ihr seht, recht locker an. Ich will auch das Land genießen, ins Wasser springen, wann ich will und faul am Strand liegen; zum Beispiel in Santander.«

Marcel erwähnte, dass auch er ursprünglich gehen wollte. Kathrin schien interessiert. So erzählte er von Isabell und von ihrer Auseinandersetzung in der vorletzten Nacht vor der Abreise.

»Santiago ist für uns also nur noch ein Etappenziel. Dafür haben wir Zeit für Neues, Unbekanntes gewonnen und wir bewegen uns schneller von Ort zu Ort.« Marcel lächelte ein wenig resigniert.

Kathrin verriet Marcel, dass sie allein reisen wollte. Bei längeren Fahrten als Anhalter müsste man sich meist fremde Geschichten anhören und neugierige Fragen beantworten. Sie hätte genug mit sich selbst zu tun.

Sie einigten sich darauf, dass Marcel sie in Santander am Yachthafen absetzen sollte.

Kathrin rollte ihre Liegematte ein und packte sie mit ihren übrigen Sachen in den Rucksack. Sie wollte unbedingt hinten sitzen. Während der Fahrt erwähnte sie, dass sie das grundsätzlich täte, da sie nur dort vor möglichen Zudringlichkeiten männlicher Fahrer sicher wäre und im Notfall sofort von ihrem Pfefferspray Gebrauch machen könnte.

Marcel verstand sie.

Mir wäre ein Platzwechsel sowieso nicht recht gewesen, obwohl ihr Rucksack so fein nach getrockneten Mohnblumen roch. Marcel schien davon nichts bemerkt zu haben.

Santander lag schon auf seiner Halbinsel vor uns, als wir von einer Streife der »Guardia Civil«, auf einen Parkplatz gewunken wurden.

»Polizei, Shit! Kannst du nicht vorbeifahren?«, hörte Marcel vom Rücksitz.

»Wie stellst du dir das vor, Kathrin, was hast du denn? Wir haben doch nichts zu verbergen, oder? Hier geht es nicht um eine Leibesvisitation. Es ist nur eine Verkehrskontrolle.« Marcel folgte der Winkerkelle, hielt an, stellte den Motor aus, stieg aus und hielt die Fahrertür geöffnet.

»Buenos Dias! – Los documentos, por favor – germanos?«

»Buenos Dias! Dos Germanos, una Austriaca«

Der Beamte grinste – meinetwegen.

Marcel griff in seine an die Rückenlehne seines Sitzes gehängte Windjacke, entnahm ihr KFZ-Schein, Pass und Impfpass und beugte sich nochmal ins Wageninnere, um den Pass von Kathrin entgegenzunehmen. Er übergab dem Uniformierten die Dokumente.

Jetzt erst sah Marcel einen Zweiten, der mit einer Maschinenpistole den anderen zu sichern hatte.

Vor ihnen stand ein Kleinbus, die Türen geöffnet, Gepäck auf der Straße. Ein Hundeführer befahl seinen Deutschen Schäfer gerade durch die Heckklappe ins Innere. Der schlug an; sein Bellen machte mich rasend.

»Haben Sie Sachen, die sind nach spanischem Gesetz verboten?«, fragte Beamte freundlich?

»Oh, Sie sprechen Deutsch – nein, wir haben nichts zum Verzollen.« Marcel deutete dabei auf das Auto und zuckte die Schultern. Damit schien er für den Beamten ausdrücken zu wollen, dass Leute in Kult-Enten nichts zum Verzollen hätten. Im Übrigen war Marcel im Umgang mit der Polizei nicht sehr erfahren.

»Y la Señora?«

»Wir gehören nicht zusammen. – Nosotros – no estamos juntos!«

Der Beamte schlenderte zu einem Bus mit der Aufschrift »Guardia Civil Servicio Cinecológico« und gab unsere Papiere zum elektronischen Datenvergleich ab. Damit kontrollieren sie wohl, ob wir mit europäischem Haftbefehl gesucht werden, murmelte Marcel an den Wagen gelehnt, so dass ihn Kathrin durch die hochgeklappte Seitenscheibe hören musste.

Kathrin kletterte aus dem Wagen und zog ihren Rucksack hinterher: »Weißt du was, ich gehe zu Fuß weiter. – Ich will euch nicht in Schwierigkeiten bringen. – Ich warte noch auf den Pass, den brauche ich auf jeden Fall.«

Sie gab Marcel die Hand, winkte mir zu und ging langsam, den Rucksack an einem Tragegurt über die Schulter, zur Parkplatz-Ausfahrt. Dort stellte sie ihr Gepäck ab, kehrte bis in die Mitte des Platzes zurück, steckte sich eine ›Fortuna Light‹ an und wartete.

Der »Guardia Civil Patrol« war Kathrins »Fluchtversuch« nicht entgangen. Irgendjemand rief sie zum Überwachungswagen. Etwas an ihrem Pass schien unklar zu sein. Marcel konnte zusehen, wie der Hundeführer zum Rucksack wechselte, »Bello«, »Cervantes« oder wie er sonst hieß, schnüffelte an dem Gepäck und bellte.

Nun wurde Kathrin zu ihrem Rucksack geschickt, musste ihn öffnen und den Inhalt ausbreiten.

Zwei Zigarettenstangen hatten wohl keine Steuerbanderolen, weil der Beamte sie fragend herzeigte. Ein zusammengefaltetes Briefcouvert enthielt, so sah es aus der Entfernung aus, ein Plastiktütchen mit einem weißlichen Pulver, das ihr der Fahnder nun vor das doppeltgerötete Gesicht hielt.

Marcel stand wie festgewurzelt.

Kathrin wurde zur Vernehmung in den Einsatzbus begleitet; ihr Gepäck zur Beweisaufnahme sichergestellt.

Das Fahrzeug vor Marcel durfte einladen. »Bello« oder »Cervantes« kam auf Marcel zu. Der Sicherer trat näher ran und hielt die Mündung seiner Waffe nun auf Marcel gerichtet. Marcel bekam Anweisung, sich mit seinem Beifahrer vom Fahrzeug wegzubewegen und sich umzudrehen. Marcel begann Kathrin zu verwünschen. Sie würde ihm hoffentlich keinen »Stoff« im Auto versteckt haben. Man konnte ihm eigentlich nichts anhaben. Die Mitnahme einer Anhalterin war nicht strafbar. Das Auto hatte seinen TÜV. Das fehlende Deutschlandschild würde wohl keinen Kummer machen. Ein Bußgeld? Wenn überhaupt.

Bestimmt zwanzig Minuten stand er da; dann durfte er sich umdrehen. Marcel musste das gute Stück wieder beladen; besser – erst einmal wieder zusammenfügen. Alles was Schrauben hatte, sämtliche Verkleidungen der Armaturenkonsole, wie auch Hohlraumabdeckungen im Koffer- und Motorraum waren geöffnet worden. Marcel durfte sie wieder verschrauben. Er war handwerklich zwar nicht ungeschickt, aber in dieser Hitze werkelte, schwitzte und schimpfte er vor sich hin, bis alle Teile wieder an ihrem Platz waren.

Kathrin war für Marcel zur besenreitenden Hexe geworden.

Er hatte so gehofft, von Kathrin mehr über ihre Seelenwanderung mit der Schamanin Vera erzählt zu bekommen. Darauf musste er jetzt auch verzichten.

Nach Anhörung als Zeugen wegen der »verbotene Rauschmittel mit sich führenden österreichischen Touristin«, wurden ihnen die Ausweise zurückerstattet und sie konnten weiterfahren.

Kathrin bekamen sie nicht mehr zu Gesicht. Marcel machte sich Sorgen um sie. Dann fiel ihm ein, gelesen zu haben, dass Österreich in Santander ein Konsulat unterhielt, welches in Schwierigkeiten geratenen Touristen half. Kathrin konnte Marcel auch anrufen, wenn sie darüber hinaus Hilfe benötigte. Marcel hatte ihr, bevor sie zu ihnen in den Wagen stieg, ein Kärtchen mit seiner Adresse und mit der zusätzlichen Telefonnummer seiner Mutter übergeben. Schließlich konnte sie sich auf die Unterstützung ihrer vielleicht von der Sachlage gar nicht so überraschten Lebensgefährtin verlassen. Ihre Vera war in der Schamanen-Akademie oder in der gemeinsamen Wohnung in Igls sicher erreichbar.

KAPITEL 7

Im Nordwesten von Santander flanierten spanische Touristen. Nur eine halbe Stunde entfernt von den weltberühmten, steinzeitlichen Tierbildern der Höhlen von Altamira tummelten sich Tausende entlang des Badestrandes »El Sardinero«. Sie blickten auf die abgeschiedene, schimmernde »Magdalena«, deren Tage noch glänzten, als sie königliche Sommerresidenz war.

Auch wir bestaunten die eleganten Hotels und die Restaurants mit den preislosen Speisekarten in den Vitrinen am kunstvoll geschmiedeten palmenumstandenen Gartenportal. Marcel stellte sich vor, auf dem geschwungenen Marmorpfad, links und rechts Golfrasen, durch eine Laternenallee auf die weiße Stuck-Fassade zuzuschreiten und von den Stufen der zweiseitigen Freilufttreppe huldvoll hinabzusehen.

Nach Rundgang durch die Altstadt und nach einer pfannengroßen Tortilla in einer rustikalen Taverne brachen wir wieder auf. Die Erinnerungen an die Reisebegleiterin von Stunden zuvor wurden milder.

Aufgrund des durch Kathrin verursachten Zeitverzugs war der Eingang zu den Höhlenmalereien in Altamira bereits geschlossen; für Marcel eine große Enttäuschung. Erst ein beleibter Gast in einer Bar des blumengeschmückten Renaissance-Städtchens Santillana del Mar informierte Marcel, dass Renovierungsarbeiten auch den Zugang verhindert hätten, wenn wir noch zu den Öffnungszeiten Altamira erreicht hätten. Ein Trost war das nicht für Marcel und auch nicht für mich. In Höhlen zu stöbern wäre mein »Siebter Himmel« gewesen.

Über ein winziges Sträßchen führte unser Weg weiter entlang der bis über zweieinhalbtausend Meter hohen »Picos d'Europa«, durch einen artenreichen Nationalpark. Bei einem Abstecher in ein Hochtal beobachtete Marcel Rudel von Pyrenäen-Gämsen mit dem Fernglas; jedenfalls behauptete er das.

Ein Castroviejo-Hase, den ich ausmachte, lag verendet am Wegrand. Marcel schlug in seinem Fachbuch nach und hielt wieder einmal einen Vortrag: »In diesem asturischen Fauna-Kleinod leben auch Europäische Wildkatzen, Kleinfleck-Ginster-Katzen, Fischotter und der Pyrenäen-Desman. Der Gebirgsstock beherbergt auch Wölfe, und, Charlie: hungrige Braunbären durchstreifen das Gebiet nach Futter; keine Ermutigung für uns, hier im Zelt zu übernachten. – Aha, im Park soll man tagsüber auch Stein- und Schlangenadler, sowie Gänse-, Bart- und Schmutzgeier beobachten können und nachts den Uhu.«

»Ja, warum zeigen sie sich dann nicht, diese Feiglinge«, dachte ich mir, war dann aber recht froh, dass Marcel vernünftig blieb und weiterfuhr. Marcel fand, dass sich das Landschaftsbild durchaus mit den grünen Almen beiderseits bayerischer, schweizer oder tiroler Pilgerwege vergleichen ließe.

Marcel wollte einen Brief an die EU-Kommission schreiben und vorschlagen, die Gespräche über das Gleichgewicht der Währungen in dieser Idylle stattfinden zu lassen. Problemlösungen und kontinentale, politische Entscheidungen, so sein etwas blauäugiger Vorschlag, würden in der grandiosen Natur der »Picos d'Europa« sicher leichter fallen.

Bei einer Rast in Orviedo, der Hauptstadt des ehemaligen Königreichs Asturien, machten wir die Bekanntschaft einer Pilgergruppe von lustigen Spaniern; sie hatten beim Nachfeiern des erfolgreichen Caminhos an den Rias, den Fjorden der Westküste, reichlich Sangria getrunken. Unbedingt wollten sie, dass wir den Umweg über die Rias machten, um die unvergleichlichen, endlosen, menschenleeren Strände zu sehen, wie sie sagten.

Es war nach Mitternacht, und die Nationalstraße 634 führte uns in tausenden Kurven über Pässe und durch Gebirgstäler. Irgendwann entließ sie uns wieder ans Meer, in den Ort Otur, in eine Bar, in der noch Licht brannte, und in der der stoppelbärtige Wirt noch ein kühles »Cerveza« vom Fass ausschenkte.

Vom Wiesenduft umgeben saßen wir am nächsten Morgen in der Sonne, das Zelt trocknete vor sich hin und Marcel spielte auf seiner Mundharmonika.

In der benachbarten Bucht sorgte der von hohen Klippen umstandene, gelbe Sand für eine erholsame Idylle. Der Strandsaum brach bei dem sanften Wellenauflauf in eine von Algen und Muscheln besetzte Steinlandschaft ab, die den Ozean an dieser Stelle glasklar und grün aussehen ließ. Süßwasser plätscherte durch ein Bachbett in einen Felstunnel, strömte hinaus und vermischte sich mit dem salzigen Element. Wir schwammen und atmeten diese Naturschönheit ein.

Nach Castropol, Ribadeo und Barreiros machten uralte Steinbrücken aufmerksam, dass wir uns in der Nähe des antiken Lucus Augusti, heute Lugo, befinden mussten.

Vielleicht war es das Andenken an die alten Römer, vielleicht auch eine von Marcels Marotten, die uns hinter Villalba vor einer Friedhofsanlage, im Schatten einer stämmigen Eiche, halten ließ.

Mochte es an dem fremdartigen Anblick oder an ihrer pietätvollen Abgeschiedenheit gelegen haben; Marcel nahm sich Zeit und gab sich der erhabenen Anlage in Meditation hin.

Hohe Mauern schützten die Toten vor übermütigen Menschen, auch vor Getier. Vielleicht sollten sie auch die Seelen der Verstorbenen daran hindern, auf Wanderung zu gehen?

Quadratische, mit Ziegeln aufgerichtete oder aus Betonwänden zusammengefügte Grabhäuschen wurden überragt von kreuzverzierten Giebeldächern aneinandergereihter Urnenhäuser. Diese muteten an wie eine vergrößerte Bienenwabe. Die Erdbestattungsanlagen ähnelten eher den Gräbern betuchter Münchner Bierbrauerfamilien. Befangen schoss Marcel einige Fotos mit seiner kleinen Kamera.

In Baamonde trafen wir auf die Nationalstraße VI, die uns rasch nach La Coruna, der Hauptstadt der gleichnamigen Provinz führte. Die bereits von Kelten und Iberern gegründete Hafenstadt im äußersten Nordwesten empfing uns in dichte Schleierwolken gehüllt. Der touristische Rundgang schloss die im Nebel besonders düstere Kirche Santiago aus dem zwölften Jahrhundert ein, sowie die von grauen Schattengestalten belebte Plaza de Azcárraga und die ›Audiencia de

Galicia‹ mit dem gerade noch sichtbaren Barett und Gewehr tragenden Wachen davor.

Marcel suchte eine Poststation und verschickte Urlaubsgrüße. Ich wartete geduldig. Dann telefonierte er noch mit seiner Mutter. Sie fragte, ob es uns beiden gut ginge. Marcel gab einen kurzen Bericht ab. Mutter wusste, dass Adri und Trijnie in Barcelona angekommen waren und nach Granada, Cordoba und Sevilla weiterreisen wollten. Eine Nachricht von Isabell war an die Münchner Flemingstraße adressiert. Marcels Mutter musste den Brief öffnen und vorlesen. Ich lauschte mit: »Lieber Marcel, ich wollte und konnte nicht mit dir telefonieren. Wir hätten aneinander vorbeigeredet. Es war eine bereichernde Zeit mit dir. Wir sind aber zu verschieden. Lass uns Freunde bleiben und gestatte, dass jeder von uns seinen eigenen Weg geht. Das ist sicher auch in deinem Sinn und für uns beide das Beste. Ich hoffe Charlie ist okay? Gute Reise – Isabell.«

Ein Stich fuhr Marcel ins Herz. Auch wenn das Ende ihrer Beziehung auch für ihn unausweichlich schien, den ersten Schritt hätte nicht er getan. Aber von ihr per Brief? Wer war er denn, dass sie mit ihm nicht sprechen konnte? Hatte sie sich schon anderweitig getröstet? Konnte sie ihm das nicht sagen? Warum?

Marcels Zeit war abgelaufen. Er nahm die Nachricht mit und verwahrte sie sorgfältig.

Ein paar Buben hatten sich das ästhetische Areal vor dem Klarissinnen-Klausurkloster Santa Barbara zum Bolzplatz auserkoren und hielten, wenn ein Tourist des Wegs kam, inne, um ihre Spracherrungenschaften auszuprobieren: »Do you speak English?«

Marcel war Lehrersohn. Er konnte nicht aus seiner Haut und ließ den Lehrer raus: Scherzhaft parierte er mit einem Zungenbrecher, den er aus der Schulzeit in Erinnerung hatte: »Yes boys, I am German, but I saw Susie sitting in a shoeshine shop. Where she sits, she shines, and where she shines, she sits. Did you get it?«

Aus lauter Verlegenheit schob der Wortführer, ein im Wachstumsschub spindeldürr aufgeschossener Rotschopf, einen halben Kopf größer als die anderen, Marcel den Ball zu. Er kickte ihn zurück und schon ergab sich ein Match, in dem offen blieb, wer mit wem spielte, und in dem das Leder öfter in Nebelschwaden erst nach längerer Suche wiedergefunden wurde.

Die Unterbrechungen gaben Marcel Gelegenheit für kleine Gespräche, in einem Mix aus Englisch und Spanisch.

Da ich schon immer ein großer Freund aller Ballspiele war, war ich Teil der tobenden Schar.

Die zehn- bis zwölfjährigen Fußballjünger trugen Trikots der Fußballvereine von La Corunia, Barcelona, Madrid, Bayern München und einer das der spanischen Nationalmannschaft. Er deutete auf den Aufdruck »Campiones del Mondo« und warf sich dabei in die Brust.

Marcel gab vor, die falschen Schuhe anzuhaben, aber er war schlichtweg außer Atem. Er bedankte sich bei dem »Chef« dafür, dass er mitspielen durfte und bot ihm noch einen Schüttelreim an, mit dem er in der nächsten Englischstunde glänzen konnte: »Si, Si!«

»Okay, here it is:«

»Hickory, dickory, dock! The mouse ran up the clock. The clock struck one – The mouse ran down. Hickory, dickory, dock!«

Die Buben waren begeistert. Marcel musste den Spruch wiederholen, dann übersetzen und dann aufschreiben. Was hatte er sich da wieder eingebrockt? Wahrscheinlich hätte er doch das Zeug zum Lehrer gehabt.

Eineinhalb Stunden später erreichten Marcel und ich Santiago de Compostela, eine Stadt, die sich beim ersten Blick nicht von anderen Residenzen Nordspaniens unterscheiden würde, wenn nicht der Apostel Jakobus und die Pilger wären.

Marcel suchte gleich die Wallfahrtskirche auf und zündete für Frau Kostanidis die versprochene Kerze an. Er gedachte ihres verblichenen Stavros. Was würde das Licht für seine griechische Nachbarin und was für den Verstorbenen bewirken? Sollte der Rauch den Geist des Stavros erreichen, diesen besänftigen oder ihn gar vertreiben? Sollte Stavros Seele in einen anderen Körper gewandert sein? Dann könnte die

Kerze Schutzengel oder auch Schutzgeister aktivieren, oder aber sie vernebeln.

Marcel zweifelte. Er dachte nach und versuchte zu meditieren. Nach einer Weile gab er sich einen Ruck und zündete für die verstorbenen Großeltern, für seinen Onkel, sowie für seine Eltern Kerzen an, für jeden eine. Seine Zweifel erschienen ihm plötzlich unbedeutend und klein. Die Stimmung in der Wallfahrtskirche, die vielen gutgläubigen Gläubigen, der Weihrauch, die hinterlassenen Wünsche, Bitten, Danksagungen hatten ihn für sich eingenommen. Er dachte an den Apostel, dessen Enthauptung in Palästina sein Mitleid erregte. Die sterblichen Überreste waren, von Sagen begleitet, in die alte galizische Königstadt überführt worden.

Fast zehn Millionen Besucher zählte Santiago de Compostela jährlich; zweihundertundsiebzigtausend davonkamen als Pilger. Fünfzehntausend Deutsche sollten unter den offiziellen Wallfahrern gewesen sein, hatte Marcel gelesen. Er staunte, er erschauerte, aber seine Distanz zur Heiligenverehrung konnte er nicht ablegen. In seiner protestantischen Erziehung hatten die katholischen Heiligen keinen Platz gehabt.

Das Treiben in den Gassen um die Kathedrale herum war mit dem Roms oder Jerusalems zu vergleichen: Studenten und Pilgermütterlein, Alt und Jung, Reich und Arm bevölkerten die Plätze, Straßencafés, Restaurants und die unzähligen Bars. Die Farbenpracht, Sprach- und Kulturvielfalt Santiago de Compostelas böte manch treffliche Kulisse für Shakespeare-Dramen oder für Verdi-Opern.

Die letzte Nacht in Spanien verbrachten wir, wie von der fröhlich-feiernden spanischen Pilgergruppe empfohlen, am Fjord Ria de Arosa, auf der äußersten Spitze einer Landzunge mit endlosen Stränden, traumlos, ohne Geister, müde und trunken von den Eindrücken.

KAPITEL 8

Die erste Woche, das war Marcels besondere Pilgerfahrt, hatte ich überstanden. Ab Santiago de Compostela musste ich gegen Magenkrämpfe ankämpfen. Wir überquerten die Internationale Brücke über den Minho, als ich mich das erste Mal erbrach. Marcel war unglücklich. Der zackige Zöllner deutete auf den Impfpass. Die samtene Dame im Touristikbüro reichte mir Wasser. In Caminha nahm Marcel »robalo grillado«, gegrillten Seebarsch und »bacalhao assado«, Kabeljau gebacken, zu sich, Salzkartoffeln dazu. Ich aß einen Happen Fisch; zu viel Salz, viel zu ölig, nicht »al dente«. »Muito obrigado«, das war's. Marcel musste sich wieder für mich schämen.

Der anschließende Strandspaziergang tat wohl. Marcel war vom »Vinho Verde« aufgekratzt und tanzte auf dem Parkplatz des Strandrestaurants den »Marcel-in-bester-Stimmung-Sirtaki«.

Bereits weit draußen brachen sich die Wellen an einem Klippensteg zwischen einem Eiland und der Halbinsel Santa Tecla. Es war Ebbe, und das Wasser war seicht. Wellen plätscherten über Bänder von Muschelfragmenten. In Windhosen sich drehende Sandfontänen, mit Sonnenstrahlen spielende Glitzersteine, zwischen glitschigen Felsen quer marschierende Krabbensoldaten und gallertartige zuckende Quallen erregten meine Sinne. Der Tang roch nach Meereskadaver und verbarg tausendundeine Überraschung. Im Nu war es Abend.

Am nächsten Morgen steuerte uns Marcel nach Viano do Castelo an die Flussmündung des Rio Lima. Vom Hafen her wehte Schwertfischduft. In der Nähe der Praça da Republica fotografierte Marcel die Kachelmalereien des Misericordia-Hospitals; dann setzten wir die Fahrt fort.

Marcel hielt mir auf der Route nach Barcelos einen Vortrag über die Azulejos-Malerei. Ich hatte verstanden, dass Azurblau der Namensgeber dieser arabischen Kunst war, aber ich musste mich wegen des ewigen Schaukelns erneut übergeben. Marcel schien besorgt. Doch er fuhr fort, mir von der Legende des Barcelos-Hahns zu erzählen. Es war mir schon aufgefallen, dass sich in portugiesischen Souvenirläden Dutzende von Keramik-Kikerikis im Wettstreit mit denjenigen anderer Bauart über die Auslagen hinweg anschrien. Der Barcelos-Hahn, so Marcel, symbolisierte die göttliche Gerechtigkeit. Ein zum Tode Verurteilter hatte den gebratenen Gockel der Henkersmahlzeit zum Zeugen seiner Unschuld angerufen; der rappelte sich auf, schlug mit den Flügeln und begann zu krähen. Das waren Urteil des Himmels und Rettung des Todgeweihten zugleich.

Bei Ponte de Lima überquerten wir den Fluss; unter der Brücke ein Markt. Das war ein Treiben zwischen den weißen, blauen und gelben Zeltdächern der Marktstände. Bienen gleich bewegten sich Menschen hin und her und verbreiteten Geschrei. Der Geruch von Ziegenpisse, Pferde- und Ochsendung drang in meine Nase. Knoblauch- und Currydüfte verwirrten meine Magennerven. Ich spürte erneut Brechreiz. Marcel hielt hinter der Brückenabfahrt an und säuberte den Sitz ein weiteres Mal. Dann trottete er, mit hängenden Schultern, die braunen Locken vom Wind zerzaust, knochige Knie unter Khaki-Shorts, das grellgelbe, offene Hemd nach rückwärts wehend, auf seinen Riemensandalen zum Ufer und schlug das Handtuch mit meinem Erbrochenen im Wasser aus.

Calé-Kinder tollten in der trägen, hellbraunen Brühe. Frauen mit im Licht glänzenden und bis zu den Hüften schwingenden, tiefschwarzen Haaren wuchteten tropfende Wäscheballen an Land, während andere barfuß im Wasser stehend, mit einer Hand ihre knöchellangen, farbkräftig-paillettierten Trachten zusammenrafften und mit der anderen wuschen.

Unweit davon hatte ein unterhemdbekleideter Glatzkopf seine Rostlaube in das Flussbett gelenkt und übergoss sie mit Wasser aus einem löchrigen Blecheimer; so als wollte er auf diese Weise dem siechen Gefährt zur Wiedergeburt verhelfen.

Das Bild verfloss in der flimmernden Luft aufsteigenden Wasserdampfs.

Zurück am Auto streichelte Marcel mich zur Beruhigung, schwieg und veranlasste, dass unsere »Ente« bis Braga weitertuckerte. Braga war Sitz des Erzbischof-Primas, und so prunkten hier auch die schönsten Bauwerke. Marcels normalerweise eher vergeistigter Blick wurde konkreter, und seine feinen Züge zeigten ein Lächeln, als er aus dem Reiseführer zitierte: »In Lissabon wird gefeiert, in Porto gearbeitet, in Coimbra gesungen und in Braga gebetet.« – »Wir sind in Braga – Charlie, bete!« Er lachte.

Mir war aber weder nach Beten noch nach Lachen zu Mute. Die Mittagsonne stach und es war so heiß, dass Marcel sich gleich in die Kathedrale flüchtete, während ich im Schatten des Nebenportals verharrte. Ich hatte Durst und mir war schwindelig. So nahm ich Guimaraes, die erste Hauptstadt Portugals und unsere nächste Station, gar nicht wahr. Ich träumte, dass der blaue Strich an dem Thermometer, das Marcel mittels eines Magnets an der Armarturen-Konsole befestigt hatte, am Anschlag war, und dass mich der Hitzschlag getroffen hätte. Das »slick – slick – slick«, welches die Reifen auf dem flüssig gewordenen Asphalt verursachten, holte mich zurück. Ein Blick auf das Thermometer zeigte, dass das Quecksilber die fünfzig-Grad-Marke erreicht hatte.

Vor Amerante, kurz bevor die Straße den Rio Tamega überquerte, passierte es dann: Ich musste mal. Marcel stoppte auf der rechten Fahrspur. Der Asphalt kochte. Ich lief in Panik auf die andere Straßenseite und übersah den einzigen Lastwagen, der in der sengenden Hitze in Gegenrichtung unterwegs war.

Es ging schnell, und es tat nicht einmal weh, als meine Seele ihr irdisches Haus verließ …

Wenig später sah ich vom Auto aus, wie Marcel den aus dem Mund blutenden, goldbraunen Rauhaardackelrüden Sir Charlie auf seine Arme gebettet hatte, und wie seine Tränen auf dem Teer verdampften. Marcel vergoss viel Wasser zwischen zuckenden Schultern, die sich nicht beruhigen wollten, bis die Sonne seinen Schädel zu spalten drohte.

Marcel konnte zu diesem Zeitpunkt nicht wissen, dass ich, wiedergeboren, immer noch bei ihm war. Dreizehn Jahre enge Freundschaft hatten ihn und mich geprägt. Ich wollte wegen der langen Jahre der Gemeinsamkeit bei ihm bleiben, in einem neuen Körper, viel kleiner, aber als Kakerlake zäher, ausdauernder, für einige Monate fast unsterblich.

Ich befand, dass der Name »Sir Charlie« meiner neuen Rolle nicht mehr gerecht werden würde und nannte mich »Cucaracho«.

Irgendwie würde sich Marcel wieder an mich gewöhnen, obwohl? Wie und wann sollte ich mich ihm zu erkennen geben? Würde er mich akzeptieren? Ich übertrug zwar keine Schimmelpilze und war breitband-geimpft gegen Tuberkulose, Typhus, Pest und Cholera. Dennoch würde ich als »Blatta Orientalis« bei ihm Überzeugungsarbeit zu leisten haben.

Ich hatte es mir in einer Falte des aufgerollten Verdecks bequem gemacht. Der Schatten einer aufgescheuerten Textilstelle gewährte mir Schutz vor Licht und den notwendigen Überblick. Um das Leibliche war mir nicht bang; ich konnte einen Monat ohne Essen und eine Woche ohne Wasser auskommen – was wollte ich mehr?

Es dauerte nochmal einen Sonnenwinkel bis Marcel, mein Poet, vom Grab-Schaufeln zurückkam und sich so weit gefasst hatte, dass er die Reise fortsetzen konnte.

Marcel überfuhr die Brücke, parkte etwas abseits, stieg zum Rio Tamega steil ab und tauchte mit seinem Kummer in einen Wasserfall. Stechmücken setzten seinem Bad ein Ende. Dann rollte er trauernd weiter und erreichte eine Passhöhe. Eine Brise kühlte seine erhitzte Stirne und stimmte ihn milder. Er saugte das raue Bergpanorama mit der vom Meer landeinwärts strömenden Luft in sich auf.

Später streifte Marcel lustlos durch Vila Real, einem altertümlichen Städtchen, besichtigte – ich wusste nicht warum – das Geburtshaus von Diego Cao, dem Entdecker der Kongomündung. Abends spülte er auf dem Campingplatz seine Depression mit Hilfe von »Vinho Verde« hinunter; der kam aus dem Eisfach. Über das linke Hinterrad verließ ich nachts den 2 CV und bewachte bis zum Morgengrauen das Zelt und Marcels Schlaf, denn diesmal ging es Marcels Magen gar nicht gut.

Am nächsten Morgen unterlief mir ein folgenschwerer Fehler: Ich gesellte mich zu einem Stück Baguette, und genau dieses Stück packte Marcel nach dem Frühstück in einen luftdicht verschließbaren Plastikbehälter und vergaß diesen tagelang in der Tiefe des Kofferraums. Ich war mitgefangen und konnte nur erahnen, dass die Reise flussabwärts verlief, entlang des tiefeingeschnittenen Douro-Tals, in dem die Portwein-Trauben »kochten« wie am gestrigen Tag der Straßenbelag.

Es war mindestens eine Woche vergangen, und erträglichere Umweltbedingungen hatten die Hundstage abgelöst, als Marcel mich endlich befreite und das verschimmelte Brot entsorgte.

Ich bezog wieder meinen Ausguck.

Gott sei Dank war Marcel wieder besserer Laune.

Er hörte Fado-Lieder von Amalia Rodrigues an und versuchte die Melodien mit zu summen. Marcel traf die Töne, nicht wie seine Verflossene nörgelte: »Marcel, da stand ein Kreuz, einen Halbton höher!«

Ich verstand nicht, was sie an seiner Stimme auszusetzen hatte.

Sie war Violinistin und angeblich anspruchsvoll. Dabei heulte ich, äh, Charlie, jedes Mal auf, wenn sie ihre Geige aus dem Kasten holte, das niespulverähnliche Kolophonium verstaubte, und ihre Triolen über die Saiten kratzten.

Freunde von Marcel sagten, das wäre höchste Kunst, doch sie sahen Sir Charlie dann unter der Eckbank in der Küche sitzen. Er hatte seine Ohrwascheln fest verschlossen.

Marcel vermisste seinen Charlie. Er begann zu sich selbst zu sprechen und sich dabei einzubilden, Charlie höre ihm zu. So plapperte er vor sich hin und berichtete von seinen Tagen in Lissabon. Es wäre zu umfangreich, Marcels Erlebnisse in Lissabon hier wiederzugeben. Alles in allem schien Marcel sich aber amüsiert zu haben. Besonders bewegt hatten ihn der Fado-Abend in der »Adega Mesquita«, Rua do Diario de Noticias, dann die liebreizende Anna Paula, die Fremdenführerin, das Denkmal der Entdecker, der Ausflug nach Estoril und der nach »Cabo da Roca«, dem westlichsten Punkt Europas. Dort war dem Nationaldichter, Luis de Camoes, ein Denkmal gesetzt und in eine Tafel ein Auszug seiner Lusiaden graviert worden. Marcel kannte die Übersetzung. Er rezitierte, die linke Hand am Steuer, mit der rechten weit ausholend, die Worte des III. Gesangs: »Wo die Erde aufhört und die Wellen schlagen/ und Phöbus in dem Ozean versinkt; / Gott, der Gerechte, ließ es blühen im Wagen/ des Kampfes, der den Mohren niederringt, / den schädlichsten; er durfte ihn vertreiben/ und stört ihn gar, in Afrika zu bleiben.«

Ich fand den Text nicht rassistisch, denn die Iberische Halbinsel war wirklich lange Zeit in maurischer Hand.

Marcel war noch einige Zeit in das Nationalepos versunken. Dann schien sich vor Marcels geistigem Auge eine Wende zu vollziehen. Seine Rechte nahm Charlies Decke vom Beifahrersitz auf und mit einem »Ole«, eröffnete er als Torero einen imaginären Stierkampf. Er imitierte den Stadionsprecher und rief auffordernd ins Mikrophon: »Cortesias!«

Die den Honoratioren gewidmete Formation der Stierkämpfer zog in die Arena ein. In Adelskostüme gekleidete Reiter führen mit ihren Pferden vor, was sie in ihrer jahrelangen Dressur gelernt hatten.

Marcel wurde lauter und hüpfte auf dem weichen Citroen-Sitz auf und ab, als er von den Reitvorführungen der »Cavaleiros« schwärmte; wie diese den Stier mit ihren bunten »Farpas« bespickten, der Stier vor Wut schnaubte, dann aber erst einmal mit einem kräftigen Strahl den Sand markierte.

Marcel schien ganz aus dem Häuschen, als die acht »Forcados« nochmals über die Bande sprangen und sich mit bloßen Fäusten gestaffelt, der Cabo voraus, auf den Stier stürzten, ihn mit vereinten Kräften aus der Balance brachten und in Seitenlage zu Boden zwangen, wie Ringer, ohne Stierblut, auf gleicher Augenhöhe. – Welch Matadore!

Marcel deutete ein Klatschen an, scheiterte am ruppigen Straßenbelag, da er das Lenkrad just in diesem Moment mit beiden Händen ergreifen musste. Er hatte die Ovationen aber vor Augen, die fliegenden Hüte, die wie Frisbees geschleuderten Sitzkissen und die in die Arena taumelnden Tücher, in die stolze Portugiesinnen zuvor ihre heißen Küsse versenkt hatten.

Dann schien ihm einzufallen, dass drei aus der achtköpfigen Forcados-Staffel ins Krankenhaus eingeliefert werden mussten; Marcel meinte: »Alles hat seinen Preis!« Wie bitte? Wo er doch kürzlich noch mit den »Grünen« am Friedensengel für Gewaltlosigkeit demonstriert hatte; oder war es eine Demo gegen Atomstrom?

Insgesamt war ich aber froh, Marcel wieder guter Dinge zu sehen. Kaum hatte ich das gedacht, wir passierten beim Verlassen Lissabons gerade den Torre de Belem, seit 1502 Wächter über die Hafenzufahrt, als Marcel im Handschuhfach nach etwas fingerte, ein Foto seines toten Hundefreundes herauszog und dieses auf Charlie des Ersten Decke legte. Oh weh!

Mit dem Segen von Heinrich dem Seefahrer fuhren wir in Siebzig Metern Höhe auf der »Ponte 25 do Avril« über den Tejo. Mit über zweitausend Metern Länge und mit den zwei tragenden Pylon-Riesen war die Hängebrücke ein mir Furcht einflößender Drache aus Stahl.

Marcel sang »Über den Wolken«, auch Charlie des Ersten Lieblingslied.

Später richtete sich die Straße landeinwärts und zeigte als weit im Voraus sichtbares Asphaltband die Richtung nach Aljustrel. Viele Ortsnamen begannen im Alentejo mit »Al«; ein Hinweis auf die Halbmond-Jünger aus Afrika, die 500 Jahre lang, unter den Kalifen von Cordoba, die Südprovinzen beherrscht hielten.

Anders als im Minho, in Ribatejo und in der Estremadura war das Landschaftsbild jetzt vom Gelb der Äcker geprägt. Getreide neben Dürrgras, dazwischen einzelne plump-dick wurzelnde Olivenbäume, rindenlose Korkeichen, sich selbst schälende Eukalyptusbäume oder sonnenschirmähnliche Zedern. Saftiges Grün tauchte nur an den im Sommer versiegten Flüssen und nur fleckchenweise auf. Dammartig zogen sich sandige Hügel hin. Etwas südlicher führte der Rio Sado noch Wasser. Reishalme ragten zwischen einem Kanal- und Grabensystem aus überschwemmten Feldern. Ein Adebar stand auf einem Bein. Später lösten sich Kiefernhaine, auf Kuppen postierte, verfallene Windmühlen und Sonnenblumenfelder ab. Ziegen rissen Blätter von kargem Gestrüpp. Ein vielstimmiges Blöken, strenger Schafsgeruch und Hundegebell begleiteten überschaubare Schafherden; halbwüchsige Lämmer stelzten ungelenk zwischen witternden Muttertieren.

Ein Bauer dirigierte seinen Einspänner vor uns in langsamer Fahrt. Frauen mit Strohhüten rechten Heu. Manche der Dörfer, die wir durchfuhren, sahen aus wie Totenstädte in Cowboyfilmen, die sich die Savanne zurückgeholt hatte.

Bei Saints Bras gabelte sich die Straße. Marcel bog in Richtung Tavira, spanische Grenze, ab, drehte in dem maurisch wirkenden Ort eine Runde, folgte der Lagunenküste noch einige Kilometer, bis er sich bei dem Schild Cacela meerwärts wandte.

Die schmale Teerstraße führte zu einer Häusergruppe, die sich um ein Kirchlein und ein kleines Kastell geschart hatte. Ein Ziehbrunnen stand dort, und Frauen mit Kopftüchern schöpften Wasser. Ein alter Mann grüßte uns verschreckt, als gäbe es hier im Osten der Algarve-Küste noch keinen Tourismus. Im Kastell war einmal eine Zollstation eingerichtet gewesen. Von den Mauern des auf einem Felsvorsprung liegenden Dörfchens gewannen wir einen Überblick über die Küstengestalt.

Hinter etwa zweihundert Metern ruhigen Lagunenwassers lag langgestreckt und parallel zum Festland ein Strandsaum mit flachen Dünen; dahinter das nach Süden offene Meer. Die Lagune hatte nur eine Landverbindung zum Meeresufer und bot Fischern gute Liegeplätze für ihre Boote.

In der Nähe sollte ein Campingplatz sein. Wir konnten keinen entdecken. Auf der Suche hielten wir nach der nur aus ein paar Hütten und Häusern und einem »Strandrestaurant« bestehenden Fischersiedlung »Fabrica« Ausschau, die verlockend nahe zur Lagune lag.

Hier schauten uns die gegerbten Gesichter der Fischer abweisend an. Die Blicke der an den Schattenwänden der Häuser sitzenden und stickenden Frauen waren neugierig auf Marcel gerichtet. Schweine grunzten im Verschlag, stattliche Truthühner liefen erregt umher, und verlauste Hunde wufften gegen die unbekannte, blecherne Charleston-Ente. Einige sonnengebräunte Kinder mit strubbligen Haaren, und großen schwarzen Augen liefen neben dem Auto her, winkten und lachten, als würden sie einen Märchenkönig begrüßen.

Am Dorfrand begann der Lagunensee. Dort lagen mehr als ein Dutzend mit Meeresjungfrauen und bunten Farbstreifen bemalte Ruderboote auf den schlickigen Abhang gezogen, manche auf den Bauch gedreht. Draußen sah man die Dünenkette, dahinter, nicht einsehbar, der Strand und das Meer. Kreischende Möwen und der salzige Wind deuteten die Richtung.

Die Lagune war für Marcel das gesuchte Paradies. Er war entzückt, einen solchen Platz gefunden zu haben. Hier erwartete ihn Inspiration. Hier konnte er schreiben, ohne von Isabell oder von irgendjemand anderem gestört zu werden. Er atmete tief durch und ergänzte: »Nicht einmal von einem Hund!«

Und er korrigierte sich, leiser, nachdenklicher: »Nicht einmal von meinem Hund!«

Ich war außer mir über Marcels Bemerkung. Wie konnte er so treulos über seinen toten Rauhaardackel reden?

Ich beschloss, ihm eine Lektion zu erteilen und ihn noch heute zu verlassen.

Marcel baute sein Hauszelt, wie von einem mürrischen Dicken mit rollenden Augen gedeutet, in einer verwilderten Gartenterrasse auf; in

Nachbarschaft mit Familien von Algarve-Skorpionen und Mauergeckos. Diese bewohnten die verfallene Steinhütte daneben.

Im Hause von Costa, dem Fischer und Restaurantbesitzer, garte dessen Frau Mariza Sepia in Tinte, auch für Marcel. Die Bewohner Fabricas und ihre Gäste atmeten an jenem Abend Knoblauchsud in dicken Schwaden.

Ich wartete die Dunkelheit ab, bordete aus, und begann mein neues Leben in Freiheit als Cucaracho, der Kakerlak.

Kapitel 9

Nachdem ich mich von Marcel getrennt hatte, machte ich mich mit dem Terrain vertraut und lernte so Cucha, eine mediterrane Waldschabe von außerordentlicher Schönheit kennen. Sie war kleiner als ich, recht schlank, hatte eine rotbraune, lederartige Deckflügelimitation, zarte, lange Fühler, neckische Mundwerkzeuge und verführerische Duftdrüsen. Sie gehörte sicher zu den attraktivsten der 4560 Arten von Schaben weltweit. Mein Schlauchherz schlug für sie; ich war ihr verfallen, und für einige Tage hatte ich Marcel total aus meinem Leben verdrängt.

Cucha zeigte mir nach Sonnenuntergang ihre Laufwege, ihre Futterstellen, ihre Lieblingsplätze und wir schauten bei Neumond, eng aneinandergeschmiegt, auf die dunkle Wasseroberfläche und hörten deren Bewegungen zu.

Wir waren euphorisch und liefen oft um die Wette; mit 5,4 Stundenkilometer – das sollte uns jemand nachmachen. Ob Marcel es schaffen würde?

Cucha bewunderte meine echten Flügel. Ich beließ sie in dem Glauben, dass ich damit auch fliegen könnte; brauchte aber immer neue Ausreden, um deren Vorführung zu entgehen.

Wir liebten uns. Meine Cucha hatte Eikapseln zu einem Paket geformt und wollte diese nun besonders pflegen. Ich glaubte, dass sie mich für deren Schutz nicht brauchte und hatte wieder etwas mehr Zeit für mich selbst.

So saß ich im Schatten der alten Mauer, dort wo die Geckos und Skorpione ihre Speisereste entsorgten und dachte über mein neues Leben nach.

Der Kakerlak war ein weltweit verbreiteter Lebens- und Überlebenskünstler. Die Menschen wussten zu wenig über ihn und wollen auch nichts von ihm wissen. Sie handelten nach ihren festgefahrenen Vorurteilen – leider.

Seine gezielte Verfolgung begann, als seinen Vorfahren unterstellt wurde, Krankheiten zu verbreiteten, weil die Menschen in Massen starben.

Sie versuchten, unsere Art auszuräuchern – vergeblich.

Die Menschen waren durch mangelhafte Hygiene krank; weil sie das Trinkwasser nicht abkochten und sich nicht ausreichend wuschen. Unsere Vorväter säuberten sich regelmäßiger und waren so resistenter gegen Bakterien und Viren.

Sie trugen damals möglicherweise Krankheitskeime weiter, was nicht bewiesen werden konnte; wenn, dann ohne Absicht. Keinesfalls war es Böswilligkeit.

Das Schaben-Pech war: Sie galten als Überträger von Epidemien. Dieser Ruf schadete uns nachhaltig.

Auch Ratten, Mäuse oder das Federgetier der Haushalte kamen als Verbreiter der für den Menschen tödlichen Keime in Frage.

Bis in die Moderne, in der die Erreger bekannt und durch Antibiotikum ausgemerzt waren, mussten Kakerlaken als Sündenböcke herhalten. Sogar in Volksliedern verhöhnten sie uns. In »La Cucaracha«, ein Song, den auch Marcel hin und wieder zur Gitarre trällerte, wurde zum Beispiel ein despotischer General von Revoluzzern als drogenabhängiger Kakerlak verspottet.

Welch eine Schmach! Was für ein absurder Vergleich!

Diese Art von zweifelhafter Ironie hatten unsere Ahnen und wir nicht verdient.

Wir waren schon immer Nützlinge und lebten Jahrhunderte mit den Menschen in einer Symbiose, wie andere Haustiere auch.

Die »ach so süße Katze« von Marcels verstorbener Großmutter und Charlie hatten zusammen mehr Würmer und Exkremente ins Haus geschleppt, als ich das jemals allein hätte leisten können. Ich musste es ja wissen.

Obwohl wir mit unseren zwei Zentimetern Körperlänge dem Menschen kaum Platz streitig machten, sich während des Urlaubs niemand um uns kümmern musste, wir die Familienkasse nicht belasteten (den Kammerjäger hatten ja nicht wir bestellt), blieben wir Aussätzige. Wie Leprakranke wollte man uns nicht, und wurden wir entdeckt, so blieb nur die Flucht. Gott sei Dank war unsereins dann mit 1,5 Meter pro Sekunde schnell unterwegs. Generationen von Hochleistungssprintern waren nicht so einfach einzufangen.

Wenn sie uns aber hatten, dann gab es keine Gnade.

Unsere Väter und Mütter protestierten vergeblich gegen insektenverachtende Werbung wie: »100g SCRABDEATH sind ausreichend für die giftfreie Bekämpfung von Kakerlaken in kleineren Räumen bis 30 qm. Die Lieferung erfolgt inklusive zwei Köderboxen zum einfachen Auslegen in der Wohnung.«

Unsere Eltern vergalten die tierverachtende Behandlung nicht mit Hass. Sie liebten die Menschen, denn die waren es zu jeder Zeit, die Kakerlaken paradiesische Lebensbedingungen bereitstellten. Wegen der Menschen sind Schaben zu Kosmopoliten geworden. Unsere Geschlechter breiteten sich mit den Menschen aus – bis auf die entlegensten Inseln.

Dass unseresgleichen in Arktis und Antarktis nicht sesshaft wurden, lag nicht etwa daran, dass es dort zu kalt gewesen wäre; nein – der alleinige Grund war, dass die Menschen dorthin nicht siedeln wollten.

So waren wir mit den Menschen über Tausende Jahre in allen Ecken der Welt auf das Engste verbunden.

Doch was wussten die Menschen über uns? – Es war nur Lexikonwissen, das sie zur Kenntnis nahmen; und da war stets die Rede von Schädlingen, und all die übrigen Ressentiments.

Für die Wissenschaft wurden wir allerdings interessant. Die Gelehrten stellten sich die Frage, warum wir denn so widerstandsfähig waren. Sie waren auf der Suche nach dem »Jungbrunnen« für die Menschheit und dachten, von uns könnten sie lernen. So kamen wir auch einmal in die Schlagzeilen positiven Inhalts.

Wollte nicht kürzlich sogar ein amerikanischer Sonderling seine auf einem Chip gespeicherte, selbstverfasste Lyrik als sein geistiges Eigentum in meinesgleichen einpflanzen lassen, um sein Werk für die

Ewigkeit, mindestens aber für die Auswertung durch außerirdische Lebewesen nach Zerstörung unseres blauen Planeten aufzubewahren? Als Motiv gab der Autor gegenüber der internationalen Presse an, dass Kakerlaken die einzigen Wesen wären, die eine atomare Apokalypse überleben könnten. – Sieh an, sieh an!

Mein Poet Marcel hatte den Artikel damals laut vorgelesen und, wie ich mich zu erinnern glaubte, gegenüber Isabell einen wohlwollenden Kommentar über unsere Spezies abgegeben.

Sollte ich zu Marcel zurückkehren, diese Entscheidung stand noch aus, so würde ich ihn an den Artikel erinnern müssen. Aber wie und wann sollte ich mich ihm als Charlie II. oder als Cucaracho, zu erkennen geben? Ich war äußerlich völlig anders als Charlie I. und ziemlich anders auch als die Haustiere, die ihm in der Schule nahegebracht worden waren.

Ich teilte das Los all derer, die »Mensch« nie freiwillig in seine Behausung ließ. Das war veritablen Genossen missgönnt, wie Kartoffelkäfern, Blindschleichen, Waldameisen, Kreuzspinnen, Zikaden, Huckepackkröten, Algarve-Skorpionen usw.

Es musste mir irgendwie gelingen, mit Marcel zu kommunizieren. – Aber wie?

Vielleicht musste ich seine Sprache sprechen lernen?

Von diesem Vorhaben gab es aber kein Erfolgsmodell, von dem ich hätte abschauen können. Wahrscheinlich war mein Mundwerkzeug in jetziger Form dazu nicht geeignet. Es fehlten zudem Stimmbänder. Wer hörte jemals eine Kakerlake schreien?

Eine Operation?

Dafür fehlte die Recherche, und die Voraussetzungen für eine OP. Besprechungen mit dem Chirurgen waren nicht möglich; er müsste ein wissenschaftliches Interesse an der Sache haben.

Dann wäre ihm aber nicht wichtig, was aus mir würde – schon gar nicht, dass ich mich mit Marcel austauschen könnte. Eine verzwickte Lage!

Was würde Cucha sagen? Würde sie mich überhaupt verstehen?

In ihrer langgezogenen Mutterschaft hatte Cucha andere Sorgen. Sie trug die Verantwortung für Eier und Nymphen.

So war ich allein mit meinen Gedanken, bis das Skorpion-Weibchen von Nebenan sich mit seinen sechs Jungen auf dem Rücken vor der Familienritze aufbaute, den Giftstachel mir drohend entgegen reckte und nicht den Eindruck erweckte, mit mir spielen zu wollen.

Die Kleinen hatten Hunger.

Wieder einmal rannte ich um mein Leben.

Kapitel 10

Marcels »Zeltplatz« war zur Lagune hin durch eine auf der aufgeschütteten Landseite hüfthohe, grob verputzte Ziegelmauer begrenzt. Am Fuß von deren Außenseite leckte das Brackwasser, wenn die Tide am höchsten stand. Mit über drei Metern Höhe stellte sich die Mauer auch Sturmfluten entgegen, sollte das Meer den Sandhaken davor, die Nehrung, wider Erwarten einmal überspült haben.

Auf dem abgerundeten Rand der Mauer konnte Marcel rittlings sitzen. Er hatte es den Kindern des Dorfes abgeschaut.

Die Höhe und Länge der gemauerten Barriere, und der Name »Fabrica«, ließen den Schluss zu, dass hier früher einmal eine Ziegelei gestanden haben müsste, die Bausteine und Dachpfannen gebrannt und den Bewohnern Arbeit und ein wenig Wohlstand geboten hatte.

Die Mauer stützte eine mehr als hundertundfünfzig Meter lange, vielleicht fünfzig Meter breite, ebene Terrassenanlage, deren bewuchsloser, sandiger Boden ausgedörrt und spröde dalag.

Ameisen legten im Schutz der Risse ihre Duftspuren zu den Brotkrümeln, die Marcel beim Auspacken der Lebensmittel verstreut hatte. Bald waren neue Straßen entstanden.

Der damalige Fabrikant hatte mit dem Bau der Terrasse wohl auch Wohnfläche für Häuser der Beschäftigten geschaffen.

Graue, verfallene Bauten erinnerten an diese Zeit, während neuere, weißgetünchte, afrikanisch anmutende, für die Gegenwart standen.

Weit weg, und nur bei guter Sicht erkennbar, lag eine weiße Beton-Burg, vermutlich Altura oder Monte Gordo. Diese Orte beherbergten Fluggäste aus Deutschland, Großbritannien und aus anderen Ländern Europas in großen Mengen.

Marcels Zelt stand angelehnt an einen Olivenbaum von etwa dreißig Zentimeter Durchmesser.

Das Hauszelt mit Überdach und Innenzelt war nach Südosten ausgerichtet, so dass ihn die Sonne weckte, ihm der Wind das Rauschen des

Meeres nachts ins Zelt tragen konnte, er den Sternenhimmel betrachten und die Laufbahn der zahlreichen Satelliten verfolgen konnte.

Auch konnte er am Blinken der Lichter Linienflugzeuge am Himmel zuordnen, wenn sie in großer Höhe ihre Korridore entlang zogen. Marcel kannte sich als Privatpilot mit Luftrecht, Flugzeugkunde, Meteorologie und Navigation aus. So konnte er abschätzen, ob sich Passagiere über ihm befanden oder die Positionslichter von einem Transporter stammten.

Jedes Mal verloren sich seine Gedanken im dreidimensionalen Raum. Er stellte sich vor, wie er aus elftausend Meter das nächtliche Faro schon sähe, wenn er gerade über die Lagune vor Tavira flöge.

Sein Campingtisch stand morgens an der Balustrade, so dass er beim Frühstück die Gezeiten kontrollieren und beobachten konnte, wer bei Ebbe schon mit seinem Boot in der Lagune unterwegs war.

Tagsüber folgte er mit dem Tisch dem Schatten seines zweiten Olivenbaums. Er schloss den Kreis für die Abendstunden wieder an seiner Mauer und sammelte das letzte Licht des Tages in seinem Weinglas.

Eine trächtige schwarz-weiße Hündin, die er bei seiner Ankunft zwischen anderen Vierbeinern gesehen hatte, besuchte ihn manchmal. Sie hatte etwas vom Pudel. Er ließ sie an Charlies Decke riechen. Das war die nächsten Tage ihr Platz, wenn sie ihm ihre Gunst schenkte. Verlaust war sie nicht. Eine winzige Schelle an ihrem Halsband kündigte ihr Kommen an und signalisierte ihren Rückzug.

Ihre Besitzerin war Maria, die lernte er bald kennen.

Mücken gab es nur bei Windstille, und an die Ameisen hatte sich Marcel schnell gewöhnt.

Es waren Stöpselkopfameisen.

Dass Ameisen ins Innenzelt eindringen konnten, verhinderte er mit einer unüberwindlichen Klebebahn aus Leinsamenöl; so dachte er zumindest. Wer es doch nach innen geschafft hatte, erlebte einen anderen Marcel, wütend und mitleidlos um sich schlagend.

Draußen blickte er manchmal von seiner Arbeit auf und studierte die fleißigen Major- und Minorarbeiterinnen. Letztere waren vielleicht vier Millimeter klein, und die in der Hierarchie vorn Anstehenden hatten den auffallenden Stöpselkopf. Ihre Größe betrug etwa sechs Millimeter. Einmal entdeckte er eine Königin, welche auch die Vorarbeiterinnen »überragte«. Sie war wohl unterwegs zur Gründung einer eigenen Familie und zog auf ihrer Geruchsmarke so viele Helferinnen wie möglich mit sich. Vielleicht hatte Marcel zu dem wachsenden Wohlstand beigetragen, der dieser Kolonieteilung vorausging. Limonadenreste, Honigbrot und sein gezuckerter Kaffeeextrakt machten die »Camponotus truncatus«, jedenfalls schier trunken.

Während Marcel bei Begegnungen der Stöpselkopfameisen mit anderen Arten keine Konfrontation bemerkt hatte, entdeckte er, dass sie gegenüber den arteigenen Neugründern aggressiv reagierten.

Marcel verfolgte ihre Hauptwege. Sie verliefen zwischen den Olivenbäumen und in Rindenspalten die Stämme hoch. Dort siedelten ihre Kolonien im Totholz, wie in vergessenen Königreichen.

Die Ameisen transportierten Stücke von größeren Insekten auf die Bäume; wahrscheinlich entstammten sie Costas Fliegenfängern, die der am Tag zuvor entsorgt hatte. – Marcel sah Teile einer Zikade von unsichtbaren Armen fortgetragen. Er schaute gleich nach, ob diejenige, die ihm anfangs den Nachtschlaf geraubt hatte, noch vorhanden war – sie war.

Marcel war die Nachtgeräusche nicht gewöhnt gewesen und wäre derentwegen beinahe ausgeflippt.

Seine »Hauszikade« lief oder hüpfte indessen von Olive zu Olive, setzte sich gut getarnt in einen Astverzweig und zirpte. Sie wurde scheinbar niemals müde, wie die Frösche von Saint Etienne.

Obwohl sie stets verstummte, wenn er ihr zu nahe rückte, so hatte er doch irgendwann die Tarnspezialistin aufgespürt. Sie maß gut vier Zentimeter. Ihr Kontrastmuster löste die Körperform vor der Rinde auf, so dass sie von ihren hauptsächlichen Fressfeinden, Spinnen und Vögeln, erst gar nicht entdeckt werden konnte.

Marcel hatte gelesen, dass manche Zikaden phänomenale Sprünge ausführen konnten. Deshalb wurden sie fälschlicherweise häufig mit Heuschrecken verwechselt. Mit denen waren sie nicht einmal verwandt.

Wie ein Katapult können manche Zikaden-Arten mit ihrem hintersten Beinpaar so viel Spannung aufbauen, dass sie sich aus dem Stand um das hundertvierzigfache ihrer Körperlänge in die Höhe schnellen.

So war auch die markanteste Fortbewegungsart von Marcels Zikade das Springen, wenngleich sie auch einmal flog, als er sanft nachhalf. Wie einem Buben, der bei seinem Forschungsdrang schon den Nobelpreis im Blick hat, machte es Marcel Spaß, die Kreatur kennenzulernen; er tat ihr ja nicht weh.

Seine Zikade könnte sich sogar passiv mit dem Wind über weitere Entfernungen verdriften lassen, wenn sie wollte; was für ein Wunder der Natur!

Dabei war seine Zikade eigentlich ein hässliches Tier. – Hässlich?

Marcel empfand so, obwohl ihm bewusst war, dass ihresgleichen die bizarren Tarnmuster wohl eher sexy finden musste.

Vielleicht sprangen Zikaden auch um die Wette oder nahmen am Sängerwettstreit teil?

Marcel war von dem die Subtropen so bestimmenden Zikadengesang fasziniert.

Alle 40.000 weltweit auftretenden Zikadenarten nutzten Schallwellen zur Kommunikation. Doch nur das Lied der Singzikaden erreichte das menschliche Gehör. »Zirpel«, wie Marcel die aus seinem Zelt-Olivenbaum getauft hatte, besaß am Hinterleib ein »Trommelorgan«, dessen Muskel Schallplatten in Schwingung versetzte. Direkt unter diesem Singmuskel trug »Zirpel« einen Luftsack, mit dem er für die notwendige Resonanz sorgte. Mit Hilfe dieser beiden Organe konnte »Zirpel« Laute im Bereich von nullkommafünf bis fünfundzwanzig Kilohertz, also für Marcel hörbar, erzeugen.

Gott sei Dank hatte er seine Lexika mitgenommen. Manches Detailwissen wäre ihm sonst verschlossen geblieben.

»Zirpel« musste als munterer Sänger eine männliche Zikade sein, da die Männer durch ihren Gesang ihre Angebeteten anlocken und dabei auch ihr Revier abstecken.

Die Kaiserzikade, so las Marcel im Internet, konnte bis zu Sieben Zentimeter groß werden, also doppelt so groß wie »Zirpel«.

Bei Kaiserzikade fiel ihm plötzlich Herr Tremmel ein.

Studienrat Sebastian Tremmel war einer seiner Gymnasiallehrer, der blumenreich Geschichten zu erzählen wusste, und der so die Aufmerksamkeit seiner Schüler auf den oft ungeliebten Geschichtsstoff fesseln konnte.

Auf dem Plan stand die Geschichte Roms. Die zahlreichen Kaiser waren schwer zu unterscheiden; jeder von ihnen hatte aber seine eigene Bedeutung für den Auf- und Abstieg Roms.

Diese Kaiser hatten das Römische Reich ausgedehnt, Völker unterdrückt, Straßen und Städte gebaut, die besetzten Gebiete mit ihren Verwaltungsstrukturen überzogen und die privilegierten Bürger Roms durch blutige Zirkusspiele zu bestechen versucht.

Einige fühlten sich als Gott-Kaiser, einige waren degeneriert und einer hielt sich ernsthaft für die Wiedergeburt des Halbgottes »Herkules«.

Das war Commodus, wie sich Marcel erinnerte. Er wusste nicht mehr, warum es gerade Herkules war, dessen Seele in den Kaiser gewandert sein sollte. Mit dem selbstverfügten Verbrennungstod war der altgriechische Nationalheroe der Legende nach aus den Flammen in den Olymp aufgestiegen und dort unsterblich geworden.

»Der, der sich an Hera Ruhm erwarb« begann in der Götterrunde ein neues Leben, heiratete erneut und galt fortan als Vorbild für tugendhaftes Verhalten und für vorbildliches Kriegertum.

Vielleicht galt das Interesse von Kaiser Commodus aber gar nicht so den inneren Werten des Zeus-Sohnes, sondern seiner politischen Bedeutung als Heil- und Orakelgott sowie als Schutzpatron über die Sportstätten.

Wollte er so vielleicht Einfluss auf das Militär nehmen?

Möglicherweise waren es auch die äußerlichen Merkmale des Muskelmannes mit seinen persönlichen Attributen Löwenfell, Keule, Bogen und Köcher, deren Symbolik Kraft und Sieg verhießen und Eindruck bei den Legionären von damals schinden konnten?

Oder hatte Commodus die besiegten Wesen im Sinn, an denen Herkules eigentlich scheitern sollte. Er erlegte angeblich den Nemeischen Löwen, tötete die neunköpfige Hydra, fing die kerynitische Hirschkuh und den erymanthischen Eber ein, rottete die stymphalischen Vögel aus, zähmte den Kretischen Stier und die menschenfressenden Rösser des Diomedes und raubte dem Riesen Geryon seine Rinderherde; alles natürlich auf Geheiß.

Alle diese Tiere gehörten inmitten ihrer Fauna zu den dominanten Lebewesen, die Schwächeren Schutz bieten konnten.

Ihre furchterregenden Hüllen könnten für Commodus auch der Aufnahme verblichener Heiliger gedient haben, wie dieser Glaube unter großen asiatischen Religionen heute noch zu finden ist.

Bei den Hindus zum Beispiel wohnen in Elefanten, Rindern, Affen u.a. Heilige, oder sie sind Gottheiten zugeordnet, die über den Alltag der Menschen wachen sollen. Der Glaube an die Wiedergeburt gibt den Armen Halt und ist zugleich ein gottgewollter Tierschutz, der die Menschen zur Achtung der Kreatur erzieht.

Könnten solche Schutzgötter nicht auch in Zikaden, in Ameisen oder in Küchenschaben geschlüpft sein?

Ratten und Schlangen werden in Indien verehrt, weil der Glaube die Seelen der Tiere aufgewertet hat. Die Königskobra ist gar das Symbol des Gottes Shiva. Das Töten einer Schlange zöge demnach ein schlechtes Karma nach sich; dazu gilt die Schlange in Indien auch als Behüter von Fruchtbarkeit und Leben.

Die Ratten sind ein Sonderfall. Die Heilige Karni Mata soll, einer Legende nach, im 14. Jahrhundert versucht haben, den toten Sohn einer Fürstenfamilie wieder zum Leben zu erwecken. Sie habe in Trance den Totengott Yama aufgefordert, das verstorbene Kind herauszugeben. Yama konnte dessen Seele jedoch nicht übereignen, da das Kind schon wiedergeboren war. Daraufhin habe Karni Mata geschworen, dass niemand je wieder das Totenreich des Gottes Yama betreten sollte, und dass die verstorbenen Seelen als Ratten wiedergeboren werden sollten. Wenn sie dann das Leben als Ratte hinter sich hätten, sollten sie als Barden wiederauferstehen. In der Kulturgeschichte ihres Stammes waren fahrende Sänger deshalb hochangesehene Persönlichkeiten und wurden und werden verehrt.

Marcel spann den Gedanken weiter und fragte sich: »Warum kommt nur bestimmten Tieren die Tugend zu, Beschützer und energetischer Begleiter des Menschen zu sein? Wer trifft die Auswahl? Warum kümmert sich das Christentum nicht um eine solche Anreicherung der Tierseelen, wenn der gesellschaftspolitische Vorteil auf der Hand liegt. Wenn überhaupt, dann wacht bei den Katholiken höchstens ein Schutzpatron über das Wohl der Tiere. Die Massentierhaltung und der Fleischverzehr in Deutschland sagt viel über Misserfolg aus. Der Hinduismus geht mit dem Tierschutz offensichtlich sensibler um. Aber auch dort sind es nur bestimmte protegierte Lebewesen, die sich des göttlichen Schutzes erfreuen können. Der Schamanismus bedient sich seiner ›Krafttiere‹ aus ähnlichen Motiven; ohne dahinter personifizierte Gottheiten zu sehen, die in Tierkörper geschlüpft sind.«

Marcel legte Kaiser Commodus und den Hinduismus ab und dachte an Kathrin, die Missbrauchte, die Waise, die Labile.

Was machten wohl gerade seine kurzzeitige Mitfahrerin, ihre Freundin Vera, die Schamanin, und Cécile, mit der Kathrin unterwegs sein musste?

Kathrin hatte ihm vor ein paar Tagen über seine Mutter eine Nachricht geschickt: »Hallo Marcel, durch Kaution wieder frei. Ich bin mit Cécile verabredet. Kraul mir Charlie. Gruß, Kathrin.«

Marcel wollte seine Überlegungen zu »Krafttieren« weiterspielen, erhob sich aber von seinem Campingstuhl, stand einen Augenblick unentschlossen, blickte prüfend über das Wasser, bückte sich dann in den Zelteingang und fingerte sein Notizbuch mit den Telefonnummern aus der Seitentasche des Innenzeltes.

Marcel zündete eine Kerze an, stellte sie in den Windschutz und suchte Kathrins Kontaktnummer in Österreich heraus.

Er sah plötzlich ein Motorrad vor sich und darauf Cécile, die blonden Locken vom Fahrtwind verweht. Sie lachte ihn keck an.

Was er jetzt tat, geschah intuitiv. Marcel ging zum Münztelefon in Ortsmitte und sprach auf dem Anrufbeantworter von Vera: »Danke, Kathrin, für das Lebenszeichen. Es hat unsere Sorgen zerstreut. In Fabrica bei Tavira/Cacela an der Ost-Algarve habe ich das Paradies gefunden. Zeltplatz vorhanden. Gruß auch an Cécile. Marcel.«

Er hatte Charlie nicht erwähnt. Sie sollten ihn hier besuchen, so als wollte er die Beschaulichkeit der Lagune mit anderen teilen.

War er einsam?

Gewiss nicht. Er hatte Costa, Mariza, deren Söhne und Familienangehörigen, Maria, Joao, Roche und die anderen Bekannten im Dorf zum Reden; dazu die Kinder. Auch wenn die Verständigung meist holprig von statten ging, so genügte ihm doch diese tägliche Konversation.

Nein, einsam war er nicht. Er langweilte sich auch nicht.

Vielleicht suchte er fachlichen Rat, und Cécile war ihm deshalb in den Sinn gekommen. Sie hatte doch von einer Seminararbeit erzählt, in dem es um religiös motivierten Extremismus im Mittelalter ging?

Sein eigener Essay stand bereits vor dem Abschluss. Da die Recherche vorher erledigt worden war, war ihm das Schreiben schnell von der Hand gegangen – noch ein wenig Verdichten – Überprüfen der Fakten – Kontrollieren des rechtlichen Rahmens – Routinearbeit. Er konnte ganz entspannt seine Oase genießen.

Was sollte ihn sonst bedrücken? Charlie?

Natürlich vermisste er Charlie.

Charlie war die vergangenen Jahre auf seinen Fahrten meist an seiner Seite gewesen; neugierig, fordernd, mitreißend, stolz, vornehm, duldsam und treu ergeben, eben ein Rauhaardackel. Den Namen »Douglas« hatte Robert allen seinen Welpen in Anlehnung an Fontanes Ballade »Archibald Douglas« gegeben. Während Marcels Vater die siebenjährige »Verbannung« von Sir Douglas in der Carl-Löwe Intonierung gerne scherzhaft in »siebenjähriges Ehejoch« verwandelte, um seine Frau Pia damit zu provozieren, wollte er ganz im Ernst, dass der Name des Tieres dessen Hauptwesenszug ausdrücken sollte; also »Treue«. Auch der geschichtliche Edelmann aus den schottischen Freiheitskriegen des 14. Jahrhunderts, ein »Sir« hatte sich die »Treue« auf die Fahnen geschrieben und wurde für seine Charakterhaltung zur Symbolfigur. Dann hatte Fontane Hubertusjünger noch das Gedicht »Bodenjagd« hinterlassen, das den Dackel ehrt und dessen Opfer preist, nichts für Gegner der Jagd: »Wenn der Boden hartgefroren,/ dass die Totengräber fluchen,/dann riskiere kalte Ohren,/denn es gilt den Fuchs zu suchen./Lass den Kleinen in die Röhren/mit dem großen Kämpferherzen,/such des Kämpfers Lärm zu hören,/ dann vergisst du Kälteschmerzen./Dröhnt dann unter dir der Boden,/wenn die Kämpfer sich gefunden,/ schlag zurück den langen Loden,/ denn es dauert nur Sekunden./ Plötzlich springt der starke Recke,/ hastend, flüchtend zu dir her,/ halt ihm auf die Augendeckel,/ dann hört er den Knall nicht mehr./Dank Hubertus, Dank den Kleinen/ für das Waidmannsheil im Wald./ Schier vor Freude möchst du weinen,/ wenn das Hornsignal verhallt.«

Charlie hatte bei dem Gedicht jedes Mal gejault. Er war kein Jagdhund gewesen, sondern ein adeliger Rauhaardackel, der es nicht nötig hatte, Sklavenarbeit in engen Fuchsbauten zu verrichten.

Die Leine hatte Marcel ins Zelt mitgenommen, so als wenn er Charlies Rückkehr aus dem Reich der Toten erwarten würde.

Eine Zikade als Krafttier?

Es war ein die terrestrischen Lebensräume dominierendes Lebewesen, das ihn faszinierte; ein Insekt, das nur dem Sagen nach mit Wanzen verwandt war. Ein Zeigertier, das für den Naturschutz als Bioindikator diente. Seine Rasse war vielfach durch intensive Landwirtschaft, durch die Änderung historischer Nutzungsformen und durch Eingriffe in den Wasserhaushalt vom Aussterben bedroht. »Zirpel« könnte sein Krafttier geworden sein, warum nicht?

War er nicht bereits Beistand und Beschützer – wachte geduldig, mit ausdauernder Stimme über seinem Zelt?

Wie, wenn er da oben in der Zelt-Olive, nicht für eine Artgenossin sänge, sondern für ihn?

Marcel saß, blickte durch sein Weinglas und ließ seine Offerte an Kathrin und Cécile auf sich wirken. Der Vorgang hatte nun gar nichts mit seinen Überlegungen zu »Zirpel« zu tun. Oder doch?

Er vermengte mögliche Gefühle für Cécile, Glauben und Irrglauben an Seelenwanderung, seinen Schmerz über den Verlust seines alten Freundes Charlie und die eher wissenschaftliche Neugier an den ihn umgebenden Lebewesen.

Welcher Teufel aber hatte ihn geritten, auch noch den Riesen Adri mit seiner erotischen Trijnie und sogar seine Mutter wissen zu lassen, wohin er sich zurückgezogen hatte? Wollte er im portugiesischen Fabrica einen esoterischen Zirkel zusammentrommeln?

Die Voraussetzungen waren wie geschaffen.

Es dämmerte.

Marcel glaubte, eine Küchenschabe wahrgenommen zu haben, die unter ihm vorbeiflitzte und dabei eine Ameisenstraße kreuzte.

Einer der Weidensperlinge, dem wohl auch kleine Kakerlaken schmeckten, und die vor dem Schlafengehen nochmals die Wohnbereiche von Fabrica überfielen, um sich satt zu essen, setzte sich provokant auf den Brotkorb, als wollte er sagen: »Egal was, aber rücks raus!«

Marcel brach den Rest Weißbrot auseinander und schob ihm Brösel davon hin. Dann begann ein Spiel, wie der »Kleine Prinz«, mit dem Fuchs »Zähmen« übte: Marcel legte die nächsten Krumen immer näher zu sich.

Natürlich hatte die Fütterung andere Familienmitglieder angelockt, die sich nun lauthals die Bissen streitig machten; aber nur einer traute sich, den ausgelegten Krümeln in Front zu folgen.

Marcel taufte ihn der Einfachheit halber »Spatz« und versuchte, sich die Maserung des Federkleids einzuprägen.

Schließlich wollte er sich nicht am nächsten Tag schon durch einen Nachahmer täuschen lassen.

Bis zu zehn dieser piepsenden Sperlingsvögel tummelten sich um ihn herum. Sie kokettierten mit ihrem bei der Großfamilie fast gleichgroß ausgeprägtem Schwarz auf der Brust und den Strichen an den Flanken, so dass ein Unterscheiden für Marcel fast unmöglich schien. Doch »Spatz« hatte eine größere braune Kappe, so wenigstens glaubte Marcel ein Unterscheidungsmerkmal entdeckt zu haben.

Damit wusste er nur nicht, ob sein »Spatz« ein »er« oder eine »sie« war. Das Geschlecht des Fuchses spielte in Exupérys Erzählung jedoch keine Rolle. So war es bei »Spatz« doch auch gleichgültig, oder?

Wieder tauchte der Blondschopf auf dem Motorrad auf, zeigte zwei Reihen makelloser Zähne und weit mehr als Flüchtigkeit in seinem Lachen.

Es regnete. Marcel hatte die Wolkenschwaden übersehen, die der Abendwind die Küste entlang trieb.

Dicke Tropfen zogen Rinnsale durch die Staubschicht auf dem Zeltdach und spritzten sandige Fontänen. Noch eine Weile klopften sie in immer geringerer Frequenz auf Marcels Behausung; dann lag Stille über der Lagune.

»Zirpel« zeigte Verständnis für Marcels Nachdenklichkeit und schwieg bis zum Morgengrauen.

Kapitel 11

Der Regen hatte die Luft an der Lagune reingewaschen. Am Morgen danach war der Boden noch feucht und die Bewegung für mich erschwert. Dreckspritzer hatten die Laufgräben blockiert und das Zelt unansehnlich gemacht.

Ich war am Abend zuvor zu Marcels Zeltplatz gerannt; »top Speed«, leichtfertigerweise noch bei Licht und unter Gefahr, gefräßigen Vögeln zum Opfer zu fallen.

Ich möchte den werten Leser, der mit meinesgleichen noch keine Begegnungen hatte, darauf aufmerksam machen, dass Kakerlaken aus gutem Grund lichtscheu sind. Sie gehen ihren Fressfeinden intelligenterweise aus dem Weg und verlegen ihre Aktivitäten in die Dunkelheit, wenn Vögel schlafen.

Ich traf Marcel melancholisch an; fast schien er mir depressiv. Die nächsten Tage durfte ich ihn nicht aus den Augen verlieren; ich musste nahe bei ihm bleiben. Mein Alter Ego Charlie verlangte, dass ich mich um Marcel kümmerte.

Cucha wusste Bescheid; sie hatte ohnehin mit dem Nachwuchs zu tun und konnte mich nicht gebrauchen.

So sah ich Marcel aus meinem Versteck beim Frühstück zu.

Immer wieder stand er auf und wollte zu Maria gehen, um zu fragen, ob eine Nachricht für ihn da sei. Wie ein Junkie, dem der Stoff ausgegangen war, benahm er sich. Für die Redaktion war er derzeit nicht erreichbar, aber Marias Nummer hatte er Adri, Kathrin und seiner Mutter hinterlassen.

Marcel nahm seinen Ring ab und drehte das keltische Sonnenrad gedankenverloren vorwärts und zurück.

Dann stand er auf, ging zum Münztelefon und rief seine Mutter an.

Er beschrieb gestenreich die Lage der Lagune, hielt sich die freie Hand aufs Herz, als er von Charlies Ende sprach, klopfte mit der Faust auf seinen Hals, als hätte er dort peinigende Schmerzen, schien von einer Frau zu schwärmen und versuchte seinem Gegenüber einen Entschluss auszureden.

Schließlich stimmte er schulterzuckend zu, formte seine Lippen zu einem Kuss und beendete das Gespräch mit einem »auf Wiedersehen Mama, ciao Pia!«

Seine Mutter hatte ihm kürzlich angeboten, sie nicht mehr Mama zu nennen, sondern den Vornamen zu nehmen. Das würde sie zu seiner älteren Freundin machen und sie würde sich nicht so alt fühlen.

Pia – alt?

Marcel drehte sich einmal im Kreis, stampfte mit dem linken Fuß die Irrtümer der Vergangenheit in den Grund und rief lauthals lachend: »Sie kommt – es ist ihr wichtig!«

Danach packte Marcel Flossen und Taucherbrille, Badetuch, seine Lusiaden, Brot, Käse, Wein und Wasser in seinen Rucksack, räumte den Tisch ab und reinigte rasch noch Tasse und Teller unter dem an der Zelt-Olive eingehängten Wassersack.

Dann begab er sich zu dem, was das Alter betraf, schwer schätzbaren Joao, der in seiner braunen Cordhose, dem verwaschenen, ursprünglich einmal blauen Seemannsspullover und der speckigen Schiebermütze, auf einem Tabakblatt kauend, vor seinem Haus auf Marcel zu warten schien.

Joao begrüßte Marcel wie ein Schiffskapitän einen Neuen für seine Mannschaft. Er versuchte den Eindruck einer Legende seemännischer Erfahrung zu vermitteln und klopfte seinem »Matrosen« Marcel wie zur rituellen Aufnahme heftig auf die Schulter. Als Marcel trotz des Schlages stehen blieb, zeigte er mit einem Lächeln bruchstückhafte gelbe Zähne, Anerkennung und Genugtuung.

Beide schlenderten zu dem Liegeplatz der Kähne, und Joao ruderte Marcel mit einer Nussschale über den Lagunensee.

Am jenseitigen Ufer verabredeten sie, dass Joao ihn gegen 1700 Uhr an gleicher Stelle wieder abholen sollte. Marcel sprang mit seinem Rucksack an Land, stieg ein paar Meter durch Sand und passierte die Düne auf einem Brettersteg zum einsam vor ihm liegenden Strand.

Die Lagunenstruktur schien nach Westen kein Ende zu nehmen. Nach Karte zog sie sich bis Faro hin.

Nach Osten begrenzte eine Landverbindung die Lagune bei der nächstgelegenen Siedlung Manta Rota.

Der weiße Sandstrand zog sich als Saum weiter entlang der Küste in Richtung Altura und Monte Gordo, wurde durch den Damm des Guadalquivir-Stroms unterbrochen und setzte sich hinter dessen Delta über Huelva entlang des Golfes von Cadiz fort.

Bei Flut war der Strand zirka einhundert Meter breit, bei Ebbe kamen weitere dreißig Meter dazu.

Der Dünensaum bot einen Reichtum an Muscheln, wie ihn Marcel noch nie gesehen hatte. Er sammelte die schönsten und größten und freute sich darüber, dass er dieses Paradies genießen durfte.

Der Ozean hatte hier Nachsicht mit den Badenden; die Wellen schlugen harmlos an das Land. Die Wassertemperatur war kühl, aber für Marcel in der Sonne erträglich.

Joao, besorgt um Marcel, kam einmal, nach dem Rechten zu schauen.

Er wird sich über den nackten Strandläufer gewundert haben.

Ich amüsierte mich aus sicherer Entfernung.

Am Spätnachmittag kam starker Wind auf.

Joao kam früher und ruderte uns nach Hause.

Fünfzehn Mark gab ihm Marcel für seine Dienste. Fünf gab Joao zurück. Er deutete an, dass die Deutsche Mark mehr wert sei als der Escudo.

Marcel lud Joao auf einen Tinto zu Costa ein.

Als der bullige Costa auf der strohüberdeckten Terrasse erwähnte, dass Mariza Choco in ihren Töpfen brutzelte, lud Marcel Joao auch zum Essen ein.

Es sollte den Tintenfisch in einem Stück gebraten geben, dazu frische Pellkartoffeln und Salat. Joao und Marcel hatten Hunger.

Ich wartete geduldig in meinem Rucksackversteck.

Die Knoblauchwolken aus der Küche verdichteten sich.

Joao, der seine Mütze niemals abzunehmen schien, lüftete sein Geheimnis, warum er winters wie sommers einen Pullover trug, wie andere zum Skifahren. Seine Augen funkelten verschmitzt aus schmalen Schlitzen über seinem mächtigen Riechorgan. Das war von Sonne und Wein gerötet, wie seine Segelohren und die exponierte Backenknochen-Partie. Obwohl Joao, seinen Falten und seinen Zahnlücken nach, mehr als siebzig Jahre hätte zählen müssen, lugten statt silbernen nur braune Haarbüschel unter dem Mützenschild hervor. Nur an den Schläfen war er leicht ergraut. Das auslandende Kinn war rasiert, mit Schrammen. Die Stoppeln über den kaum sichtbaren Lippen ließen den Schluss zu, dass Joao wohl diesen knappen Bereich beim Bartschaben nicht einsehen konnte; kein Wunder bei seiner mächtigen Nase, dachte sich Marcel und gab auf, sein Alter schätzen zu wollen.

Joao demonstrierte, dass er unter dem Pullover noch ein Hemd und darunter noch ein Unterhemd trug, die für zusätzliche Isolation sorgten. Die Zweckmäßigkeit seines Rollkragen-Selbstgestrickten beim Fischfang als Schutz vor Sonne, Luftfeuchtigkeit, ständigen Wind und Kälte haben das Tragen dieses Kleidungsstücks einfach zur Gewohnheit werden lassen, erklärte er. Er betonte, dass die Nacht ja schließlich die Hauptfangzeit eines hiesigen Fischers wäre.

Joao zeichnete mit Marcels Stift auf die Papierserviette eine Art Grafik, mit der er verständlich machen wollte, warum die Temperaturen an der Algarve im Winter nur auf vierzehn Grad sinken würden.

Joao hatte in Fabrica noch nie Schnee erlebt.

Marcel hörte aus den mit Händen und Fingern unterstützen, im hiesigen Dialekt geführten Erklärungen, dass Joao drei Kinder, zwei Söhne und eine Tochter, großgezogen hatte. Der erste Sohn wäre mit Dreiundzwanzig als Fallschirmjäger bei einem Manöverunfall umgekommen, so dass es heute nur noch zwei Kinder waren.

Der andere Sohn besäße in Cacela Velha ein Haus und sei Fischer wie er. Seine Tochter Margarita wäre in Lisboa verheiratet, und würde den Vater nur selten besuchen.

Joao schwärmte Marcel vom Gebirge vor, von der Serra Estrela, wo er drei Jahre gearbeitet hatte, wo das Wasser trinkbar sei, und wo die Häuser Bäder hätten. Nur von seiner Frau sprach er nie.

Kapitel 12

Am nächsten Morgen überließ uns Joao sein Ruderboot.

Marcel las oder schrieb oder suchte nach intakten Muscheln aus Perlmutt. Mit energischem Anlauf zum Wasser warf er Dutzende von im ewigen Wellengang abgerundeten und flach geschliffenen Steinen. Er zählte die Aufsetzer, sprang in die Fluten, kraulte einmal mit Brille und Flossen und lag ermüdet und dösend in einer Sandkuhle, die er sich, fröstelnd im Wind, in den Dünen bereitet hatte.

Dann lief Marcel an der Wasserlinie entlang ein paar hundert Meter nach Westen, sah lange Zeit zu, wie sich der Lagunensee bei fallendem Wasserstand in einen reißenden Fluss verwandelte, der sich an dem offenen Ende ins Meer ergoss. Sandbänke wuchsen heraus, bis sie so hoch aus dem Wasser ragten, dass sie die Öffnung zum Meer hin gänzlich verschlossen.

Wir kehrten vom Strand erst zurück, als die Ebbe ihren Tiefststand erreicht hatte. Marcel ruderte das Boot hinüber und zog es an einem verwitterten Tampen über den Schlick zu denen, die alle so da lagen, als wären sie versehentlich gestrandet.

Marcel nahm den Rucksack auf und hielt entlang der freigegebenen Sandbänke nochmals Ausschau nach besonderen Muscheln.

Tausende von Krabben flüchteten vor Marcels Füßen in vom Abfluss des Wassers zurückgelassene Löcher.

Zwischen Pfählen rechte der Fischer Roche Mariscos aus dem Schlamm, warf die Kleinen zurück, und versorgte so mit seinem Claim die Haushalte von Fabrica mit den kleinen Muscheln.

Später saß Marcel auf der Veranda von Maria, die zwar kein offizielles Restaurant betrieb, aber Einheimische und Freunde einlud, bei ihr Fischgerichte gegen eine Kostenbeteiligung zu essen.

Roche stieß am Nachbartisch dazu und erzählte Marcel, dass er früher alle Restaurants in der Umgebung mit Mariscos versorgt hatte; zweihundertundachtzig Escudos das Kilo. Doch seit vielen Jahren schon musste er eine zusätzliche Pacht an die Gemeinde entrichten, so dass sich dieses Geschäft für ihn nicht mehr lohnte.

Von Roche erfuhr Marcel, dass Amalia, die Frau von Joao, ihn wohl verlassen hatte, nachdem die Kinder aus dem Haus waren. Angeblich hätte sie dann eine Weile bei der Tochter in Lissabon gelebt und wäre dort in einer psychiatrischen Klinik gestorben; möglicherweise hatte sie ja den Tod ihres Ältesten nie verkraftet. Aber Genaues wusste Roche auch nicht.

Martinia, die Schwiegertochter von Maria, versuchte weißbrotkauend zu beschreiben, was das Meer heute hergegeben hatte: »Engia« also Aal.

Wieder waren es intensive Knoblauchschwaden, die das Essen ankündigten.

In einer Ecke der Veranda saß der stotternde Gehilfe von Joao, von dem Marcel keinen Namen wusste. Von den Dorfbewohnern wurde er wie ein Kretin behandelt. Er war wohl auch geistig ein wenig zurückgeblieben, hatte Marcel aber erkannt und winkte ihm freundlich zu. Marcel ließ ihm ein Glas Wein zukommen.

Täglich lief dieses Unikum barfuß von seinem Zuhause viereinhalb Kilometer nach Fabrica, um dort den Fischern als Tagelöhner zu helfen, wenn diese vom Nachtfang zurück waren. Abends saß er dann bei Maria und lief erst auf seinen unbeschuhten Säbelbeinen nach Hause, wenn Maria schlafen ging und es nichts mehr zu trinken gab.

Der Ablauf wiederholte sich Tag für Tag, und seine Nichtselbstständigkeit reichte für die stolzen Fischer aus, ihn auf der untersten Sprosse der Sozialleiter anzusiedeln.

Der Aal war in appetitliche Happen geteilt, so dass Marcel ihn ohne Besteck essen konnte. Auch bei Maria gab es feine Pellkartoffeln dazu und einen bunten Salatteller.

Marcel hatte tagsüber wenig getrunken, und nun stand eine große Karaffe mit süffigem »Vinho Verde« vor ihm, aus der er reichlich in sein Glas nachgoss.

Auf einem Hocker lehnte der Rucksack an die Verandabrüstung gelehnt, so dass ich gut sehen konnte, wie Marcels Augendeckel zunehmend schwerer wurden, und er über einer Lokalzeitung, in der er die Weltnachrichten nachgeschlagen hatte, einzuschlafen drohte.

Es war spät, als er sich aufrappelte, sich den Rucksack auf den Rücken warf, seinen Obolus entrichtete und die Stufen von Marias Haus hinunter tappte. Er wandte sich weiter auf dem betonierten Weg und über den Sandweg in Richtung Zelt.

Dort setzte er den Rucksack ab und tastete sich die Mauer entlang zu dem Platz, an dem er seine Notdurft verrichtete, wenn ihm der Weg zu Costas Außentoilette des Nachts zu weit erschien.

Marcel hatte das Zelt, das hinter seiner zweiten Olive aufgebaut war, gar nicht wahrgenommen, so dunkel, so geduckt lag es da.

Aber als er über eine Zeltspannschnur stolperte, es mit einem hässlich-scharfen Ton »Ratsch« machte, als wenn jemand verärgert sein gesammeltes Strafzettelpäckchen zerreißen würde, er lang hinschlug, und markerschütternde Mädchenschreie die kleine Kommune Fabrica in Aufruhr versetzten, registrierte er, dass er soeben ein Nylon-Bergzelt in der Mitte zerteilt hatte.

Erst da erkannte er im faden Dunkel das an dem Olivenbaum abgestellte Motorrad, und ihm schwante, dass diejenigen, die sich mit Verwünschungen in Französisch und Deutsch aus ihren Schlafsäcken schälten und die verwuschelten Köpfe aus dem einer Sternwarte gleichen Zeltdach streckten, Cécile und Kathrin sein mussten.

Das Wiedersehen mit Cécile hatte sich Marcel romantischer vorgestellt.

Kapitel 13

»Der Traum ist der beste Beweis, dass wir nicht so fest in unserer Haut eingeschlossen sind, wie es scheint.«

Mit diesem Zitat von Friedrich Hebbel schloss Pia Roll-Bouchard ihren Vortrag beim Freundeskreis »Geistiges Heilen«, in einem Gaststättennebenraum in der Mauerkircher Straße, um den Unterschied zwischen dem Astralleib und der physikalischen menschlichen Hülle, sowie die Wirkung der Reiki Heilmethode nochmals zu unterstreichen.

Pia verabschiedete sich von der Gesellschaft und dachte auf dem Nachhauseweg an Marcel, seine auffälligen Träume und an die damalige Reaktion ihres Mannes. Wie zynisch und ohne jede spirituelle Ernsthaftigkeit er ihr präsentierte, dass Marcel vielleicht Anlagen des unsterblichen Antoine de Saint-Exupéry in sich trüge. Das war gegen ihre esoterischen Ansichten gerichtet; doch hatte er mit seiner Leichtfertigkeit auch Marcel ins Schlingern gebracht, wie Marcel ihr später einmal eingestand.

Hier in Bogenhausen, unweit ihres Reihenhauses in der Flemingstraße, bekannt aus Thomas Manns »Herr und Hund«, traf sich der Freundeskreis seit Jahren, und jeder, der seine positiven Erfahrungen mit Alternativen zur Humanmedizin weitergeben wollte, erhielt dort ein Forum.

Marcels Mutter hatte vor vier Jahren ein Grundlagenseminar des Reiki Usui Systems besucht und sich Basiswissen über energetisches Heilen angeeignet. Sie lernte dort, die universelle Lebensenergie zu kanalisieren und sich und anderen zur Verfügung zu stellen.

Nach Selbstexperimenten und Anwendungen bei Bekannten stellten sich Erfolge ein und mit ihnen der Glaube an die Wirkung.

Pia Roll-Bouchard verfeinerte ihre Kenntnisse und qualifizierte sich, Fern- und Mentalheilungen durchzuführen. Mit dem zweiten Reiki-Grad Okuden vertiefte sie auch ihr eigenes spirituelles Wachstum.

Während sich der erste Grad auf die körperliche Ebene beschränkte, richtete sich der zweite auf den Geist. Erst mit dem dritten Grad, dem Meister- und Lehrgrad Shinpiden, sollte sie in die Lage versetzt werden, sich mit dem Wesen der Seele auseinanderzusetzen und den wahren Kontakt zu höheren Ebenen herzustellen. Daran arbeitete sie.

Pia hatte die Hoffnung, nach Erreichen des Lehrgrades, selbst Reiki zu unterrichten und dadurch ein eigenes finanzielles Standbein aufzubauen.

Robert, ihr frankophiler Mann, verfügte als Studienrat zwar über ein gesichertes Einkommen, hatte sich jedoch beim Kauf ihres Reihenhauses hoch verschuldet.

Nur der frühe Tod von Paul, Roberts älterem Bruder, der ohne Nachkommen war, ermöglichte den Besitz in einer der teuersten Münchner Wohngegenden. Ihre Ecke war eigentlich eher Konsulatsvillen und parkumgebenden Anwesen von Bestverdienern vorbehalten.

Die Rückkehr von einer vierjährigen Auslandsverwendung Roberts hatte die Familie nach Bogenhausen – an die Grenze zu Oberföhring, ins Grüntal, geführt. Nur ein paar Schritte waren es zum Isar-Wehr; dort betrat man den Englischen Garten. Die schönsten Biergärten Münchens lagen in »Zu-Fuß-Entfernung«. Bei schönem Wetter ließen sie sich häufig von der unvergleichlichen Stimmung am »Aumeister« in der »Hirschau« am »Kleinhesseloher See« oder am »Chinesischen Turm« anstecken, und setzten sich zu den Sonnenhungrigen, tranken ein Bier zusammen und teilten sich eine Riesen-Brezen. Von der Flemingstraße aus konnten sie zu Fuß einen Schwabing-Bummel unternehmen, mit dem Bike in der Innenstadt Einkaufen fahren oder ein Konzert besuchen. Pia und Robert empfanden die Wohnlage als göttliche Fügung.

Sie hatten dort eine gelebte Nachbarschaft vorgefunden. Eine Buslinie verband sie mit den restlichen Verkehrsnetzen, und Marcel konnte mit dem Rad zur Schule fahren; was ihm gut zu bekommen schien.

Zwei Jahre an der Deutschen Abteilung der Internationalen Schule in Fontainebleau und ein ebenso langes Engagement am Goethe Institut in der Pariser Avenue d'léna bevorzugten die Familie Bouchard als »Auslandsrückkehrer« bei der Vergabe von Wohnraum des Öffentlichen Dienstes.

Später versuchte der Staat seine Besitztümer zu versilbern und bot sie seinen Bediensteten zu einem horrenden Preis mit Vorkaufsrecht an, zum am Herzogpark angepassten Durchschnittsquadratmeterpreis, aber schadstoffbelastet. Die Siedlung ehemaliger US-Soldatenfamilien war in den Fünfzigern nach US-Standards gebaut worden und erfüllte moderne Umweltkriterien nicht mehr. Nach koordinierten Protesten der potenziellen Käufer sanierte der Bund die Gebäude vor dem Verkauf; für den Lärmschutz mussten die Bouchards jedoch selbst sorgen.

Pia stellte ihr Fahrrad ab und winkte dem immer freundlichen chinesisch-stämmigen Nachbarn, Herrn Wang, zu, der mit einem seiner Söhne einen Kinderroller reparierte. Sie wusste von Herrn Wang, dass dessen Vorfahren aus Peking und nicht aus Kanton waren. So ließ sie ihn einmal launisch ihre Version vom Ursprung der Münchner Weißwurst wissen. Im Gegensatz zu ihrem Mann hatte Herr Wang herzhaft gelacht. Hoffentlich nicht nur aus Höflichkeit? Herr Wang war ein vollendeter Kavalier.

Bevor sie aufschloss, warf sie noch einen Blick in das Nest, in dem ein Hausrotschwänzchenpaar in ihrem zum Blumentopf gewandelten Kupferkessel aus Griechenland unter dem Baldachin zwei Wochen lang vier Eier ausgebrütet hatte. Nach nur elf Tagen waren die Jungvögel ausgeflogen; das Nest war leer. Die vielen neugierigen Menschenblicke hatten ihre Entwicklung vielleicht beschleunigt.

Pia rief nach Robert. Der schien sich in seine Bibliothek im ersten Stock zurückgezogen zu haben. Für den nächsten Tag hatte er wieder Kollegen eingeladen und bereitete sich sicherlich auf das Diskussionsthema vor.

In der Küche lag ein Notizzettel mit Reklamationen zu ihren heutigen Einkäufen. Pia überflog seine Bemerkungen. Der früher einmal großzügige Gatte wurde kleinlich. Die Schulden lasteten auf ihm.

Roberts Mäkelei nahmen zu, als Marcel das Haus verlassen hatte.

Robert zitierte Fontane seltener und »Effi Briests Stimme« wurde leiser. Wenn sie sich einmal wieder über Robert geärgert hatte, dann gab es schon einmal eine literarische Retourkutsche: Pia nahm ihre Schulausgabe von Ibsens Nora zur Hand, markierte eine geeignete Stelle der selbstbewusst und unabhängig gewordenen Nora, und ließ sie ihm aufgeschlagen liegen. Robert verstand dann die Warnung, kam zu ihr und suchte Frieden.

Im Wohnzimmer klingelte das Telefon: Es war Marcel.

Pia hatte ein Glas Prosecco in der Hand. Sie freute sich, Marcels Stimme zu hören, setzte sich mit Blick in den Garten auf Opas Armstuhl, schlug ein Bein über die Lehne und lauschte den Beschreibungen von Marcels Paradies. Das hatte er ihr auf dem Anrufbeantworter schon angekündigt. Schön, dass Marcel einen Ort gefunden hatte, der ihm die Chance gab, zur Ruhe zu kommen.

Doch die Erwähnung seiner Halsbeschwerden, die verfahrenen Schwärmereien über ein französisches Mädchen, mit dem er bislang noch kein Wort wechseln konnte – das Ganze so kurz nach Isabells Entscheidung, sich von ihm zu trennen, machten ihr Sorgen.

Als sie aber hörte, dass Marcels Weggefährte Charlie nicht mehr war, der ihm beigebracht hatte, für andere Verantwortung zu tragen, wusste Pia, dass Marcel Hilfe benötigte. Er brauchte seine Mutter. Nur sie kannte seine Empfindlichkeiten und seine Blockaden.

Anderen gegenüber mochte Marcel hypochondrisch erscheinen; er war es nicht; schon gar nicht, wenn er flog. Marcel litt an Lebensangst. Er war unsicher und hatte ein gestörtes Hals-Chakra. Sie wusste, wie dieses heilbar war; sie war sich aber nicht sicher, ob Marcel ihre Reiki-Therapie akzeptierte und ob er in der Lage war, seine Lebensenergieflüsse durch seine Mutter manipulieren zu lassen.

Pia beschloss, nicht auf Marcels Rückkehr zu warten. Sie begab sich zu Robert. Der las vertieft in einem Buch über Afghanistan ließ Robert nicht los; wieder waren Menschen bei einem Attentat ums Leben gekommen. Das Buch beschrieb ihm die lange andauernde Gewalt im Land und den verrohenden Einfluss des politischen und gesellschaftlichen Niedergangs auf die Jugend, die Generation, die einst in Afghanistan für Frieden, Demokratie und Wohlstand sorgen und die Zukunft dort gestalten sollte. Gedanken an das marode afghanische Schulsystem erregten ihn. Es ärgerte ihn, dass er die Zustände so wenig beeinflussen konnte.

Robert legte den Roman zur Seite und hörte Pia zu.

Als sie ihm ihren Plan dargelegt hatte, zog er die sorgfältig gestutzten Brauen in die Höhe: »Was kostet der Flug? – Hast du schon eine Unterkunft?«

Pia verneinte und bat ihn, ihr bei der Suche nach einem Flug zu helfen.

Er fragte telefonisch nach und notierte die Flüge.

Robert buchte ihr die günstigste Maschine nach Faro. Marcel sollte sich um die Unterkunft und um den Rückflug kümmern.

Wie sie von Faro nach Fabrica käme?

»Nimm kleines Gepäck mit; es gibt sicher einen Bus!«

Die Bouchards gingen zu Bett.

Vor dem Einschlafen fragte Pia ihren Mann noch: »Robert, traust du mir zu, dass ich Marcel mit meiner Reiki-Methode helfen kann?«

»Ich wünsche es dir, und ich wünsche es Marcel; aber ich traue Marcel nicht zu, dass er sich auf eine Reiki-Sitzung mit seiner Mutter einlässt. Da ist er zu sehr wie sein Vater!«

»Ja, das fürchte ich auch!« Pia schlief traumlos. Die Macht über den Schlaf hatte ihr Reiki gegeben.

Kapitel 14

Fünfundfünfzig Kilometer schraubte sich der in die Jahre gekommene, quietsch-gelbe Citroën 2 CV auf breiter Spur den Berg hoch, an kargen Felswänden und angerußten Altschneewechten entlang, und durchbrach gespenstische Nebelfetzen. Schilder markierten die Höhenmeter: 1500, 1750, 2000, 2250.

Bis 2500 m ü. NN leuchteten noch vereinzelt violette Heidekrautblüteninseln zwischen dem Gestein; dann hörte die Vegetation auf. Der Wind heulte durch Engstellen und trocknete die Fahrbahn.

2750, 3000, 3250. – Die beiden im Inneren des Wagens befanden sich in einem Rauschzustand; eine solche Höhe hatten sie noch nicht erlebt. Sie schalteten das Heizgebläse zu.

Schließlich endete die Straße; sie standen mit ihrer Kult-Ente, eine von wenigen, die noch für die Straße zugelassen waren, auf dem Gipfel des »Monte Veleta« in Südspanien.

Über die Sierra Nevada jagten Wolken, durch deren Löcher sich ein gigantischer Blick über die andalusische Gebirgskette auftat.

Es blies durch die beiden Niederländer hindurch. Die bunten Pullover, die sie anhatten, boten wenig Windschutz. Es war ihnen klar, dass das Beweisfoto eilte.

Adri fuhr das Auto noch ein Stück über Schotter auf einen Panoramafelsen knapp unterhalb des trigonometrischen Punktes.

Am Fuße der Säule war auf einem ovalen Kupferschild »3470 Metros« eingestanzt. Um sie herum war plötzlich Stille.

Spektakuläre Fotos entstanden.

Die grelle Ente stand da, als hätte sie ein Lastenhubschrauber auf dieser Felsnase in Szene gesetzt. Ein schwindelnder Abgrund tat sich wenige Meter weiter auf.

Der lange Adri ließ sich noch, lässig an den Trigonometrischen Punkt gelehnt, mit Selbstauslöser ablichten, während die zitternde Trijnie mit ihrer Atmung rang. Die dünne, kalte Luft drohten ihr hier oben alle Euphorie zu nehmen. Adri sah sein Mädchen in Schwierigkeiten und schaltete. Er setzte den Wagen vorsichtig zurück, bis Trijnie wieder einsteigen konnte. Dann ging es neunhundert Höhenmeter bergab, vorbei an verlassenen Skiliften, an Sternwarten und an von der Sonne übersehenen Schneefeldern.

An einem solchen hielten sie. Eine Schneeballschlacht tobte, bis Trijnie wieder völlig außer Atem war. Dafür war ihr etwas wärmer.

Es war Essenszeit. Schon seit Granada hatten Tafeln immer wieder auf das »Parador Nacional« hingewiesen. Dem guten Ruf der spanischen Paradores wollten sie einmal nachgehen und bogen in Richtung Parkplatz ab. Der lag, wie das Hotelrestaurant auch, in einer jetzt eher menschenfeindlichen Umgebung ziemlich verlassen da. Im Winter war der »Monte Veleta« mit seinem »Parador Nacional« sicher ein von spanischen Ausflüglern überflutetes Skiparadies. An diesem Mittag dagegen waren Empfangshalle und Speisesaal wie ausgestorben. Adri und Trijnie empfanden ihre Situation, als sie in ihren Winterpullovern und auf ihren verstaubten Galoschen über Teppiche durch die Ruhe der Gänge schritten, fast als surreal.

Sie nahmen an einem vornehm gedeckten Tisch Platz. Wie aus dem Nichts tauchten ein »Camarero« und zwei Serviermädchen auf, die sich sogleich um die ausländischen Gäste bemühten.

Nach kurzem Beratschlagen bestellte Adri »Entremeses Variados«, »Pierno de Cerdo« und »Conejo«, diesen in Aspik.

Ein Beistelltisch wurde angerollt. Er war voll von Schälchen mit Appetitanregern. Trijnie war wieder gut drauf. Sie meinte, dass ihr Magen gerade Freudensprünge vollzöge.

Das Aspikkaninchen und die aufgeschnittene Schweinekeule waren gut durch und schmackhaft gewürzt.

Wie kaum sichtbare Geister huschten Serviermädchen und Kellner um sie herum.

Eine »Tarta Parador«, eine Cremetorte, sowie eine Riesenschale Obst vervollständigten ihr »Test-Essen«.

Die zwei Maastrichter steuerten, zurück in Granada, das »Hostal Turin« an, das zentral hinter der Plaza de Trionfo in der Ancha de

Capuccinos lag. Das Zimmer war einfach ausgestattet und sein Balkon wies zur Straße. Der Straßenlärm war inklusiv. Für die vollbepackte »Ente« fanden sie eine Garage um die Ecke.

Abends empfahl ihnen der grauhaarige Besitzer einer Imbissbude bei der Gran Via Colon »Boccerones«, gebratene Sardellen, und eine reichhaltige Portion »Calamares Fritas«. Er fragte hinterher verschmitzt, ob es denn geschmeckt hätte. Und ob! – Keine Frage für die beiden: Man musste in Spanien nicht unbedingt in einem Parador absteigen, um schmackhaft essen zu können.

Die Niederländer heuerten ein Taxi an, das sie durch schmale Gassen zum »Sacro Monte« chauffierte. Dort lebten »Gitanos«, deren Besuch nach Meinung holländischer Reiseführer kein Andalusien-Reisender versäumen dürfte. Hier habe sich der Flamenco in seiner Ursprünglichkeit erhalten.

Eine dicke »Zingara« stürmte bereits auf das Taxi zu, als das darinsitzende Paar noch überlegte, wo es abgesetzt werden wollte. Sie klopfte an Adris Scheibe, die er öffnete. Die Frau drückte ihm Tickets in die Hand und redete auf ihn ein. Übersetzt müsste das gelautet haben: »Kommt zu uns – tretet ein. Gleich kommt ein Bus mit weiteren Gästen – für euch ist es heute deshalb besonders preiswert. Zwei Getränke sind frei«.

Adri und Trijnie vertraten sich die Beine und warteten.

Das »gleich« hätten sie sich vielleicht besser präzisieren lassen sollen.

Sie nutzten die Wartezeit, sich ein wenig umzusehen: Die Häuser bildeten allesamt eine Einheit mit den in den Tuff gearbeiteten, schon im Mittelalter und früher bewohnten Höhlen. Arm schauten sie nicht mehr aus, die Unterkünfte. Die täglichen Touristenströme hatten Wohlstand in das ehemalige Armenviertel gespült. Die Calé-Sippen, wohl über Mitteleuropa eingewandert, waren dort schon lange sesshaft. Doch erst Bizets Oper »Carmen«, die 1876 uraufgeführt wurde, machte den Tanz der »Gitanos«, den Flamenco mit dem fremdartigen »Cante Jondo«, in Spanien salonfähig.

Die Bewohner hoch gelegener Höhlen verließen ihre Quartiere und zogen in besser zugängliche. Seitdem führten sie dort den in Mode gekommenen Tanz Besuchern vor und lebten von den Einnahmen.

Es dauerte zwei Stunden, bis ein Bus die versprochene Touristengruppe anbrachte; und auch Adri und Trijnie fanden sich wieder ein.

Auf der Straße steppten sich Mädchen in schwingenden Röcken warm, und in der »Cave della Zingara« startete das Programm.

Die Finger eines etwa Fünfzehnjährigen mit schwarzen Locken zupften und schlugen virtuos die Gitarrenseiten, vier junge Frauen sprangen auf, ließen die Röcke fliegen, und einige vielleicht elf bis sechzehnjährige Mädchen sangen und klatschten dazu. Trijnie versuchte, den Rhythmus nachzuahmen; es wollte nicht funktionieren. Sie traf die Synkopen nicht.

Es folgten Einzeltänze von Frauen und Mädchen im Wechsel; schön anzusehen, aber die Damen blickten mehr oder weniger gelangweilt drein. Für Adri schien die Lustlosigkeit eine Folge der hohen Frequenz von Familienaufführungen zu sein.

Erst ein Gesangssolo des vorher noch tänzerisch eher zurückhaltenden »Zingaros«, mit pomadisiertem Haar, zu dem ihn der jugendliche Gitarrist brillant begleitete, ließ die Stimmung erahnen, die der Flameco zu vermitteln vermochte.

Danach konnten sich die Gäste, von den Tänzerinnen einzeln aufgefordert, selbst im Steppen versuchen. Adri machte sich dabei, mit seinen staksigen Versuchen und hochgekrempelten Hosenbeinen, eher zum Gespött der Gäste. Die Gastgeber spendeten aber kräftigen Applaus. Trijnie sah Adri in einer komischen Rolle und zog ihn von der Tanzfläche.

Die Show war vorbei. Es wurde ein Glas Sangria gereicht, und jeder Gast erhielt noch schnell ein paar Kastagnetten über die Finger gestreift.

In der Annahme, dass nun die Unterrichtung folgte, blickten auch Trijnie und Adri erwartungsvoll auf den Conférencier.

»Twenty Mark!«

Das also war es, was die Familie wollte: Ein Zusatzgeschäft abschließen.

Beim Rückweg in die Stadt konnten die beiden Studenten aus Maastricht schon über den gerade erlebten Kommerz um die Touristenattraktion lachen; sie waren ja nicht unvorbereitet hingefahren.

Die Burg am Gegenhang war beleuchtet. Die ehrfürchtige Stimmung, die sie erzeugte, stimmte die beiden auf ihren Alhambra-Besuch am nächsten Tag ein...

Gegen elf Uhr am nächsten Vormittag trafen sie am »Aparciamento«, der Alhambra ein, wieder umringt von »Zingaras«, die ihnen rote Nelken verkaufen wollten. Die Hartnäckigkeit manch einer war so groß, dass Trijnie böse Worte auf Niederländisch verlor. Die wurden sofort verstanden. Es war wohl deren Lautstärke und das furchterregende Gesicht, das Trijnie dabei aufsetzte, mit der sie Abschreckung erzielte. Trijnie ließ keinen Zweifel, wenn sie etwas partout nicht wollte. Eine Gabe, die Adri nicht hatte, und um die er seine Freundin beneidete.

Sie betraten die Anlage der Alhambra: Ein Netz von Kanälen und Rinnsalen um sie herum versorgte die vielen Springbrunnen und Gärten mit Wasser. Pflanzen und das Nass spendeten heute wie zur Zeit der arabischen Statthalterdynastien ausgleichende Kühle. Die Zypresse in einem der Patios sollte noch aus der Maurenzeit stammen.

Sonnenschein hatte ein paar Regenschauer des Morgens abgelöst. Die Temperatur war rasch wieder auf 28 Grad gestiegen, wie das Thermometer an der Kasse angezeigt hatte.

Beide staunten über die maurische Architektur. Hatten die Mauren nicht alle baulichen Grundsätze und Elemente so berücksichtigt, dass die darin wohnenden Menschen in Einklang mit der Natur leben konnten?

Adri sah als Freund von Feng-Shui viele der Kriterien angewandt.

»Sind nun Araber oder Chinesen die Ersten gewesen?«, fragte Adri wie ein Quizmaster.

Trijnie überlegte nicht lange: »Die Chinesen waren früher dran.«

»Richtig!«, sagte er nur.

Adri hatte den Reiseführer in der Hand. Er erklärte Trijnie daraus: »Die älteste Burg, die vorgelagerte Alcazaba, stammt aus dem 9. Jahrhundert.« Eine prachtvolle Aussicht über Granada bot sich den beiden.

Trijnie war überwältigt. »Wunderschön!«, rief sie aus.

Nach einer Pause des Staunens setzte Adri seine Führung fort: »Der Autor unseres Buchs, Washington Irving, hatte Anfang des 19. Jahrhunderts mehrere Monate in Granada gelebt. Wir kommen jetzt zu seiner Gedenktafel vor dem »Palacio Arabe«. Der äußerlich fast unscheinbare Alhambra-Palast »Palacio Arabe« war das zentrale Schmuckstück, das Adri und Trijnie aufsuchten. Hier fanden sie den ihnen bislang nur von Ansichtskarten her bekannten Löwenhof mit dem Springbrunnen, den zwölf zu Stein erstarrte Löwen trugen. Der von zwölf Säulen umgebene Hof war Mittelpunkt des königlichen Wohnbereichs mit Harem.

Adri und Trijnie streiften durch den ein wenig höher gelegenen »Palacio de Generalife«, den Sommersitz der maurischen Herrscher im 14. Jahrhundert. Andere Patios, durch die sie sich bewundernd bewegten, standen mit ihrer reichhaltigen Ausstattung, den Mosaiken, ihren Myrtenhecken, ihrer Blumenpracht und filigranen Wasserspielen dem Löwenhof nicht nach. So war die siebenteilige Königshalle, der Gesandtensaal und der Saal der Bogenfenster von unermesslichem Reichtum.

Adri und Trijnie setzten sich für eine Weile auf einen der Ledersitze und ließen die Ornamente, Deckengemälde oder Stalaktitengewölbe auf sich wirken. Sie nahmen sich bei der Hand und sahen plötzlich Sherezade und ihren Sultan in einem der Erker unter den Fensterbögen sitzen...

1492 waren die katholischen Könige Ferdinand von Aragon-Kastilien und Isabella von Kastilien in den »Zuckergusspalast« eingezogen, während Kolumbus sich gerade auf den Weg gemacht hatte, in ihrem

Auftrag Indien zu entdecken. Adri erklärte Trijnie mehr zur Alhambra-Geschichte. Karl V. hatte 1526 noch ein Renaissanceschloss mit mächtigen Außenmauern dazustellen lassen. In dem dort befindlichen Alhambra-Museum deckte sich Trijnie mit Postkarten ein. Sie hatten sich satt gesehen.

Trijnie hatte die Wahrsagerin zuerst gesehen, die vor einem Wohnwagen saß und sie freundlich einlud. Sie drehte sich nach Adri um, der erst jetzt die Situation durchschaute.

»Adri, alsjeblieft – bitte, bitte!« Sie unterstützte ihre Worte mit den Händen, faltete sie vor der üppigen Brust und wiederholte: »Bitte, bitte, Adri!«

Adri, obwohl er von Wahrsagerei nicht viel hielt, konnte ihr den Wunsch nicht verweigern. Erstens war es ihr Geld und zweitens brauchte Trijnie Nahrung für ihre Zweifel. Sie schwankte zwischen dem Glauben an Magie, Wahrsagerei, energetischer Heilung und dem Weiterleben nach dem Tod und dem Abschwören. Sie war hin und her gerissen; aber sie wollte keine Chance verpassen, eigene spirituelle Erfahrungen zu sammeln.

Also setzte sie sich hinter den purpurroten Vorhang, der vor dem Wohnwageneingang neugierige Blicke abwies.

Die Wahrsagerin, für Trijnie schwer zu erkennen, ob die Dame unter dem modern geschlungenen Kopftuch eine Hiesige war, sprach Englisch. Lächelnd betrachtete sie Trijnie von oben bis unten.

Sie schien besonders an Gesicht und Händen interessiert zu sein. Schließlich nahm sie Trijnies linke Hand, drehte sie, so dass sie die Linien der Handfläche lesen konnte.

Nach einer Weile erhellte sich ihre Mine.

Die Wahrsagerin prophezeite Trijnie beruflichen Erfolg, ein langes Leben an der Seite eines Partners, der sie liebt und mit ihr drei Kinder haben würde, aber sie sehe auch einen anderen Mann.

Na, vielleicht meinte sie ja mit dem anderen Mann ihren Vater. Besser hätte sie sich das Ergebnis nicht wünschen können. Trijnie fiel Adri um den Hals; allerdings musste er sich dazu zu ihr herunterbeugen. Und irgendwie behinderte für Adri ein imaginärer anderer Mann die innige Umarmung. Abends hatte er diesen wieder vergessen.

Sie verließen die vielbesungene Stadt am »Rio Genil« und fuhren einhundertsechzig Kilometer über die verkehrsarme, aber kurvige Nationalstraße, vorbei an Ziegenherden, Aussichtstürmen aus römischer, westgotischer, maurischer oder vandalischer Zeit und Bergen, auf deren Kuppen Städtchen zu kleben schienen.

In der Vergangenheit abgeholzte Berghänge waren inzwischen mit jungen Olivenbäumen bepflanzt worden.

In Cordoba wandelten Adri und Trijnie erneut auf den Spuren der Kalifen.

Nach einem Rundgang durch die Altstadtgassen tranken sie auf der Plaza de San Antonio Eiskaffee und besuchten spätnachmittags die legendäre »Mezquita«, die ehemalige Moschee und jetzige Kathedrale.

Mit hundertneunundsiebzig Metern Länge und hundertachtundzwanzig Metern Breite entsprach ihre Grundfläche zwei Fußballfeldern. Ihr ältester Teil stammte aus dem achten Jahrhundert, entnahm Adri seinem Reiseführer. Erst im zehnten Jahrhundert war der prächtige Bau fertiggestellt worden; er sollte die größte Moschee auf europäischem Boden beherbergen. Weltweit sollte es eine der größten geworden sein.

Im sechzehnten Jahrhundert geschah das Einmalige, aber Ungeheuerliche: Auf Geheiß Kaiser Karls V. wurde die Choranlage in eine christliche Kirche umgewandelt. Das war ein totaler Stilbruch.

Selbst dem Auftraggeber soll die Anlage danach nicht mehr gefallen haben.

Achthundertundfünfzig Marmorsäulen, eine jede anders bemalt, stützen die »Mezquita« und tauchten sie in das mystische Halbdunkel riesiger unterirdischer Kolumnadenhallen.

Zur Blütezeit unter Abdelrahman III., also um 950 n.Chr., als Cordoba Hauptstadt des spanischen Kalifats war, zählte die Stadt schon achthunderttausend Einwohner und soll dreihundert Moscheen besessen haben, hatte Adri über Cordoba gelesen.

Adri und Trijnie saßen beim Essen und studierten die Karte.

Sie überschlugen, dass ihre geplante Route auch zeitlich machbar wäre, wenn sie von Sevilla den Abstecher über den Grenzfluss »Guadiana« wagen würden. Vier Stunden Fahrt vermuteten sie für den Hinweg und die gleiche Zeit für die Strecke zurück. Dann wollten sie über Madrid, Burgos, Bordeaux zügig nach Maastricht zurück, damit Trijnie ihren Semesterferienjob als Serviererin in einem Bistro in der Maastrichter City antreten konnte.

Adri wollte den Rest der Ferien zum Handmalen nützen, einer Technik, die ihm Spaß machte, – ohne Pinsel – leuchtende Farben ohne vermittelndes Medium direkt mit den Fingern auf die Leinwand gebracht, großflächig und abstrakt. Natürlich sollten Motive aus Spanien Pate stehen. Trijnie bezweifelte allerdings, dass nach Adris Abstraktionskunst noch »Spanisches« übrigbliebe.

Um Zeit zu sparen, brachen sie ihre Stadtbesichtigung ab und setzten die Fahrt auf belebter Landstraße weiter nach Sevilla fort.

Trijnie winkte jedes Mal überschwänglich aus dem offenen Verdeck, wenn wieder einmal ein sympathischer Brummifahrer den Blinker rechts gesetzt hatte, um sie auf unübersichtlicher Strecke vorbei zu winken. Lastwagenfahrer hatten von ihren erhöhten Sitzen den besseren Überblick.

Adri aktivierte dann kurz die Hupe. Vielleicht hörte der LKW-Fahrer trotz Musik im Innenraum das bescheidene Horn ihrer Nostalgiekarosse.

So ging es entlang weiß getünchter Haziendas, die von Reichtum zeugten, vorbei an sich im Wind wiegenden Pappeln, an Kakteenhecken, die zum Schutz der Felder dicht wie ein Wall wuchsen.

Eukalyptuswälder wechselten sich mit Olivenplantagen, Weizenfeldern und Sonnenblumenpflanzungen ab.

Die Niederländer erreichten den »Guadalquivir«, folgten ihm auf der Nationalstraße IV, passierten das einer Oasenstadt gleiche »Ecia« und das trutzige Römerkastell von »Carmona«.

Es war spät. Zwölf Kilometer vor dem Tagesziel fuhr Adri das Auto und die übermüdete Trijnie auf den »Camping Sevilla« – dicht am Flughafen gelegen.

Ab und zu glaubten die beiden, Opfer eines Flugzeugabsturzes zu werden, so nahe flogen die Düsenriesen über ihre Köpfe hinweg. Es roch nach Kerosin.

Adri führte vom Münztelefon aus ein paar Gespräche. Von seinem Vater erfuhr er, dass Marcel eine Nachricht und eine portugiesische Telefonnummer hinterlassen hatte: »Mein Paradies ist in Fabrica, Tavira, Algarve, Portugal, Zeltplatz vorhanden – Gruß Marcel!«

Das klang wie eine Aufforderung, ihn dort zu besuchen, oder?

Adri und Trijnie beschlossen, auf der Karte, die sich im Auto befand, zu schauen, wo sich dieses Fabrica befand. Dann wollten sie entscheiden, ob sie sich zeitlich und pekuniär den Abstecher nach Portugal leisten konnten. Noch vor dem Schlafengehen ging Adri nochmal zum Telefon und kündigte bei einer schlaftrunkenen Portugiesin ihr Eintreffen für den Folgetag an.

Dann siegte die Müdigkeit über den ohrenbetäubenden Lärm.

Endlich ruhte auch der Flugbetrieb.

Einzig die Zikaden wollten nicht schlafen gehen.

KAPITEL 15

Die peinliche Situation hatte Marcel ernüchtert. Er war plötzlich hellwach.

Doch spürte er seinen Weinkonsum in dem Moment, als er versuchte, sich aufzurappeln, aber mit der linken Sandale wieder ausglitt und zu Boden rutschte.

Marcels Gleichgewichtssinn schien aus dem Lot zu sein. Es hatte zu regnen begonnen; nicht stark, aber zur falschen Zeit.

Als die Geschädigten in ihrem dachlosen Zelt wie zwei begossene Pudeldamen kauerten und den Gestrauchelten mit gutturalen Lauten auf den Lippen staksig im Dunklen vor sich sahen, wurde ihnen klar, dass sie beim Aufbau des Zeltes einen entscheidenden Fehler begangen hatten. Niemals sollte man ein Zelt über einen realen oder möglichen Weg abspannen, und sei es nur ein nächtlicher Austritt. Kathrin hatte gespannt und Cécile hatte das Missgeschick übersehen.

Auch hatten sie ihren Zeltnachbarn beim Schlafen, und nicht beim Wein vermutet. Schon ein Nachfragen bei einem Dorfbewohner nach dem schreibenden Deutschen hätte den Vorfall verhindern können.

Der Regen drängte zum Handeln.

»Cécile, der Kerl im Dunkeln ist Marcel, unser Tischnachbar aus Biarritz. Über dessen Hundeleine bist du gestolpert. – Marcel, erinnerst du dich an Cécile, mit der ich im ›Chapeau Claque‹ zusammensaß?«

Was für eine Frage; natürlich erinnerte er sich.

Noch verwirrt von der grotesken Begegnung zu nachtschlafender Zeit stammelte Marcel einige, wenig originelle, Worte: »Schön, euch hier zu sehen. Ich bin sehr erfreut.«

Er hatte nichts Falsches gesagt; er war erfreut und hatte mindestens Cécile herbeigewünscht.

Nun zählten pragmatische Schritte. Katrin ergriff wieder die Initiative und fragte süffisant: »Was tun, Marcel?«

Der spürte, wie die Verantwortung für die beiden Neuankömmlinge nun auf ihm lastete und bot den Gestrandeten an, in sein Zelt umzuziehen; das wäre doch das Selbstverständlichste von der Welt.

»... dort ist es mindestens trocken, bis wir für euch ein Hotelzimmer gefunden haben«, ergänzte er.

»Nach Mitternacht ein Hotelzimmer? – Lasst uns erst einmal unsere Klamotten vor dem Regen retten«, meinte Cécile und tauchte unter die Dachreste, um ihre Utensilien zusammenzusammeln.

Kathrin tat es ihr nach.

Cécile forderte Marcel burschikos auf: »Warte im Zelt auf uns, Marcel, und zünde doch schon einmal das Kaminfeuer an!«

Cécile lachte und Kathrin mit ihr. Cécile kam in Fahrt und flachste: »Im Übrigen, Marcel, du hast mir einen Gefallen getan. Ich wollte das Zelt schon lange ersetzen; es stammt noch von meinen Großeltern.«

Marcel konnte dem Humor nur bedingt folgen, war aber froh, dass die Mädel noch lachen konnten. Er verzog sich in sein Zelt, breitete seinen Doppelschlafsack, den er erst letztes Jahr für sich und Isabell erstanden hatte, aus und stellte die Batterieleuchte in die Mitte.

Mit der Nachricht von Adri, der sein Kommen angekündigt hatte, erschien ihm die Situation noch grotesker, denn »der Lange« und seine Trijnie würden morgen schon für gute Laune sorgen und Platz für ein weiteres Zelt beanspruchen.

Marcel dachte an das zerschlissene Norwegerzelt. In Tavira würden sie sicher einen Ersatz beschaffen können. – Aber ein Hotel so spät nachts? Das gäbe es bestimmt nicht.

So fing er an, über seine groteske Lage zu lachen. Er lachte, bis Kathrin am Eingang fragte, ob es ihm denn gut ginge, und ob sie nun hereinkommen dürften.

Marcel schluckte seinen Lachkrampf hinunter und antwortete der überraschten Kathrin: »Aber natürlich – kommt herein!«

Marcel hielt ihr den Innenzelteingang auf und wartete, bis auch Cécile mit fragendem Blick an ihm vorbeigekrabbelt war.

»Unser Leid scheint dich ja fröhlich zu stimmen? Gar nicht charmant!«

»Nein, nein – Irrtum! – Ein niederländisches Pärchen wird uns morgen verstärken; echte Camping-Freaks. Die Information hat mich vorhin noch erreicht, und deshalb musste ich lachen. Die Situation ist so komisch.«

»Komisch? Zwei Freunde von dir und Camper? – Das ist doch super. Dann kann dieses Zelt zum Gemeinschaftszelt ausgebaut werden. Du hast es jetzt schon sehr gemütlich. Die Clubgarnitur, die Teppiche, das Kaminfeuer. – Alles ist komfortabler als im ›Chapeau Claque‹ in Biarritz, aber es fehlen die Kerzenleuchter an den Wänden. Dafür ist hier das Publikum seriöser; mindestens das weibliche.«

Céciles Neckereien ermunterten Marcel zu kontern: »Wie, das weibliche Publikum seriöser? Bist du dir sicher? Es war doch Kathrin, die sich in Biarritz von einem Junkie um den Finger wickeln ließ und sich, aber auch uns, ein paar Tage später vor Santander in Schwierigkeiten brachte. An Kathrins Geschlecht gibt es doch nichts zu zweifeln, oder?«

Cécile betrachtete Marcel einen Augenblick prüfend, so als wollte sie Klarheit darüber, ob Marcel über Kathrins sexuelle Ausrichtung Bescheid wusste und sich darüber einen Scherz erlaubte. – Doch das schien nicht Marcels Ansinnen zu sein.

»Ach was! Hier sind zwei Frauen, die friedlich schliefen, als der Dritte, ein Mann, ihnen das Dach über dem Kopf wegnahm. – Nennst du das etwa seriös? Übrigens sind unsere Schlafsäcke nass. – Kathrin wurde in Santander fälschlicherweise festgehalten. Sonst säße sie jetzt nicht hier.«

»Lass nur, Cécile, ich habe Marcel und seinen Gefährten tatsächlich in Nöte gebracht; sie wurden gefilzt wie ich. – Der Stoff, den ich bei mir hatte, war tatsächlich aus dem »Chapeau Claque«. Zudem hatte ich geschmuggelte Zigaretten vom Schwarzmarkt in Bilbao bei mir. Ohne Veras Freikauf und Céciles Hilfe säße ich noch immer in U-Haft in Santander. Insofern war mein Verhalten aus Marcels Perspektive unseriös.«

Kathrin und Cécile hörten den Schwingungen des Gesagten nach – beide schwiegen einen Moment. Dann stellte Kathrin die Frage, die Marcel schon längst erwartet hatte: »Wo ist eigentlich mein Freund Charlie? – Keine Begrüßung, kein Bellen, kein Schnüffeln – er kennt mich doch?«

»Er ist leider tot«, antwortete Marcel bündig.

»Tot?« Kathrin verstand nicht recht.

Auch Cécile hatte ihren Blick wieder aufmerksam auf Marcel gerichtet, als erwartete sie eine ausführliche Erklärung.

Marcel berichtete. Er begann in Santander, am Parkplatz der »Guardia Civil«, um der Geschichte um Charlie einen Rahmen zu geben und endete in Fabrica, mit dem gestrigen Abend bei Maria.

Während Cécile sich noch eine Weile wacker hielt, waren Kathrins Augen kleiner und kleiner geworden, bis ihr Kopf Cécile im wahrsten Sinne des Wortes in den Schoß fiel.

Marcel reichte Cécile einen Pullover, auf den sie Kathrins Kopf bettete. Dann wurde auch sie vom Schlaf überrascht.

Sie hatten einen langen Tag gehabt; Naturpark »Montfragüe«, Trujillo, Sevilla …

Marcel breitete seine Autodecke über Cécile aus und schob sein Kopfkissen unter ihren Lockenkopf.

Irgendwann gab sich auch Marcel auf und streckte sich auf der freigebliebenen Fläche aus. Er wich jeder Berührung mit den Mädchen aus. Ganz vermeiden konnte er sie nicht.

Kapitel 16

Trijnie entschied nach den Schauern der Nacht, das Zelt nur trocken einzupacken. Also warteten sie die Morgensonne ab, gingen derweil frühstücken und rollten dann erst ihr Iglu zusammen.

Wieder vollbeladen und die wärmenden Sonnenstrahlen durch das offene Verdeck lassend, besuchten sie Sevilla, die Stadt der Dichter, der Liebe und der Musik.

Sie steuerten den »Centro Ciudad« an und tasteten sich in die engen Gassen des Stadtviertels »Santa Cruz« vor, welches die »Giralda« umgab. Als »Giralda« bezeichneten die Spanier den Glockenturm der größten spanischen Kathedrale, Wahrzeichen von Sevilla, und gleichzeitig ein Relikt der vormals dort befindlichen maurischen Moschee.

Vor der Kathedrale erstreckten sich die Mauern des »Alcázar«, dem früheren Königsschloss, im 14. Jahrhundert im Mudejarstil gebaut.

Die mit reichen Pflanzen und kleinen Springbrunnen geschmückten Patios lockten Adri und Trijnie einzutreten. Erst drinnen entpuppte sich der ganze Reichtum. Azulejosgekachelte Wände verbargen sich hinter alten, hölzernen Portalen mit kunstvollem Schnitzwerk und präsentieren maurische Kultur durch schmiedeeiserne Tore, die den Hofgarten und das Innere des Hauses von Flur und Treppenhaus abtrennten.

Die Außentüren standen offen, damit Durchzug für Kühlung sorgte.

Hier in den Vierteln um Kathedrale und »Alcázar«, befielen Adri Gedanken an »Carmen« und an den »Barbier von Sevilla«, dessen Bühnenbilder er immer wieder studierte und versuchte, sie auf Leinwand zu projizieren.

Die Patrizierhäuser mit ihren blumengeschmückten Balkonen und den Laternen der Gässchen boten ihm nun »das Original« zum Aufnehmen, zum Einatmen, zum Anfassen.

Dieser Rahmen hatte Bizet und Rossini und unzähligen anderen Komponisten, Poeten und Malern für ihre Werke Pate gestanden. Nicht alle sind so berühmt geworden wie der »Barbier«.

Trijnie musste sich gedulden, denn Adri hatte seinen Skizzenblock gezückt, suchte sich einen schattigen Platz, zeichnete und schrieb Notizen. Dann fotografierte er wie wild; mehr noch als zuvor, so als würden seine Motive auf Nimmerwiedersehen entschwinden, wenn er sie nicht sofort festhielte.

Irgendwo im Gewirr der Calles betraten die beiden eine Imbissbude, studierten die Preisliste an der Wand hinter der Bar, wurden aufgefordert, Platz zu nehmen und stärkten sich an »Prochetas«, leckeren Fleischspießchen, und an »Calamares Fritos«. Die Einzelpostenpreise auf der Rechnung lagen höher als die an der Wand hinter der Theke angegebenen. Trijnie wollte den stoischen Barmann in Limburger Dialekt von ihrer Sichtweise überzeugen; erfolglos. Adri verstand, dass an der Bar die Preise auf der Kreidetafel galten, an den Tischen jedoch die der Karte. Verärgert über die vermeintliche »Abzocke« ausländischer Studenten bezahlte Adri den höheren Rechnungsbetrag.

Zu ihrer Nervenberuhigung gingen sie in die Kathedrale. Sie war ein selten schönes Bauwerk der Hochgotik, mit weiträumigen Seitenschiffen, hochstrebenden Säulen und einer Vielzahl von Nebenaltären. Sie setzten sich eine Weile in das Chorgestühl. Die Stille tat ihnen gut. Trijnie dachte an die Wahrsagerin und lehnte sich einen Moment selbstvergessen an ihren »Langen«.

Gleich gegenüber der Kathedrale wies eine Tafel zur »Entrada del Alcázar«. Unweit davor standen ein Dutzend Kutscher mit ihren bunt geschmückten Gespannen, ihre Fahrdienste anbietend. Das war eine Szene wie auf den Kitschpostkarten, die Niederländer normalerweise an ihre Familien oder Freunde in Utrecht, Den Hag, Amsterdam, Nimwegen oder Almere schrieben. Die Pferde trugen bunte Strohhüte; als Sonnenschutz.

Die Niederländer betraten den Alcázar.

Trijnie gingen die Augen über von dem Überfluss an ornamentalen Schmuck an Wänden und Decken. Im Gewirr der Innenhöfe, Hallen, Säle und Gänge hätten die beiden beinahe die Orientierung verloren. Ein Plan machte Lage und Größe der Gesamtanlage verständlich.

Die arabische, labyrinthartige Architektur, die Adri an die Gräber-Bauweise der ägyptischen Pharaonen erinnerte, setzte sich in der Parkanlage fort. In den geometrisch angelegten Wegen mit Springbrunnenreihen, Fischbassins, Wasserspielen, haushohen Palmen und in den fremden, tropischen und subtropischen Gewächsen fanden sie den Ausgang kaum wieder. Überall luden Steinbänke, Pavillons und Liebeslauben zum Verweilen ein.

Auf einer Bank erzählte Adri von seiner Studienreise an den Nil und die Sehnsucht der Alt-Ägypter nach Unsterblichkeit. Im »Tal der Könige« hatten sie unter Ramses dem Großen für die »Jenseitsreise« der Pharaonen Felsengräber bis zu fünfhundert Meter tief in den Stein getrieben. Die besten Künstler des Reiches malten Szenen des Diesseits und des Jenseits in Farbe auf die verputzten Wände; bestgeschützte Überlieferung allmächtiger Götter und Könige, deren Glaube an die Wiederauferstehung später Juden, Christen und Moslems, dabei die Mauren, prägen sollten.

So hatte Adri sich doch schon einmal mit Menschen beschäftigt, die für die Verwirklichung ihrer Ziele mehr Zeit brauchten als ein Menschenleben und die ihre Verantwortung nicht mit dem Verbleichen ihrer Hülle als beendet sahen.

»Ramses der Große wurde neunzig Jahre alt«, erzählte Adri, »das Doppelte der damalig durchschnittlichen Lebenszeit. Er hatte siebenundsechzig Jahre regiert, und viele seiner achtzig Kinder und seine Lieblingsfrau waren bereits im Jenseits, als er starb, und sein Körper durch seine Nachfahren mumifiziert wurde. Nur durch sein Grab würde er sicher ins Jenseits kommen und dort seine Aufgaben weiter wahrnehmen können, glaubte er. Die Grabanlagen waren das Lebenswerk. Fünftausend Objekte waren dem Grab seines Herren beigegeben. Manche davon aus Gold oder Silber. Streitwägen, Lieblingstiere, mumifizierte heilige Krokodile, persönliche Diener, die ihr irdisches Leben dafür lassen mussten, fanden sich in den Grabkammern im Tal der Könige, um die Pharaonen auf ihrer Jenseitsreise zu begleiten.

Vieles davon wurde in späteren Jahrhunderten, trotz scharfer Bewachung, durch Grabräuber entwendet.«

Adri war in seinem Element: »Die Malereien in den Grabkammern zeigten auf, dass das ägyptische Weltreich durch das emotionale Band der Religion zusammengehalten wurde. Gigantische Statuen, Tempel und Grabanlagen sollten Ehrfurcht vor den Göttern und Königen erwecken, für das Diesseits und für das Jenseits. Die berühmtesten Grabanlagen sollten die ›Pyramiden von Gizeh‹ werden. Sie symbolisierten die Schöpfungsgeschichte. Mit den jährlichen Überflutungen des Nils stellten die Pyramiden Ur-Hügel und Wiederkehr des Lebens dar. So war die gewaltige Anstrengung des Pyramidenbaus eine Investition ins Jenseits – für die Ewigkeit.«

Adri schaute auf die Uhr. Trijnie und er hatten die Zeit vergessen.

Sie befuhren Nebenstraßen über die südlichen Ausläufer der Sierra Morena, vorbei an Ortschaften, die ebenso gut in Nordafrika vorstellbar waren. Im Autoradio übertrug ein algerischer Sender fremdartige Klänge.

Sie erreichten den von Ferienhäusern eingesäumten Grenzfluss.

In dem weißen, verschachtelten Ort Ayamonte schifften sie sich auf einer etwa zehn Fahrzeuge fassenden Fähre ein und überquerten den Rio Guadiana.

Auf der anderen Seite, in Vila Real de San Antonio, betraten die zwei Niederländer Neuland; sie waren in Portugal.

Ohne Sprachführer fühlten sie sich wie zwei Italiener, denen man die Hände festgebunden hatte; sie waren kommunikativ eingeschränkt. Aber sie besaßen ihre Spanienkarte. Diese reichte bis über Faro hinaus. Mit ihrer Hilfe würden sie Marcels »Paradies« bei Tavira in den nächsten Stunden schon finden.

Sie waren voll von gespannter Erwartung.

Kapitel 17

Die Ureinwohner Amerikas glaubten, dass sowohl schlechte als auch gute Träume vom nächtlichen Himmel auf sie herabfielen; demzufolge könnten Traumfänger Alpträume fernhalten. Die Indianer meinten, die bösen Träume blieben im Netz des Traumfängers hängen, während die schönen durch die Maschen schlüpften. Die ersten Sonnenstrahlen lösten dann die gefangenen Alpträume auf, und die Gefahr der Einflussnahme auf das irdische Leben im Wigwam und auf der Jagd wäre gebannt.

Indianerweisheiten hatten es ihr angetan und ihre private und berufliche Ausrichtung geprägt.

Vera saß auf ihrem Balkon in Igls, gelbe Stiefmütterchen, bunte Kordeln, Gefieder und Kugeln vor sich auf dem Tisch. Das Windlicht sorgte für schummriges Licht. Sie hatte sich ein Glas Rotwein eingeschenkt und ein Räucherstäbchen angezündet. Auf ihrem Schoß lag eine Handarbeit, einem Stickrahmen ähnlich.

Sie bastelte an einem Schutz gegen böse Träume.

Solche verfolgten sie, seitdem Kathrin sie aus Santander angerufen und ihr das Leben in der Zelle geschildert hatte.

Kathrin hatte drei Monate zuvor bei einer Schamanenreise den Drogen abgeschworen; aber sie war labil und angeschlagen, ihre Seele war verletzlich und zerbrechlich. So kam der Rückfall für Vera zwar nicht unerwartet, aber überraschend schnell nach Antritt von Kathrins Reise zur Selbstfindung.

Vera hatte sofort das zuständige Konsulat in Santander kontaktiert und alle Hebel in Bewegung gesetzt, sie aus der Untersuchungshaft zu bekommen. Die spanischen Behörden sperrten sich zunächst. Erst ein psychiatrisches Gutachten, eine verständnisvolle Botschaftsbeamtin in Madrid, und Cécile, die sie telefonisch kennenlernte, und die Extrakilometer auf sich genommen hatte, um vor Ort zu sein, brachten Schwung in die Freilassung. Letztlich war es ein Kredit ihrer Bank zum Bedienen der Kautionsforderung, womit sie Kathrin freikaufte.

Kathrin war auferlegt worden, Spanien zu verlassen. Cécile hatte angeboten, Kathrin auf ihrer Spritztour nach Portugal mitzunehmen; das würde ihr guttun. Einen Sozius-Helm hätte sie dabei. Veras Bedenken wurden zerstreut.

Nun hatten die beiden sich aus Portugal gemeldet. Kathrin wollte, dass Vera eine Woche Urlaub nähme und von Innsbruck aus nach Faro flöge. Dort sollte sie einen Mietwagen nehmen. Kathrin wollte für sie beide ein Zimmer organisieren und später mit ihr zurückfliegen.

Vera hatte zwar für die Folgewoche keine Seminaristen, aber sie müsste Klienten vertrösten. Das tat sie ungern, da Schamanenreisen im zeitlichen Zusammenhang zueinander liegen sollten.

Sie war unentschlossen und hatte Kathrin deshalb noch nicht zugesagt.

Der Holzreifen war vom Schnitzer unten im Haus. Sie hatte den Reif mit schwarzem Bastband umwickelt und dieses am Ende zu einem Aufhänger gewirkt. Dann knotete sie einen Bindfaden irgendwo am Rahmen an und spannte ihn mit Hilfe einer Nadel von außen nach innen, Schlaufe für Schlaufe, bis ein Netz entstanden war. Zum Schluss befestigte sie im unteren Drittel des Holzrahmens Federn und Perlen als Schmuck.

Sie wollte den Traumfänger über ihr Bett hängen, oder ihn Kathrin als Geschenk mitbringen, sollte sie wirklich fliegen.

Vera überlegte hin und her. Sie trank den Wein aus und legte die Handarbeit zur Seite.

Sie müsste dem Lehrer absagen, der gerade das erste Mal sein Urvertrauen wiedergefunden hatte und um eine weitere Reise mit ihr gebeten hatte; einer der vielen, die sich eher einer Frau als einem Geschlechtsgenossen anvertrauten. Sie wollte die letzte Seelenwanderung mit ihm nachbereiten.

Vera holte den Rekorder.

Der Klient hatte bei ihr schon einige Einzelsitzungen absolviert. Er gehörte zu einer Gruppe Kunden, die an der Akademie zum Schamanen ausgebildet werden wollten. Seine Energiestrukturen waren bislang nicht aufgelöst gewesen; eine Voraussetzung, um andere behandeln zu können.

Sie steckte den Kopfhörer an und hörte sich die Aufzeichnung der letzten Sitzung aufmerksam an: Der Klient war anfangs bereit, ein Ritual zu durchwandern, die Tür, die sie ihm gewiesen hatte, zu öffnen und eine Novemberlandschaft zu betreten.

Sie forderte ihn auf, zu sich selbst zu reisen, seine Sinne auf den herbstlichen Waldboden zu konzentrieren, die Verbindung zu diesem aufzunehmen und ihr dieses Lebensgefühl zu schildern.

Bereitwillig vergaß er seine zivilisatorischen Äußerlichkeiten und sah sich in der Bekleidung eines indianischen Naturmenschen. Er spürte sich in unbekannter Wildnis auf der Suche nach etwas Unbestimmten. Ihm fehlte eine Waffe, so etwas wie eine Lanze, ein Speer.

»Trägst du denn immer eine Waffe mit dir rum?«, fragte ihn Vera auf dem Band.

Er bejahte und suchte nach einem Rucksack – dann besaß er ihn.

Er gewann Energien; doch wurde es Nacht, und er sah Gefahr aufkommen. Überall lauerte Unheil in der Finsternis; eine Flamme wärmte ihn. Er bereitete sich Essen, sicherte währenddessen rundum, horchte nach brechenden Zweigen, dem Säuseln des Windes und dem Ruf des Kauzes.

Mit dem Morgengrauen wanderte er weiter. Dann rannte er. Alle Sinne waren auf Empfang und Senden gestellt; die Antennen nach vorn und hinten ausgerichtet. Seine Sinnesorgane hatten einen definierten Radius und sollten das »Dahinter« ausleuchten, mindestens erahnen lassen. Er rannte über Hügel, immer im Schutz von Mulden, um ungesehen zu bleiben.

Erleichtert kam er zum Ende des »Auf und Ab«, durchquerte eine wasserreiche Ebene und begegnet einem Bären.

Es blieb beim gegenseitigen Wittern. Er ging dem Bären aus dem Weg und kletterte unter starker Anstrengung eine Felswand empor. Darüber empfing ihn die Ruhe eines Waldes, der ihn zunächst schützend zu umgeben schien. Dann aber kam er ihm düster und gefahrvoll vor.

Vera fragte ihren Klienten nach seinem Antrieb.

Er wollte allein sein auf der Suche nach immateriellen Erfahrungen.

Er wollte dabei Hindernissen nicht aus dem Weg gehen. Sein Ziel suchte er in einer bestimmten Richtung. Nun hatte er Angst vor der Dunkelheit. Er begann zu halluzinieren; hatte Erscheinungen, Tiergesichter, Wölfe, die ihn beobachteten.

Wieder brachte ihn das Erklimmen einer Felswand ein Stück höher. Der Blick wurde freier. Er erreichte den Gipfel. Eine verlassene Lagerfeuerstelle und eine Art Opferstein ließen ihn verweilen.

Wie ein Indianer setzte er sich und schaute der Sonne nach, wie sie im Westen als glutroter Ball verschwand. Das Land um ihn herum versank in Dunkelheit. Er konzentrierte sein Bewusstsein auf den Kopf, bis Füße und Hände schwerelos wurden.

Trommelschlag und Wölfe-Heulen waren vom Band zu vernehmen.

Die Wolken brachen auseinander und gaben einen grellen Mondstrahl frei. Der Klient fühlte sich plötzlich vom Vollmond angezogen, magnetisch ausgezogen, vehement aufgesogen. Er ließ seinen Körper zurück und betrachtete seine Hülle von oben. Inmitten infernalischen Lärms kreischender Raubvögel wirbelte er dem Mondgesicht entgegen. Er spürte den Flug nur im Kopf; er flog körperlos.

Vera ermunterte ihn, mit den Geistern zu sprechen.

Der Klient war in einer Welt der energetischen Gesundung angekommen. Er beruhigte sich.

Tiergesichter zogen ihm die Haut über die Ohren; kein Blut floss und es tat nicht weh.

Ein Wolf mit hellem Fell tauchte auf und kündigte an, dass er von nun an sein Begleiter sein werde.

Noch einmal losgelöst sah er seinen Kopf schweben; es ging wieder hinunter. Sein restliches Skelett hatten weiße Tierwesen zerstreut.

Büffel, Bären, Wölfe und Eulen standen um ihn herum. Er fühlte sich nackt, und seine Haut fühlte sich zart, neu und babyweich an. Die alte Lederhaut lag daneben, wie bei einer Schlange nach der Häutung.

Vera stellte das Gerät ab. Sie hatte genug gehört.

Ja, der Lehrer hatte den Punkt erreicht, auf den es ankam.

Altes Wissen war mittels des Rituals reaktiviert worden. Er hatte besser wahrgenommen als die ersten Male und dadurch seine Selbstheilungskräfte angeregt. Sein Urvertrauen war wieder da. Er fühlte sich gegen Ende der Sitzung wie ein kleines Kind, das sich auf den nächsten Tag freut.

Vera traf eine Entscheidung. Sie würde den Lehrer per E-Mail um Verständnis bitten, dass sie selbst eine Reise antreten müsste, die für sie wichtig war.

Die Kerze war am Boden des Windlichts zerflossen. Das Räucherstäbchen hatte sich in einen grauen Aschebogen verwandelt. Es roch nach zerronnenem Bienenwachs, nach Grillwüstel, die sie ums Hauseck herum brieten, und nach Geranien.

Sie lauschte dem Stimmengewirr aus dem nicht einsehbaren Nachbargarten und den Schritten der späten Passanten, die wohl auf dem Weg nach Hause waren.

Aus dem bizarren Pyramidenhelm der Sankt Ägidius Kirche schlug es halb Zwölf, als Vera bei der portugiesischen Nummer eine Nachricht für Kathrin hinterließ: »Ich komme!«

Dann machte sie sich daran, telefonisch einen Flug für den nächsten Tag zu buchen. Von Innsbruck aus zu fliegen war zu zeitaufwändig. Erfahrungsgemäß bekam sie einen vernünftigen Flug rascher am Airport München.

Vera suchte und fand: Von München aus wäre sie gegen zehn Uhr bereits in Faro und am Sonntag der Folgewoche nachmittags wieder zu Hause.

Den Zwischenstopp in Palma begrüßte sie, da sie Mallorca nicht kannte.

Ihre Recherche ergab, dass ein Rückflug nach Innsbruck ganz und gar unbequem wäre. Sie müsste dann für einen weit höheren Preis auch noch eine Übernachtung in Wien in Kauf nehmen.

Sie hatte Glück. Im ausgewählten Flieger war noch Platz für sie.

Bei einem Mietwagen-Anbieter reservierte Vera einen Kleinwagen, den sie am Airport in Faro übernehmen konnte.

Sie in ihren Atlanten einen Kartenausschnitt der östlichen Algarveküste, schnitt ihn aus und nahm sich, nicht zufrieden mit der Lesbarkeit, vor, am Flughafen in München einen Reiseführer und eine vernünftige Straßenkarte zu kaufen, falls die Ladenstraße dort schon geöffnet haben sollte.

Gegen Mitternacht ordnete sie den Balkonplatz, reinigte den Tisch von den Ascheresten des inzwischen zerstaubten Räucherstäbchens, wusch das Weinglas ab, goss schnell noch die Balkonblumen und packte ihren kleinen Flugkoffer.

Sie sortierte ihr leichtes Navajo-Squaw-Kostüm mit der übrigen Sommerbekleidung in das Reisebehältnis, schloss den Trolley aber noch nicht und legte den fertiggestellten Traumfänger obenauf.

Aus einer oberen Etage des wuchtigen Allzweckregals im Wohnzimmer fischte sie eine Fibel ihrer Akademie, ein paar ›Flyer‹ und ein alpenländisches Holzamulett für Cécile heraus und nahm drei Trommeln von der Wand, die dort in ihren grauen und braunen Schatullen an Messinghaken hingen. Sie hatten unterschiedliche Größen von dreißig, vierzig und fünfzig Zentimeter Durchmesser und eine Rahmenhöhe von acht Zentimeter.

Vera legte sie der Reihe nach auf den Koffer, wog die Kleinste in der Hand – etwa ein Kilogramm – und entschied sich für diese. Die anderen hängte sie an ihren alten Platz zurück. Mit ihrer Ordnungsliebe hatte sie ihre Hippie-Mutter schon als Kind verblüfft.

Vera nahm die mit Ziegenfell bespannte Trommel aus ihrer gefütterten Baumwollhülle, überprüfte die zwei am Holzrahmen befestigten Spannringe und den mit Velours bezogenen Schlägel. Dann polsterte sie den offenen Resonanzboden mit Unterwäsche aus, schob das

Instrument in seine Tasche zurück und deponierte es mittig im Koffer ober- und unterhalb von Kleidungsstücken.

Sie schüttete den Inhalt ihrer buntbestickten Leinenhandtasche auf ihr Bett aus, um ihn in einen mit Träger versehenen, rotbraunen Lederbeutel neu einzuordnen. Aus einem Schubfach ihres Schlafzimmerschranks entnahm sie ihren Reisepass, den Impfausweis und Bargeldreserve.

Vera setzte sich zufrieden aufs Bett.

Nach dem Auskleiden und Abschminken stand sie einen Moment versonnen im Bad vor dem Spiegel, nahm ihren Pagenkopf in beide Hände und schaute in ihre Augen, die Kathrin so unergründlich fand, als erhoffte sie in deren Tiefe eine Antwort auf die Frage, wie es mit ihrer Beziehung weitergehen sollte.

Ihre Hände glitten über ihre Wangen, den schlanken Hals entlang, über die wohlgeformten Brüste, die Hüftrundung und die austrainierten Oberschenkel bis zu den Knien. Diese umkreiste sie und strich mit den Handflächen an der Rückseite über den Po den Rücken hoch, soweit es ging. Dann neigte sie den Oberkörper bei leicht gebeugten Beinen nach vorn und verharrte so. Sie sah nun von unten in den Spiegel und blickte auf das Kosmetikschränkchen ›vis à vis‹ und auf das daneben hängende Foto von Kathrin und ihr, einander umschlungen, unbekleidet. Beide lachten sie in die Selbstauslöse-Kamera, übermütig vor Freude und winkten – als wären sie noch Kinder, so gelöst und so frei.

Vera nahm eine Körperlotion aus dem prall gefüllten Kosmetikschrank und verwöhnte damit ihren Körper. Sie betrachtete dabei das Foto und träumte mit offenen Augen von Kathrin, von ihrer Zartgliedrigkeit, der schneeweiß-samtenen Haut, den hellbraunen oder gelblichen Sommersprossen, den beim Lachen sich vertiefenden Wangengrübchen und den wirren Strähnen, die sich um die Finger gelegt anfühlten, als wären sie aus gesponnener Seide.

Kapitel 18

Vera hatte keine Probleme mit dem frühen Aufstehen; Kathrin dagegen war schwer aus den Federn zu kriegen, wenn ein Reiseprogramm ihrem Bio-Rhythmus zu widersprechen drohte.

Es war noch dunkel, als das penetrante Rollen eines Trolleys auf Antikpflaster die »Patschert Straße« hinab die Nachtruhe durchbrach.

Am Großparkplatz vor dem Parkhotel hatte Vera ihren corrida-roten Kleinwagen geparkt.

Beim Verladen besann sie sich eines Klienten, der in diesem Hotel für mehrere Wochen ein Zimmer zur Selbstfindung gebucht hatte. Nachdem der Herr, Cellist eines Salzburger Ensembles, einige Tage nur Kräutertee und Gemüsebrühe zu sich genommen hatte, bestand er darauf, zwei Wochen lang nur altbackene Semmeln mit Milch zu essen; natürlich unter ärztlicher Aufsicht. Der Dickwanst bekam als Begleitmaßnahmen manuelle Bauchmassage, Bergwanderungen und Kneipp-Anwendungen verschrieben. Dazu sollte er sich entspannen. Das Angebot an Entspannung in der Franz-Xaver-Mayr-Klinik reichte ihm jedoch nicht; Yoga konnte oder mochte er nicht, und beim autogenen Training ging Mozart mit ihm »auf Tour«, wie er sagte. Seine Musik wollte ihm nicht aus dem Kopf weichen. Es gelang ihm, seinen Angaben nach, nicht, den Aufforderungen des Therapeuten zu folgen, so dass weder ein Bein »schwer«, noch der Bauch »warm« werden konnte.

Er hörte von der Schamanismus-Akademie, las über die entspannende Wirkung solcher Sitzungen und wurde Vera zugeteilt.

Dort kam es bereits beim Eingangsgespräch zu einem Disput. Der Cellist suchte jemanden zum Sprechen und war weniger an ritueller Heilung interessiert. Er wollte eigentlich abnehmen, da er mit seinem Äußeren, das waren Körperumfang und Aussehen, unzufrieden war. Er offenbarte Vera seine nachteiligen Gewohnheiten beim Essen, sie nicht im Mindesten interessierende Erektionsstörungen und klagte über Depressionen. All das würde auf sein Cello-Spiel negativen Einfluss nehmen.

Doch statt eine Null-Diät zu beginnen, mit Molke zu fasten und die Essgewohnheiten auf Dauer umzustellen, quartierte er sich, für Vera unverständlicherweise, in einer Spezialklinik ein. Die Kuren dort dienten in erster Linie der Vorbeugung und Behandlung von Stoffwechselerkrankungen. Eine Stoffwechselerkrankung hatten die Ärzte bei ihm nicht festgestellt, so seine Rede.

Vera versuchte auf den wunden Punkt »Essgewohnheiten« einzugehen und riet ihm zu, regelmäßige Fastentage einzulegen; die kirchlichen Fastenzeiten, zum Beispiel nach dem Fasching, sowie die Neumondtage dafür zu nützen, da sich der Körper in dieser Zeit besonders gut entgiften und regenerieren würde. Das Wichtigste aber wäre eine diszipliniertere Nahrungsaufnahme.

Als der Musiker merkte, dass sie von der Wirkung des Mondes sprach, lachte er sie aus. Der Kunde war völlig uneinsichtig, so dass Vera ausschloss, dass es zwischen ihnen je zu einem Vertrauensverhältnis kommen könnte. Eine Therapie nach den Richtlinien der Schamanismus-Akademie war so nicht möglich.

Vera lehnte die Behandlung wegen mangelnder Kooperationsbereitschaft ab.

Der Cellist rief daraufhin noch mehrmals an und versuchte, Vera am Telefon von seiner Reue zu überzeugen. Sie hörte sich seine Argumente und Sorgen einmal am Telefon an, lehnte aber ein von ihm gewünschtes privates Treffen entschieden ab. Später ließ sie sich in der Akademie verleugnen. Er schickte ihr beschwörende Emails. Sie gab keine Antwort.

Eines Tages musste Vera in der Kronen-Zeitung lesen, dass die Landesfeuerwehr Salzburg eben diesen Musiker aus den Schneeschmelzefluten der Salzach gefischt hatte: Er soll mit Medikamenten vollgepumpt gewesen sein und war dem Bericht nach tot. Die Gendarmerie startete eine Untersuchung der Todesursache.

Von Fremdverschulden ging die Polizei nicht aus. Vera war schockiert.

Das war ein unverdientes Ende für einen sicher begabten Musiker.

Sie fragte sich, was sie an dem vorzeitigen Tod hätte ändern können.

Von Selbstvorwürfen sprach sie sich frei. Sie war ausgebildete Schamanin, Angestellte einer Akademie und keine Psychoanalytikerin, die einen Suizidverdacht aus seinem Seelenleben hätte herauslesen können. Trotzdem tat ihr der unglückliche Mann leid. Vielleicht war es doch ein Unfall gewesen. Sie hatte danach nichts mehr über die Sache gehört.

Sowohl die Igler-Straße hinunter als auch auf der Mittelgebirgslandstraße begegnete ihr kein Fahrzeug. Erst nach dem Kreisverkehr und vor der Auffahrt auf die E 60 kamen ihr Frühaufsteher und Spätheimkehrer entgegen.

Nach achtundsiebzig Kilometern verließ sie Österreich und drehte die Senderwahl des Autoradios auf »Bayern drei«. Der Moderator bediente noch diensthabende Feuerwehrleute, Polizisten, Krankenschwestern und Notärzte mit Musik und Unterhaltung. Zudem informierte er Fernfahrer, die nicht dem Nachtfahrverbot unterlagen, über Unfälle, Baustellen, Umleitungen und Verkehrsdichte auf den bayerischen Autobahnen.

Beim Autobahndreieck »Inntal« hatte Vera ein Gefühl von Übermüdung. Natürlich war sie nicht ausgeschlafen, doch der Flieger würde nicht auf sie warten. Also drehte sie das Fenster herunter. Die frische Luft hielt sie wach.

Bei »München Süd« wechselte sie auf den Ost-Ring. Der Verkehr hatte zugenommen.

Über die Autobahnkreuze »München-Nord« und »Neufahrn« erreichte sie nach gut zwei Stunden das Flughafengelände, stellte den Wagen in eines der Parkhäuser, eilte zur Abflugebene, schaute einen Stock tiefer, ob der Buchladen schon geöffnet hatte, ärgerte sich kurz über die unchristliche Tageszeit und war genau eine Stunde vor geplantem Abflug am Schalter von Air Berlin.

Da dort eine kleine Schlange wartete wollte sie an der Information noch die Rückflugmodalitäten erfragen. Dieselbe Frage hatte die Dame vor ihr, mit der sie dann zusammen zum Einchecken ging.

Die Brünette, dem Pass in ihrer Hand nach eine Deutsche, tat am Schalter ein wenig ungeschickt. Vera bot an zu helfen.

Vera war beruflich viel geflogen und zum Kennenlernen fremder Länder weit gereist.

Sie hatte Zeit, die Dame vor sich zu mustern: Zirka eins siebzig, schlank, apartes, offenes Gesicht, braune Augen mit einem festen Blick, der den des Gegenübers sekundenlang festhalten konnte, so als wollte er mittels Telepathie dessen Gedanken lesen.

Die Dame trug eine Jeans, eine karierte Flanellbluse und einen Wanderrucksack auf dem Rücken. Ein Pulli war durch den Brustgurt geschoben, so als wäre sie im Aufbruch zum »Wilden Kaiser«

Sie reiste jedoch nach Portugal, wie Vera auch.

Na ja, so ungewöhnlich war das Reiseziel nicht, wenn man am Schalter nach Faro und Palma ansteht, dachte Vera selbstkritisch.

Als könnte sie Gedanken lesen, wandte sich die Mittvierzigerin zu der jüngeren Frau mit der schwarzen Kurzhaarfrisur, den durch ihre Grüntöne auffälligen Augen und dem leichten Wiener Akzent, und fragte lächelnd: »Ich möchte für ein paar Tage an die Algarve, und Sie?«

Vera wirkte bei der Antwort ein wenig verlegen: »Ich will eine Freundin besuchen, die an der Algarve ein »Paradies« gefunden zu haben glaubt. Das will ich kennen lernen.«

»Das klingt interessant! – Die Algarve bietet sicher Verführerisches. Dabei tut sich in unseren Augen schnell ein Paradies auf, das für diejenigen, die dort leben müssen, eine Folterkammer sein kann, ohne dass wir diese Zusammenhänge erkennen, glauben Sie nicht?«

Vera hatte auf die Uniformierte am Schalter geachtet, die jetzt Zeichen gab, dass es weiter ging.

»Sie sollen den Koffer auf das Band stellen! – Er wird gewogen und erhält seinen Gepäckschein«, sagte Vera.

»Ach, Entschuldigung! Da habe ich nicht aufgepasst.«

Die deutsche Touristin hob den Hartschalenkoffer auf das Förderband und lehnte sich an den Schaltertresen, um das Befestigen der Banderole einsehen zu können.

»Kommt er denn sicher an?«

Die Angestellte von Air-Berlin, blonde Strähnen in die auf Schulterlänge herabfallende Braunhaarwelle eingefärbt, versuchte zu beruhigen: »Bitte machen Sie sich keine Sorgen – bei uns ist bislang noch kein Gepäck verloren gegangen.«

»Na, dann werden wir es mal riskieren«, antwortete die Kundin, wohl wissend, dass sie keine Alternative hatte. Sie hatte besorgt von nicht mehr auffindbarem Fluggepäck gelesen.

Vera meinte amüsiert: »Sie müssen einfach Vertrauen haben; der Rest ist Schicksal!«

»Ich verstehe. Doch hätte ich am Reiseziel gerne meine Wechselwäsche. Diese Sachen nützen mir wenig, wenn sie vier Tage nach Ankunft mit einer Entschuldigung der Airline eintreffen. Inzwischen müsste ich alle Zivilisationsutensilien nachkaufen; an einem Sonntag kein leichtes Unterfangen. Außerdem kostet es meine Zeit und reduziert meine Besuchstage. Die Reise ist nur für wenige Tage geplant.«

Vera stimmte ihr zu.

Sie stellten sich in die Reihe der an den Sicherheitsschleusen Wartenden und kamen rasch dran. Während Vera zügig abgefertigt wurde, wurde die Unerfahrenere durch einen Beamten aufgehalten. Sie wurde aufgefordert, ihre Wässerchen und Cremes aus der Kosmetiktasche in ein Plastiksäckchen zupacken. Mitgeführtes durfte die Menge von einhundert Milliliter nicht überschreiten. Ein Haarwaschmittel für öfter gefärbtes, strapaziertes Haar durfte nicht passieren. Sie hatte es zwei Tage zuvor erst im Drogeriemarkt erstanden; es war noch nicht einmal angebrochen. Die zweihundert Milliliter der Tube widersprachen den Sicherheitsbestimmungen.

»Für die Sicherheit habe ich das akzeptiert. Doch wer kommt wohl in den Genuss all der zurückgelassenen Taschenmesser, Rasierwasser und Duschgels – das Team hier? – Die könnten ja damit Handel betreiben?«, wollte die Deutsche von Vera wissen.

Die Österreicherin konnte nur mutmaßen: »Wahrscheinlich wird die ›Kollektion‹ an Obdachlosenorganisationen verteilt. Die können auch größere Mengen gebrauchen. Es gibt doch auch sonst genügend Bedürftige, nicht wahr?«

Sie hatten bis zum Boarding noch Zeit für einen Cappuccino. Die junge Frau an der Theke verschüttete Veras Tasse und musste neu ansetzen. Das Mädchen schien übermüdet zu sein, wie Vera auch.

Als sie in ihrem Kaffee rührten, stellte sich die Deutsche vor: »Pia Roll-Bouchard heiße ich. Ich komme aus der Landeshauptstadt München und bin verheiratet.«

»Ich bin Vera Talhammer und ich bin eigentlich aus Wien; arbeite aber seit einiger Zeit bei Innsbruck, genauer gesagt in Igls.«

Sie gaben sich die Hand; für beide ein denkwürdiger Moment, denn der Händedruck ließ den Austausch von Energieströmen zu.

Es war wie ein Erkennen in beider Augen: »Esoterikerin?«, wollte Pia wissen.

»Esoterikerin!«, antwortete Vera.

»Auch Reiki?«, fragte Pia.

»Schamanin!«, antwortete Vera.

Beide lachten und beschlossen, in der Verständigung untereinander bei »Pia« und »Vera« zu bleiben.

»So bist du also unterwegs, das Paradies deiner Freundin aufzusuchen, und ich besuche sorgenvoll meinen Sohn, der auch ein Paradies gefunden zu haben glaubt, aber blockiert zu sein scheint, und somit außerstande, das richtige vom falschen Paradies zu unterscheiden. Er braucht dazu Hilfe.«

Der Flug wurde aufgerufen. Sie begaben sich zum nahen »Gate«. Das Befüllen der Maschine begann. Ihre Sitzplätze lagen weit auseinander.

So verabschiedeten sie sich bis auf Weiteres. In Palma wollten sie sich um Nachbarplätze bemühen.

Pias Mann hatte sie morgens die dreiunddreißig Kilometer von der Flemingstraße zum Flughafen gebracht und war hoffentlich so rechtzeitig zurückgewesen, dass er noch pünktlich zum Unterrichtsbeginn am Pestalozzi-Gymnasium eingetroffen war. Robert klagte immer über Parkplatzprobleme. Parkplätze schienen sowohl in der Eduard-Schmid-Straße als auch in der Zeppelinstraße, bis hin zum Deutschen Museum, immer für den rar zu sein, der spät dran war.

Nun, er wird es schon geschafft haben, dachte Pia. Es war nicht sein erstes Mal.

Pia setzte sich in der hintersten Reihe auf ihren Fensterplatz. Die zwei Plätze neben ihr schienen nicht belegt zu sein. Sie wollte schon mit der guten Botschaft nach vorne eilen, als ein älteres Ehepaar heraneilte, das es gerade noch in die Maschine geschafft hatte und sich erschöpft von der Hetze auf ihre Plätze fallen ließ. Das Anschnall-Zeichen war sichtbar; der Gong war erklungen. Das Flugzeug rollte, während die Stewardessen ihr »Safety-Briefing« gaben.

Pia kramte ihren alten Portugal-Führer heraus, der aus den Hinterlassenschaften ihres verstorbenen Schwiegervaters oder von ihrem Schwager stammte; ja woher stammte er? Sie konnte sich nicht erinnern; wahrscheinlich wusste ihr Mann über die Herkunft auch nicht mehr.

Sie starteten pünktlich. Pia fand keine Zeit, in dem Führer zu blättern. Sie war fasziniert von der Sicht. Sie überflogen die Alpengipfel, die Po-Ebene, überquerten Turin und waren über den See-Alpen, als die Nachbarin sich herüber beugte und darum bat, auch mal durch das Bullauge blicken zu dürfen. Sie wollte wissen, ob man den Mond sähe; heute wäre Vollmond.

Pia und die Nachbarin suchten den Mond vergeblich.

Ob sie denn auch an den Mond glaubte, wollte die füllige Dame mit dem gutmütigen Rundgesicht von ihr wissen.

Pia bejahte: »Ja, natürlich. Ich mache meine Termine beim Friseur nur an ›Löwe-Tagen‹ und achte beim Pflanzen und beim Waschen auf den richtigen Zeitpunkt, wann immer möglich.«

Die vielleicht sechzigjährige Nachbarin sprach einen rheinländischen Dialekt. Sie war von Pias Einlassung begeistert: »Ach, das ist ja großartig – endlich eine Gleichgesinnte. Blumen und Kräuter pflanze und pflege ich seit fünfzehn Jahren nur nach Planetenstunden und Mondphasen; ein wunderbarer Garten ist deshalb herangewachsen. Sie müssen ihn sich unbedingt anschauen, wenn Sie schon in Mallorca Urlaub machen. – Kommen Sie uns doch besuchen. Wir haben eine Finca in Strandnähe bei ›Cala Torta‹. Das ist nur etwa fünfzig Kilometer von Palma entfernt. Nächste Woche, wenn der Mond abnimmt, wollen wir die Gartenwege erneuern und Platten legen. Wo kommen Sie denn unter?«

»Ich bedaure, gar nicht! Ich fliege nach Portugal!«

»Das ist aber schade, ich dachte, hier fliegen alle nach Palma – dann entschuldigen Sie!«

Pia lächelte ihr freundlich zu und bedeutete der Rheinländerin: »Da gibt es doch nichts zu entschuldigen. – Vielen Dank für die freundliche Einladung!«

Die Finca-Besitzerin schien von Pias Reiseziel enttäuscht und wandte sich ihrem Mann zu, so dass die Münchnerin wieder elftausend Meter tief auf das Erdrelief schauen konnte.

Pia ließ den Blick über Bergkämme schweifen, Karsthänge hinunter und von dort die Täler hinab. Ihre Augen konnten, während sie die Nase an das Bullauge drückte, die Bergbäche verfolgen, wie sie wuchsen, zu Flüssen anschwollen, sich zu den Ebenen Durchbrüche verschafften, um dann breiter werdend durch Flächen zu mäandern.

Wälder wechselten sich ab mit Gebirgen, Feldern, Stauseen, Ortschaften, Teichen, Schluchten, Weiden, Heide- und Macchia-Land.

Dann kam das Wasser mit seinen Schaumpfötchen. Ab und zu glaubte sie, darauf ein Schiff zu erkennen.

Es tauchten Inseln auf, dann eine zusammenhängende Küstenlinie: Mallorca.

In Palma mussten sie auf Flug AB 9820 umsteigen.

Pia saß beim Zwischenstopp und auf dem Weiterflug mit Vera zusammen. Sie erzählten sich bereits Vertraulichkeiten, ohne noch zu erahnen, dass sie das gleiche Ziel ansteuerten; so weit weg waren sie von dieser Möglichkeit und dem dazu erforderlichem Zufall.

Oder war ihre Begegnung Vorsehung?

Die Idee, dass ihr Ziel nahe beieinander sein könnte, hatten sie erst nach der Landung in Faro, als Pia sagte, dass sie zum Busbahnhof müsse, um für die Weiterfahrt einen Bus zu suchen.

»Das kommt doch gar nicht in Frage!«, sagte Vera.

Vera konnte sehr bestimmt auftreten: »Du kommst mit zum Avis-Schalter, und ich nehme dich wenigstens ein Stück mit. Lass uns nachher gemeinsam auf die Karte schauen, um festzustellen, wer wohin muss, okay?«.

»Danke, Vera! Ich hätte auch meinen Sohn bitten können, mich abzuholen. Dazu hätte ich ihn aber aus seinem Paradies herausklingeln müssen. Er soll jedoch seine Ruhe haben und nicht seine Mutter, die er gar nicht hier haben wollte, herumkutschieren.«

Sie hatten inzwischen beider Koffer vom »Baggage Claim« abgeholt und waren am Avis-Schalter angekommen. Dort musste Vera Kreditkarte und Führerschein vorzeigen. Der diensthabende junge Mann wirkte routiniert. Er händigte Autoschlüssel und Platznummer des Mietfahrzeuges aus und erklärte beflissen die Modalitäten und den Weg zur Hochgarage, auf deren erstem Parkdeck der Wagen zu finden sein sollte.

Nach ein wenig Suchen hatten sie einen dunkelblauen Seat ausgemacht, zu dem der Autoschlüssel passte. Das Kennzeichen stimmte und die Parkplatznummer auch.

Vera entnahm ihrer Handtasche den Kartenausdruck, auf dem die Hauptorte zwischen Faro und Tavira gerade noch erkennbar waren. Sie hielt ihn Pia hin. Die sah sich den Plan an und deutete grob auf einen Punkt südlich Tavira.

Vera lachte und fragte: »Wie heißt denn deine ›Destination‹ genau?«

»Fabrica!«

»Dann haben wir ja den gleichen Zielort; das ist aber witzig, findest du nicht?«

»Und ob – zum Schluss hast du noch mit dieser Cécile zu tun, die meinem Sohn den Kopf verdreht hat?«

»So heißt dein Sohn Marcel?«

Vera schüttelte sich aus vor Lachen und war deshalb schwer zu verstehen, als sie Pia ihre eigene Rolle in dem Spiel zu erklären versuchte. Doch Pia kapierte schnell und fand ihrer beider Situation komisch und mystisch zugleich.

»Das nenne ich eine Fügung!«, rief Pia aus. Auch sie packte ein Lachanfall.

Vera prustete »... ein winziges Dorf, eine Fabrik? Kein Hotel – vielleicht kein Klo? Vielleich müssen wir uns noch ein Zelt und Schlafsäcke besorgen?«

Es war ein wolkenfreier portugiesischer Tag im Juli.

Sie fuhren in Hochstimmung die zehn Kilometer nach Faro und weiter auf der N 125.

Die Nationalstraße unterbrach ihre gute Stimmung.

Sie waren scheinbar von Verrückten umgeben, die wild hupend zwischen den Spuren um sie herumkurvten und den Verkehr verunsicherten.

Die Gefahr ließ erst nach, als sie nach zirka einer Stunde in Tavira ankamen und nach dem Weg fragten.

Ein älterer Herr gab ihnen den richtigen Wink.

Bei dem Schild Cacela wandten sie sich meerwärts.

Möwen wiesen ihnen die Richtung.

Sie passierten eine Häusergruppe mit Kirchlein, kleinem Kastell und Ziehbrunnen und rollten mit bangen Erwartungen in Fabrica ein. Sie blickten auf Marcels und Kathrins »Paradies« an der Lagune.

Es war Mittag.

Sie sahen neugierige Blicke von Männern mit gegerbten Gesichtern und von Frauen, deren Haarpracht unter Kopftüchern versteckt war.

Diese Menschen saßen im Schatten ihrer weißgetünchten Häuser und schienen auf etwas, vermutlich das Mittagessen, zu warten.

In einem Holzverschlag grunzten Schweine. Eine Truthenne fühlte sich gestört und stob protestierend davon. Eine schwarzweißgefleckte, trächtige Hündin schnüffelte ihnen hinterher. Sie fuhren in Schrittgeschwindigkeit bis zu dem Schild »Taverna«.

Sofort waren sie von einer Schar braungebrannter, halbnackter Kindern umgeben.

Vera und Pia blickten an deren fröhlichen Gesichtern vorbei auf eine ausladende Terrasse mit drei, zwischen Olivenbäumen am Rande einer Mauer verspannten Zelten; kein Gras, kein Grün, die Bäume staubbedeckt, der Boden verödet ausgestreckt bis zu einer langen, brüchigen Mauer, die den Ort gegen einen Lagunensee abschloss. Auf ihm schwammen totes Seegras und Fischkadaver. Verblichen farbige Boote lagen ohne erkennbare Aufgabe im Wasser oder waren flüchtig an Land vertäut. Ein Dünensaum dahinter versperrte den Blick auf das freie Meer.

Sie erkannten dort ein Ruderboot, einige Köpfe und jemanden, der auf der höchsten Erhebung der Nehrung stand und mit einem Arm in die Ferne deutete.

Sie überlegten, was sie tun sollten.

Beide hatten sie auf dem Flug nur ein Sandwich gegessen. Sie hatten Hunger und beschlossen, erst essen zu gehen.

Beide erwarteten nicht, dass Marcel und Kathrin gerade jetzt von ihrem Ausflug, wohin auch immer, zurückkamen.

So stellten sie den Wagen auf einem Schattenplatz vor dem schmucklos wirkenden Lokal ab und stiegen aus.

Aus der Taverne stank es intensiv nach Knoblauch. Gezänk war aus der Küche hörbar. Hinter einer Häuserzeile entlang der von brüchigem Beton befestigten Dorfstraße tat sich ein zerfallenes, längliches Fabrikgebäude auf.

»Das bezeichnet Marcel als Paradies?«, fragte Pia und atmete durch. »Wenigstens ist die Luft hier besser als auf der N 125.«

»Du hast recht. Das ›Paradies‹ müssen uns die beiden erst einmal erklären«, erregte sich Vera.

Sie schauten sich an und schüttelten den Kopf. Dann mussten sie lachen und zeigten zeitgleich auf die Treppenstufen, über die man die Pergola-Terrasse von Costas Taverne erreichte.

Ihre Ankunft war nicht unbemerkt geblieben.

Costa begrüßte die Mutter von Marcel in gebrochenem Deutsch so laut, dass es das ganze Dorf hören musste. Er nahm Pia und Vera überschwänglich in die fleischigen Arme und führte sie an seinen Familientisch.

Mariza kam aus der Küche, nahm ihre Schürze ab, herzte die Neuankömmlinge und stellte die Schwägerin, zwei der Söhne, vier der Enkel und zum Schluss noch Costas gebrechliche Mutter vor.

Pia und Vera wurden von Costas Familie vereinnahmt. Es gab von Knoblauchschwaden umwehte Sepia in Tinte, Salat und »Vinho Verde«.

Beider anfängliche Beklemmung löste sich zwischen all den fröhlichen Gesichtern. Sie fanden vor lauter mehrsprachigem Palaver keine Gelegenheit, nach den Personen zu fragen, deretwegen sie gekommen waren. Aber, sie schienen erwartet worden zu sein.

»Was für ein Empfang?«, begeisterte sich Pia.

Vera gab Mariza zu verstehen, wie fantastisch ihre Kartoffeln schmeckten.

Die Familienmitglieder zogen sich später zur Siesta zurück und bedeuteten den beiden, dass sie von der weiten Reise doch müde sein müssten.

In der Tat waren Pia und Vera vom Wein und von ihrer Müdigkeit überwältigt und dankbar, als Mariza ihnen zwei blitzsaubere Zimmer zuwies, deren Fenster sie öffnete. Sie erklärte in verständlichem Englisch die Benutzung der Sonnenblenden und dass zwei ihrer vier Söhne mit ihren Familien in eigene Häuser gezogen waren und damit deren ehemalige Zimmer zur Vermietung frei wären.

Beide Zimmer verfügten über Einzelbetten und über eine winzige, aber gebrauchsfähige Nasszelle; Vera nannte sie »Toilettendusche«.

Sie holten rasch noch ihre Koffer aus dem überhitzen Wagen, der jetzt in der Sonne stand; Vera setzte ihn in den Schatten um.

In ihren Zimmern warfen beide ihre Reiseklamotten von sich, reinigten sich vom Straßenstaub und streckten sich auf den Laken aus.

Die hohen nachmittäglichen Temperaturen hatten der Lagune Stille verordnet. Die Zikaden hielten über die Menschen Wacht. Manchmal hörte man Möwen kreischen. Der Wind wehte wieder den Sand vor die Taverne, den Mariza vormittags mit ihrem Reisigbesen weggefegt hatte.

Alsbald verfielen die beiden Neuankömmlinge in einen paradiesischen Erholungsschlaf.

Über Veras Bettstatt hing ihr selbstgebastelter Holzrahmen gegen ahnungsschwangere Träume.

Kapitel 19

Marcel, nun in blaukarierter Lang-Badehose, hatte seine Füße in den Sand gegraben, spielte mit einer intakten Schellmuschelhälfte und versuchte der Elsässerin Cécile, die sich neben ihm im Blümchenbikini anmutig auf ihrem Handtuch ausgestreckt hatte und die Sonne anzubeten schien, das Paradies »Fabrica« über dessen Fauna nahezubringen: »Algarvemöwen schreiten. Den Kopf rucken sie, um räumlich zu sehen. Die Zehen tasten erst vor und treten dann auf. Obwohl ihre Statur am Boden knubbelig wirkt, dreht sich dieser Eindruck ins Gegenteil, wenn sie fliegen. In der Luft sind sie Akrobaten und ein Beispiel an weißer Eleganz. Schau – dort!«

Céciles Augen folgten seinem Arm.

»Die kleineren finde ich gar nicht so schön, da ihr schwarzer Kopf das ästhetische Weiß durchbricht, findest du nicht?«

Cécile verneinte; sie hatte mit der schwarzen Haube kein Problem.

»Auch die Einfarbigen haben ein Manko«, meinte Marcel und führte weiter aus: »Da ist dieser starre Blick, der sie so pessimistisch dreinschauen lässt, und dazu noch die Krümmung des Oberschnabels, die Möwen aussehen lässt, als wären sie völlig demotiviert, unlustig und des Allesfressens überdrüssig. Beobachte sie doch einmal genauer!«

»Auch in Straßburg gibt es Möwen; der Rhein strömt nicht weit entfernt vorbei. Ich schaue ihnen von den Uni-Fenstern aus gerne zu. Dann segeln sie – und wenn die Straßburger Möwen fliegen, ist von Unlust gar nichts zu spüren; im Gegenteil, sie scheinen top motiviert!«

Cécile blickte Marcel an, als wollte sie ihn ein wenig provozieren.

»Na klar, von unten siehst du weder starre Augen noch Schnabelkrümmung – aus dieser Perspektive kannst du auch nicht beurteilen, ob ein Jumbojet schlank ist oder nicht!«, gab Marcel zurück. »Du kannst so auch nicht erkennen, wie alt der Vogel ist!«

»Wer, der Jumbo oder die Möwe?«

»Das trifft für beide zu!«

»Wie alt werden denn Möwen?«, wollte Cécile von Marcel wissen.

»Möwen werden bis zu dreißig Jahre alt. Hättest du das gedacht?«

Cécile setzte sich auf und umarmte ihre Knie.

»Du meinst, wenn ich mit fünfundfünfzig, alt und runzlig, wieder nach Fabrica komme, kann ich dieser Möwe begegnen, die jetzt gerade um uns herumfliegt?«

»Genau. Wenn sie dann besonders laut schreit, hat sie dich wiedererkannt. Aber nicht wegen der Runzeln. Die wirst du auch mit fünfundfünfzig nicht haben. Schau meine Mutter an; na ja, sie ist noch etwas jünger«, lachte Marcel.

»Was muss ich dann tun?«

»Du gibst ihr zu verstehen, dass auch du sie erkannt hast und bietest ihr ein Geschenk an. Du machst sie dir vertraut.«

»Ein Brotstück?«

»Ja, oder Kuchen oder Wurst, sie isst alles!«

»Und sie beißt mich nicht? Der Schnabel schaut gefährlich aus.«

»Du meinst, wie ein Säbel?«

»Ja, irgendwie bedrohlich.«

»Du legst das Futter auf die flache, ausgestreckte Hand. Zeige keine Angst und ärgere sie nicht, sonst hackt sie dich in den Finger.«

»Das muss ich üben.«

Cécile erhob sich und suchte nach einer Tüte mit Brotresten.

Marcel ergänzte: »Möwen sind eigentlich faul – denn sie jagen gern anderen Vögeln die Beute ab. Wenn du einen Fisch für sie hast, hast du gewonnen. Ich tue mich nur mit dem Fischen schwerer als sie und füttere deshalb mit Butterbrot. So kann ich ihren Flug aus der Nähe bewundern. – Mach es auch!«

»Okay – ich bin soweit!«

»Streck den Arm ganz aus, weg vom Kopf. – Siehst du, sie haben deinen Köder entdeckt. Nun geht es bei den Vögeln darum, sich dir zu nähern. Wer den Mut aufbringt, wer dir traut, pah, wer der frechste ist, der wird sich die Beute holen ... da war er!«

»Aua!«

Ehe Cécile sich versehen hatte, war die Hand leer; das Brotstück erjagt.

»Sie hat mich gebissen!«

»Nein, das glaube ich dir nicht.«

»Sie hat mich gezwickt!«

»Nein, das hat sie nicht!«

»Sie hat mich gestreift!«

»Das hat sie getan; absichtlich und als Dank. Sie ist ein Künstler der Lüfte. Das wollte sie dir zeigen. Nun hast du einen Freund gewonnen!«

»Wie dich?«

»Was heißt, wie mich?«

»Nun – ich hoffe, dass ich in dir auch einen Freund gefunden habe, oder nicht?«

»Die Möwe ist anspruchsloser als ich. Für mich musst du auch fliegen können«, meinte Marcel halb ernst.

Cécile tat überrascht: »So wie Exupéry?«

»Wie dieser.«

Sie begann von Marcel wegzulaufen. Sie rannte in langen Sätzen am Saum des Wassers entlang, mit beiden Armen wippend, als würde sie auf einer Startbahn dahineilen und diese nach oben verlassen wollen.

»Ich fliege. – Ich fliege für dich, Marcel, ich fliege!«

Plötzlich stoppte sie abrupt, drehte sich um und rief: »Du spinnst, Marcel! Ich werde nie fliegen können – es sei denn, du verschaffst mir Flügel!«

Marcel stand im Wind und schaute ihrem Liebreiz nach.

Cécile lief weiter und warf sich neben Kathrin in den Sand, die im braunen Badeanzug etwas abseits den Strand nach Muscheln abgesucht hatte und nun in der Nähe von Adri und Trijnie am Wasser saß und ihren Fund wusch.

»Gefällt er dir?« Kathrin kniff die Augen gegen die Sonne zu und zog ihre Schirmmütze mit der Aufschrift »Bilbao« tiefer ins Gesicht.

»Ja, irgendwie schon. Er ist ein wenig schüchtern, mir gegenüber etwas gehemmt, vielleicht auch zu verträumt; aber ich mag ihn; und zwar nicht nur, weil er das Zelt ersetzt hat. Und wie gefällt er dir, ehrlich?«

Kathrin überlegte: »Für mich ist er keine Gefahr, aber du bist es, dich will ich. Das weißt du auch seit Biarritz. Du bist mir die Antwort schuldig, bevor Vera eintrifft. Zerreißen kann ich mich nicht. Eher gehe ich ins Wasser!«

»Kathrin, du verlangst etwas von mir, was ich dir nicht geben kann. Du lebst in einer festen Beziehung. Was würde Vera sagen, wenn sich ihre Lebensgefährtin plötzlich anderweitig binden würde?«

»Vera ist stark. Sie lässt nicht viel Platz neben sich. – Auch nicht für eine ›Dünne‹. Ich dachte, ich wäre zu dick für Vera und versuchte sogar mit einer Diät abzunehmen. Ich dachte, als ›Dünne‹ hätte ich dann mehr Spielräume und würde mich wohler fühlen. Meine Diät wurde zu einem Fehlschlag. Ich wurde depressiv.«

»Du musst dir Platz verschaffen und Vera Gelegenheit geben, ihn dir einzuräumen. Das müsst ihr miteinander ausmachen und zusammen einen Ausweg suchen. Übrigens muss ›Abnehmen‹ nicht gleich ›dünn‹ heißen. ›Bewegung‹ heißt das Zauberwort. Der einzige Muskel, der sich bei einer Diät zurückbilden darf, ist der Kaumuskel. Na ja, für Witze ist jetzt nicht die richtige Zeit. Aber kannst du deine Beziehung nicht positiver nützen? So wie du mir erzählt hast, ist Vera sportlich fit, nicht wahr? Unter diesen Umständen wäre es doch ein Leichtes, mitzumachen und gesund zu leben?«

»Das ist schon richtig, aber ich möchte ...« Kathrin schluckte. Sie hatte sich verrannt und äußerte ihren Wunschgedanken nun wie ein Kind, das nach einer Sternschnuppe am Julihimmel zu greifen versuchte: »Ich wünsche mir, dass du bei mir bleibst. Du bist mir seit Biarritz seelisch näher als es Vera jemals war; außer bei der Schamanenreise. Da erkannte sie mich eher als ich mich selbst.«

»Ich bin aber keine ›Alternative’ für Vera. Wir sind gute Freundinnen, und es wäre schön, wenn das so bliebe!«

Kathrin schmiss sich bäuchlings auf das feuchte Ufer, der Sand haftete großflächig auf der eingeölten Haut, die Beine schlugen auf das Wasser. Sie verbarg das Gesicht zwischen Armen und salzverkrusteten Haarsträhnen und begann hemmungslos zu schluchzen.

Cécile legte, neben Kathrin sitzend, beruhigend eine Hand auf ihren Rücken und stellte mit sanfter Stimme klar: »Es tut mir leid, Kathrin, aber ich kann zu deinem Glück nur bedingt beitragen. Ich werde mich auch nicht in eure Angelegenheiten einmischen, also auch nicht mit Vera über deine Seelenlage reden. Ich bitte dich, mich auch nicht einzubinden und Vera nichts Verkehrtes über unsere Beziehung zu erzählen. Versprichst du mir das?«

Die Antwort war ein noch heftigeres Schluchzen.

Cécile erhob sich, rieb sich den Sand von den Händen und sagte: »Kathrin, ich gehe jetzt zu Trijnie und Adri, Marcels Freunden. Dir hilft Heulen nicht. Du musst dich mit Vera aussprechen – am besten gleich nach ihrem Eintreffen.«

Cécile wandte sich den beiden Niederländern zu, die gestern zu ihnen gestoßen waren und sich nun vielleicht fünfzig Meter weiter in einer Dünenmulde sonnten, Trijnie »oben ohne«, Adri in Boxershorts. Aus denen ragten seine Beine heraus wie braune Stelzen.

»Hallo Trijnie, hallo Adri, kann ich euch stören? Geht's euch gut? Es fängt gleich an zu regnen. Haha! – Nein, ich wollte nur wissen: Kennt ihr Marcel schon länger?«

Adri hob nur kurz den Kopf zu einem Grußnicken und überließ es Trijnie, das Gespräch aufzunehmen. Die richtete sich auf, legte ihr Handtuch quer und lud Cécile ein, darauf Platz zu nehmen.

Neben der fast nahtlosen Bräunung von Trijnie verfügte Céciles Haut über abgestufte Brauntöne; nur der Busen, das Oberteil hatte sie solidarisch abgelegt, war weiß wie Kalk.

Cécile spürte Trijnies musternden Blick.

»Keine Gelegenheit auf dem Jakobsweg und nicht danach«, meinte sie knapp, und es klang fast wie eine Entschuldigung.

Trijnie musste lachen und reichte ihr eine Sonnenmilch, Lichtschutzfaktor »zwanzig«.

»Hier – die Creme ist von glücklichen holländischen Kühen. Pass auf, dass du dir den Busen nicht verbrennst; es dauert hier nur eine halbe Stunde, dann kannst du ihn heute Abend bei Costa als Roastbeef anbieten.«

»Danke! Ich werde auf mich aufpassen«, antwortete Cécile und tupfte den Sonnenschutz auf die besonders empfindlichen Stellen.

»Du fragtest nach Marcel. Wir wissen, dass er sich in dich verguckt hat. Er ist ein ganz Lieber, der bescheiden ist und mehr ist, als er scheint, wenn ich das richtig gesagt habe. Aber ob das grammatikalisch auf Deutsch richtig ist, ist zwischen uns unerheblich. Wichtig ist, dass wir uns verstehen. Mein Französisch ist jedenfalls so miserabel, dass ›Touristendeutsch‹ noch die bessere Lösung ist.«

»Meine Mama ist deutschstämmig, der Papa Elsässer. Die Urgroßeltern lernten noch Hochdeutsch in der Schule. Deutsch ist für mich Muttersprache wie Französisch auch.«

»Wir haben Deutsch in der Schule gehabt und deutsche Filme mit Untertiteln angeschaut. Das ›Limburgse‹ ist dem ›Kölsch‹ näher als dem niederländischen ›Platt‹. – Du studierst, hast du gesagt. Welche Fachrichtung?«

»Soziologie und Philosophie; in Straßburg, einem super Studienort, weil junge Menschen aus aller Welt dort zusammenkommen. Das macht Straßburg ausgesprochen attraktiv.«

»Eine schöne Altstadt habt ihr, der von Maastricht ähnlich!«

»Maastricht kenne ich nicht. Ich schreibe derzeit aber eine Seminararbeit, die sich mit den Geheimlehren der mittelalterlichen »Gegenkirchen«, den Mystikern und esoterischen Praktiken wie Magie, Astrologie und Alchemie auseinandersetzt, da spielen eure katholischen Zentren natürlich eine Rolle. Meine Diplomarbeit habe ich auch schon im Visier. Die will ich über die soziale Funktion der Literatur von Antoine de Saint-Exupéry schreiben; sein Leben und seine Bücher faszinieren mich. Und was machst du?«

»Ich will Lehrerin werden im Bereich Sprachen und Geografie; Journalismus interessiert mich auch. Ich habe noch ein wenig Zeit, mich zu entscheiden.«

»Und Adri macht Kunstgeschichte und Malerei, auch in Maastricht?«

»Ja, wir sind froh, dass wir gemeinsam studieren können. So können wir beide bei den Eltern wohnen und das Geld für Miete sparen. Das Gesparte geben wir fürs Reisen aus«, fügte Trijnie lachend hinzu.

»Cool«, meinte Cécile, »es geht mir ganz ähnlich. – Und Marcel kennt ihr von einer eurer Reisen?«

»Ja, er fiel uns mit seiner Charleston-Ente vergangenes Jahr in Südfrankreich auf. Wir sind über unsere Autos seelenverwandt.«

»War er denn allein?«

»Ach, daher weht der Wind! – Nein, seine damalige Freundin Isabell war bei ihm, eine Musikerin. Die hat sich vor seiner jetzigen Reise von ihm getrennt. – Das wolltest du doch wissen?«

»Na, ja, es ist mir schon wichtig, es zu wissen. Er hätte es mir sicher irgendwann erzählt, auch, warum er sich von ihr getrennt hat.«

»Nochmal: Sie, sie – Isabell – hat sich von ihm, Marcel, getrennt. – Ich glaube, das hat ihn geschmerzt, und ich weiß nicht, ob er Isabell schon vergessen hat. Das musst du ihn fragen. Wir haben sie bei unserem Besuch in München gar nicht zu Gesicht bekommen. Sie muss sehr ›verschnupft‹ gewesen sein. Allerdings hatten sie sich nach dem Streit, bei dem es, so glaube ich, um den Jakobsweg ging, nochmal gesehen, da er seinen Hund in ihrer Wohnung abholen musste.«

»Sie hatten gar nicht zusammengelebt?«

»Wo sie zusammen geschlafen haben, kann ich dir nicht sagen. Auch dies musst du Marcel fragen. Soweit ich weiß, hatte jeder seine eigene Wohnung.«

»So hatte ich das nicht gemeint.« Cécile fühlte sich ertappt und schwieg.

»Rede einfach mit ihm. Marcel ist ein ehrlicher Kerl. Er wird aufrichtig zu dir sein. Im Übrigen passt ihr gut zusammen. Marcel ist ein Exupéry-Fan, und er kann fliegen.«, ermunterte Trijnie sie.

»Wie, er kann fliegen?«, hakte Cécile nach.

»Er hat den Pilotenschein und fliegt ab und zu über den Wolken. Bei allem was in Verbindung mit dem Fliegen steht, ist er glücklich. Dann will er auch von seinen Halsbeschwerden, die ihn manchmal befallen, nichts mehr wissen.«

Trijnie legte für Cécile und für sich selbst zusätzlich einen rechteckigen Schal aus, so dass beide genügend Platz hatten, um sich langzulegen. Jede hing ihren Gedanken nach, und die Zeit verging.

Irgendwann kam Marcel angelaufen: »Habt ihr Kathrin gesehen? Oder vielleicht das Boot? Es ist verschwunden!«

Nach einer Weile des Suchens war klar: Kathrin hatte sich selbstständig gemacht und war allein über den Lagunensee gerudert. Dabei hatte sie übersehen, dass es das einzige Ruderboot war, das der Gruppe für die Rückkehr ins Dorf zur Verfügung stand.

Die restlichen vier standen auf der Düne und winkten, in der Hoffnung, dass Joao sie sah.

Cécile befiel ein dumpfes Gefühl: »Wir müssen sofort nach ihr suchen! Sie könnte etwas Unkontrolliertes getan haben. Ich glaube, sie wäre auch in der Lage, sich etwas anzutun.«

Marcel verstand nicht ganz, nahm die Warnung aber widerspruchslos zur Kenntnis.

Adri und Trijnie hatten Kathrin die letzten zwei Stunden nicht im Blickfeld gehabt. Beide schauten Cécile fragend an, als erwarteten sie eine Erklärung.

Cécile sagte einfach: »Sie hat Liebeskummer!«

Ein Ruderboot näherte sich.

Mariza hatte mit den Frauen der Familie vor ihrem Haus gesessen und Joao alarmiert. Der kam nun mit dem Boot angerudert, das er Marcel morgens für den üblichen Tarif überlassen hatte. Er beschwerte sich, dass er das Boot am Lagunenausgang abholen musste. Der

Fischer Saramago hatte es dort gefunden. Marcel bedeutete ihm, dass Kathrin sich nicht gut gefühlt hatte, die Gruppe nicht behelligen wollte, aber wahrscheinlich nicht stark genug gewesen war, das Boot gegen die Strömung zu rudern. Sie hofften, dass es ihr inzwischen besser ginge.

Joao hatte noch eine Nachricht von Mariza zu überbringen: Marcels Mutter wäre mit einer anderen Dame eingetroffen.

Als sie so auf den schmalen Bänken saßen und Joao zusahen, wie behände und mit welcher Kraft er die Riemen führte, wie die Ruderblätter eintauchten und wie das Boot gegen das immer noch abfließende Lagunenwasser vorwärts glitt, wollte sich keiner der Gruppe vorstellen, dass die zierliche Kathrin zu gleichem, athletischem Akt in der Lage gewesen war.

Marcel entschuldigte sich und bog zu Costas Haus ab, um seine Mutter zu begrüßen.

Cécile war erregt; mit Recht, denn, als sie an ihrem Zelt ankam, lag drinnen keine Kathrin, aber eine auf einen Zettel gekritzelte Botschaft von ihr: »Liebste Cécile,

vergib mir meine Hartnäckigkeit, aber ich drohe, an meinen eigenen Ansprüchen und Wünschen auseinander zu brechen. So zerstört kann ich Vera unmöglich vor die Augen treten. Deshalb brauche ich eine »Auszeit«; wie lange, oder ob für immer, das weiß ich derzeit noch nicht. Sollte der heutige Abschied für ewig sein, so seid gewiss, ich habe euch beide lieb; im Diesseits wie auch im Jenseits. Vor dem Jenseits fürchte ich mich nicht.

Grüß mir Vera. Sie wird sehr traurig sein.

In Liebe, Kathrin«

Cécile kullerten Tränen die Wangen herab, als sie Trijnie und Adri bat, ihr beim Suchen zu helfen.

Kapitel 20

Vera wachte im Gästezimmer von Costas und Marizas Taverne mit Kopfschmerzen auf. Sie hatte miserabel geträumt. Wie von ihr schon vermutet, hatte der Traumfänger, für die Nachtstunden gedacht, seine Dienste am helllichten Nachmittag verweigert. Wie sollte er auch die Ausnahmesituation einer portugiesischen »horário da sesta« berücksichtigen, wenn Indianer um diese Zeit den von der Hitze müden Büffeln auf der Spur waren? Ob Pia noch schlief?

Vera klopfte gegen die Wand; es pochte zurück.

Sie duschte, zog sich eine legere Strandhose, eine luftige Bluse und Sandaletten an und rief an Pias Tür: »Hallo, ich bin es, Vera!«

Statt Pia öffnete ihr ein kraushaariger jüngerer Mann, der sich als Marcel vorstellte.

»Natürlich bist du Pias Sohn, von anderem Herrenbesuch wäre ich jetzt überrascht gewesen«, sagte sie, als hätte sie niemanden sonst an Pias Tür erwartet. Doch ihr Herz schlug sofort höher, denn aus Marcels Mund würde sie von Kathrin hören.

Vera setzte sich auf einen freien Schemel und wartete ab.

Pia startete, selbstironisch lächelnd, über die Neuigkeiten zu unterrichten: »Marcel kam vor einer Viertelstunde vom Strand zurück. Ein Fischer hatte ihm die freudige Nachricht überbracht, dass seine ›alte‹ Mutter das gepriesene ›Paradies‹ betreten hat, nicht wahr, Marcel?«

»So ähnlich hat es sich wohl abgespielt; nur die ›alte Mutter‹ klingt nach ›fishing for compliments‹. Ich wiederhole mal für Vera: Wir waren auf der anderen Lagunenseite, der Meerseite, und wollten zurück. Ich hatte vorher schon von der Düne aus zwei Neuankömmlinge vor der Taverne aus einem Auto steigen sehen ...«

Vera unterbrach ihn: »Du hast uns gesehen und bist nicht gleich zu deiner Mutter geeilt?«

»Da ich die Fügung eures Treffens nicht erahnen konnte, waren es für mich nur zwei Touristen, die ich zu erkennen glaubte; wie sie sich manchmal hierher verirren. Die Gelegenheitsfremden trinken dann bei Costa ein Glas Wein und fahren weiter. – Wie ich sagte, hätte ich gewusst, dass ihr schon so früh eintreffen würdet, wäre ich bei Costa gesessen und hätte auf euch gewartet. Aber Pia wollte mich ja überraschen. – Ich freue mich, dass ihr da seid. – Leider ist Kathrin unpässlich. Sie ist allein mit dem Boot zurückgerudert; Cécile sagte, dass sie nicht gut drauf gewesen wäre.«

»Wo ist sie jetzt?«, fragte Vera vorsichtig.

»Ich weiß es nicht; möglicherweise im Zelt. Wir sollten zu ihr gehen«, schlug Marcel vor.

»Das machen wir, und zwar sofort«, entschied Pia, hielt die Tür auf und drehte den riesigen Bartschlüssel im Schloss um, nachdem die Beiden das Zimmer verlassen hatten.

»Was mach‹ ich denn mit dem?«, fragte sie und hielt ihn hoch.

Marcel nahm ihr den Schlüssel aus der Hand und hängte ihn im Hinausgehen an einen dafür vorbestimmten Haken hinter dem Tresen. Vera tat es ihm nach.

Mariza war mit Schwägerin und Tante schon wieder dabei, Kartoffeln zu schälen, rief aus der Küche und winkte: »Tonight, I make wonderful salad for you!«

Marcel öffnete die verglaste Schwingtür einen Spalt und rief hinein: »Muito obrigado, Mama Mariza!«

Mariza rief zurück: »Até lá, então, meu querido!«

Marcel drehte sich nochmal um: »Pronto, até logo!« und an die beiden Frauen gerichtet: »Sie ist ein Schatz!«

Sie gingen zu den Zelten, doch niemand war zu sehen.

Erst jetzt erblickten sie Cécile diskutierend in einer Gruppe vor Marias Haus, Adri, der »Leuchtturm«, dazwischen. Maria und einige Nachbarn schienen den so genannten »Kretin« – Marcel hatte inzwischen gehört, dass er Raoul hieß – inquisitorisch zu befragen.

Cécile löste sich aus dem Knäuel und kam ein paar Schritte auf Marcel zu. Sie gab zuerst Vera die Hand: »Ich bin Cécile – du bist sicher Vera, mit der ich mehrmals wegen Kathrin telefoniert habe; leider haben wir neue Sorgen. Sie ist verschwunden, und dies ist ihr Gruß an uns.«

Mit diesen Worten streckte sie Vera den Zettel mit Kathrins Zeilen hin.

Vera nahm ihn betreten entgegen, sagte »Danke Cécile!«, drehte sich zur Seite, um die Zeilen ungestört lesen zu können.

Cécile lachte Pia an und sagte: »Bonjour Madame! – Ich freue mich, die Mutter von Marcel kennen zu lernen, und ich bin neugierig, welche seiner guten Eigenschaften er von Ihnen geerbt hat.«

Pia strahlte: »Hallo Cécile – ich bin Pia und bitte dich, du zu sagen; sonst fühle ich mich alt. Ich finde es schön, dich hier zusammen mit Marcel zu treffen!«

Damit zog Pia Cécile in ihre Arme und tauschte mit ihr in einer Mischung aus bayerischer Herzlichkeit und französischer Contenance Begrüßungsküsschen aus.

Bei Pia war es wohl der Mutterinstinkt, der sie hinzufügen ließ: »Marcel hat ja am Telefon schon so von dir geschwärmt!«

Cécile sah Marcel auffordernd an, als sollte er das Gesagte sofort korrigieren und als Fehlinterpretation hinstellen; aber Marcel war verstummt, und nur seinem geröteten Gesicht war anzumerken, wie sehr ihn die Bemerkung seiner Mutter betroffen machte.

Pia und Cécile hatten sein Unwohlsein bemerkt und ließen großmütig von ihm ab. Sie sahen sich dabei an und hatten sich auch ohne Worte verstanden.

Marcel fing sich schnell und deutete auf die Niederländer: »Meine Freunde Trijnie und Adri aus Maastricht!«

Pia hob erkennend die Hand und grüßte zu den beiden Studenten hin, worauf sich auch Maria und ihre Nachbarn aufgefordert fühlten, den Kreis zu öffnen und Marcel und seinen Anhang heranzuwinken.

Vera schien gefasst, als sie sich dem Tross anschloss.

Nach knappem, gegenseitigem Bekanntmachen erklärte Cécile, dass Raoul angeblich Kathrin gesehen hätte, wie sie mit einem Rucksack in ein Auto gestiegen und Richtung Tavira weggefahren sei. Raoul konnte aber weder angeben, ob das Auto ein Taxi oder ein Privatwagen war, noch hatte er sich das Nummernschild oder sonst eine Kennzeichnung gemerkt. Raoul musste jetzt wieder zu Joao, um diesem beim Verladen von Fisch behilflich zu sein.

Maria schlug in einem Kauderwelsch von Französisch und Portugiesisch vor, die Suche nach Kathrin der Polizei zu überlassen; die hätte die besseren Instrumente, um ihren Aufenthaltsort herauszufinden. Da Suizidgefahr bestünde, wäre für die Behörden die Sache in jedem Fall dringlich. Es müsse nur ein Verwandter das Verschwinden bei der Inspektion in Tavira anzeigen. Sie bot sich an mitzukommen.

Trijnie gab zu bedenken, dass eine Vermisstenanzeige nicht unbedingt im Sinne von Kathrin sein könne.

Marcel pflichtete ihr bei und erinnerte Vera und Cécile andeutungsweise an den Vorfall in Santander und seine Folgen. Die Auflagen, die das Nachbarland Spanien ihr gemacht hatte, würden bei einer Anzeige hier schnell bekannt sein.

Vera wandte dagegen ein: »Es geht um Leben und Tod. Kathrin könnte unbedacht handeln. Soweit ich in sie hineinschauen kann, will sie nicht nur drohen. Ich muss mit ihr reden; dazu muss ich wissen, wo sie ist. Wir könnten zunächst die gängigen Hotels anrufen und fragen, ob Kathrin dort abgestiegen ist. Vielleicht kann Maria dabei helfen; es geht in der Landessprache sicher schneller.«

Cécile übersetzte ins Französische.

Maria war dazu bereit. Sie schlug vor, auf ihre Veranda-Terrasse zu gehen; da gäbe es Tische und Stühle. Sie stellte einen Krug Wasser und Gläser auf den Tisch, bot eine Schale mit Feigen und Datteln an und fragte nach dem vollen Namen von Kathrin und nach dem Geburtsdatum. Diese Angaben müsse man in portugiesischen Hotels beim Check-in immer hinterlassen; die Hotels seien verpflichtet, die vom Gast in den unterschriebenen Anmeldeformularen angegebenen Daten mit denen des Passes bzw. Personalausweises zu vergleichen.

Vera schrieb ihr auf: »Katharina Schwerdtfeger, Mitte zwanzig, wohnhaft in Igls bei Innsbruck, Österreich.«

Maria nahm den Stift, und fügte Merkpunkte in Kürzeln dazu.

Marcel ließ sich von Maria das Branchenverzeichnis geben und suchte die gelisteten Pensionen und Hotels in und um Tavira heraus. Er schrieb die Telefonnummern auf gesonderte Zettel und reichte sie Maria.

Die ging an ihren Netzanschluss, wählte eine Nummer nach der anderen und sagte ihr Sprüchlein auf. Sie schien nach jedem vergeblichen Anruf persönlich so enttäuscht zu sein, dass ihre Stimme zum Schluss des Gesprächs fast einen drohenden Tonfall annahm; so als würde der Gesprächspartner ihr die österreichische Touristin bewusst vorenthalten und sie müsse an Entschiedenheit noch einmal nachlegen.

Zwei bange Stunden waren vergangen. Kathrin war das zentrale Gesprächsthema. Vera erzählte Pia von Kathrins schicksalhafter Vergangenheit, von ihrer ersten Begegnung und von der Schamanenreise.

Cécile saß mit Marcel, Adri und Trijnie zusammen und gab den Freunden weiter, was sie über Kathrin sagen konnte.

Maria kam zu Marcel: Die von ihm erstellte Liste von Nummern war abtelefoniert; niemand hatte Kathrin gesehen. Allerdings sei Maria mehrmals darauf aufmerksam gemacht worden, dass durch die Schichtwechsel an den Rezeptionen nicht ausgeschlossen werden könne, dass sich Kathrin in den Hotels nur nach dem Zimmerpreis erkundigt hatte. Außerdem könnten von Privat vermietete Zimmer mit günstigeren Preisen auch in Frage kommen. Da wären die Wohnungsinhaber aber oft nicht telefonisch erreichbar. Manche vermieteten auch »schwarz«.

Vera entschloss sich, mit Cécile und Maria nach Tavira zu fahren und Kathrins Verschwinden anzuzeigen. Sie hatte das dreisprachige psychologische Gutachten dabei, das sie erst kürzlich der österreichischen Botschaft in Madrid zur Verfügung gestellt hatte, und welches die Suizidgefahr gegenüber den portugiesischen Behörden untermauern sollte. Eine Lebensgemeinschaftsurkunde hatte sie nicht, ebenso keine Vollmacht und keinen Verwandtschaftsnachweis, der sie zur

Herausgabe persönlicher Auskünfte berechtigte. Sie war sich dieser hilflosen Situation seit den Telefonaten mit Madrid bewusst und plante, mit Kathrin über die Vorteile einer notariell angezeigten Lebensgemeinschaft zu sprechen. Der Brief war an Cécile gerichtet, was die Situation nicht vereinfachte. Sie wollte die Nachricht von Kathrin nur im äußersten Notfall, und nur im Einvernehmen mit Cécile, zu den Polizeiakten geben.

Pia und Marcel boten an, die drei zu begleiten; sie sahen aber ein, dass sie nicht viel helfen konnten; im Gegenteil: der die Anzeige aufnehmende Polizeibeamte würde bei so viel Frauenpower vielleicht die Nerven verlieren und abwarten, bis sein Vorgesetzter erst am Montag früh eine Entscheidung zum Vorgehen träfe; selbst Marcel als Mann wäre da nur schmückende Begleitung.

Die drei Damen wollten sich kurz stadtfein machen. Eine halbe Stunde später fuhren sie mit Veras Mietwagen nach Tavira. Sie fanden anhand von Marias Beschreibung das Polizeirevier in einem Behördenbau aus der Kolonialzeit.

Kein männlicher Beamter nahm sich ihrer an, wie erwartet, sondern eine Polizistin, Dinah Rodriguez, die so alt wie Kathrin sein mochte, dickes Make-up trug und Englisch sprach; der Touristen wegen, wie sie sagte.

Nachdem Maria ihr das Wichtigste mitgeteilt hatte, schwang sie den blond getönten Pferdeschwanz nachdenklich hin und her, bot den Damen Wasser in Pappbechern an, nahm das von Vera bereitgehaltene Foto von Kathrin, fragte nach der Bekleidung der Vermissten und entschuldigte sich »für eine Viertelstunde« in ein Nebenzimmer.

Im Geschäftszimmer verblieb ein ergrauter, rundlicher Uniformierter mit Brille, der, tief über die Tastatur einer Schreibmaschine gebeugt, einen Bericht oder den Dienstplan für die Polizeistation in die Tasten zu hacken schien. Da er Fast-Food-Essensreste auf dem Tisch liegen hatte, roch es nach gegrilltem Hühnchen, Käse, Salat, Pommes und Senfsoße.

Ein grünweißgelbblauschwarzer Kakadu kraxelte geschickt über entblätterte Äste, Querstangen und entlang des Käfiggitters, um Körner und Nüsse aus einer eingehängten Schale zu picken.

»Bom dia – bom dia – bom dia!«

Der Papagei war im Polizeirevier wohl für die Begrüßung zuständig; möglicherweise auch für den Zeitvertreib der Bittsteller auf der Wartebank, da sich nach den angekündigten fünfzehn Minuten noch immer nichts tat.

Als Sergeant Rodriguez nach etwa einer halben Stunde zurückkam, legte sie den Entwurf einer Suchmeldung auf die Arbeitstheke und bat Maria, den ›draft‹, wie sie ihn nannte, mit den Ausländerinnen gegenzulesen. Er war in Portugiesisch und Englisch verfasst; wegen der vielen Touristen, wie der weibliche Sergeant die englische Fassung als zweckmäßig und notwendig vertrat.

Vera und Cécile leuchtete das Argument ein. Viele Briten hatten Ferienwohnungen an der Algarve, und noch mehr Waliser, Engländer, und Schotten reisten als Pauschaltouristen hierher; war es doch für den Durchschnittsbriten immer noch preiswerter, in Faro Urlaub zu machen, als in Blackpool. Zudem sei man hier sicherer vor den Tories, meinte Cécile verschmitzt.

Cécile war es auch, die immer wieder versuchte, durch Scherze aufzuheitern und der Situation einen humorvollen Anstrich zu geben, damit keine deprimierte Stimmung aufkam.

Sie lasen also den Entwurf zu Dritt. Maria kontrollierte die portugiesische Fassung; sie schien in Ordnung zu sein. Cécile prüfte den Entwurf in englischer Sprache: »Austrian Tourist, Mrs. Katharina Schwerdtfeger, 23 years (picture), missing. Last contacts Sunday, 15th July, at about 1500 hrs, Tavira area. Mrs. Schwerdtfeger is wearing blue Jeans and a T-Shirt with ‹Algarve’ print and is carrying a green-yellow backpack. For any information about her current residence please address: ‹Polícia de Segurança Pública Portuguesa’ (PSP) TAVIRA Tel. 281-322 02...«

»As far as I can see, this is correct. – Vera, was meinst du?«

»Ja, ich denke, dass die Suchmeldung ihren Zweck erfüllt. Wenn wir Maria Telefonnummer hinterlassen, werden wir hoffentlich bald erfahren, wo sich Kathrin aufhält. Ich glaube, sie wird sich melden, wenn sie merkt, dass sie gesucht wird. Mehr können wir für den Moment nicht tun.«

»Vielleicht noch beten, dass sie sich nichts antut.«

»Du sagst es. Das arme Ding.«

Vera verdrückte eine Träne mit dem Taschentuch. Cécile legte ihr den Arm um die Schulter und Maria ermahnte Sergeant Rodriguez, ihre Nummer, die sie gerade notiert hatte, sofort anzurufen, wenn es etwas Neues gäbe.

Die drei Damen verabschiedeten sich, und die Polizistin rief ihnen noch beruhigend hinterher: »Don't worry, we will find her!«

Sergeant Rodriguez dachte in diesem Augenblick nicht daran, dass sie ja das Wort »lebend« oder »bei guter Gesundheit« hätte hinzufügen sollen, sonst klänge es wie der blöde Wunsch, den sie Kollegen kürzlich auf eine Dienstreise nach Afrika mitgegeben hatte: »Habt einen guten Flug! Runter kommt ihr auf jeden Fall!«

Ihre Worte waren unüberlegt und ihr, kaum gesagt, unendlich peinlich gewesen.

Maria, Vera und Cécile waren dankbar, dass sie an eine einfühlsame Beamtin geraten waren, und dass es relativ schnell ging; so urteilte jedenfalls die mit Lob eher zurückhaltende Maria.

Sie gingen um die Ecke noch ein Eis essen. Dann drängte Maria zurückzufahren – sie müsse das Abendessen vorbereiten.

Vera und Cécile bedauerten, dass Marcel sie schon bei Mariza angemeldet hatte; sie versprachen, den folgenden Abend bei Maria zu speisen.

Über Costas Taverne hingen schon wieder Knoblauchschwaden, als Marcel seine Mutter von einem Strandspaziergang zurückruderte.

Zeitgleich zeigte Cécile Vera auf der Dorfterrasse mit Brotkrumen, was sie als »Freundschaft schließen mit Möwen« gelernt hatte.

Adri und Trijnie saßen währenddessen an Marcels Campingtisch in der Abendposition mit Blick von der Mauer auf die Lagune. Adri beobachtete Marcel beim Rudern und schaute Cécile zu, wie sich die Möwen um sie rissen. Er nahm auch zur Kenntnis, dass eine Gruppe von Spatzen lauthals nach Fütterung pfiff.

Trijnie las ein Buch und ließ sich auch von »Zirpel« nicht stören, der gerade der größer gewordenen Audienz ein Konzert gab, und nicht von den Ameisen, die zu ihren Füßen fleißig ihre Lasten durch die Gräben schleppten.

Vera war von der Abendstimmung gefangen. Sie konnte zunehmend nachvollziehen, welche Reichtümer Kathrins und Marcels »Paradies« zu bieten hatte. Bei ihrer Ankunft hatten sie sich durch unbedeutende Äußerlichkeiten ablenken lassen und sich selbst den Blick für das Wesentliche, die Seelen der Bewohner und die Unverbrauchtheit der kleinen Gemeinde verstellt.

Die Idylle wäre perfekt gewesen, wenn ihnen eine amtliche Stimme am Telefon von Maria endlich mitgeteilt hätte, dass Kathrin wohlauf sei.

Der erlösende Anruf von der Polizeistation in Tavira blieb jedoch aus.

Kapitel 21

Ich kam mir in meiner Rolle als Beschützer von Marcel zunehmend wie ein Paparazzo vor. Wie ein Sensationsfotograf, der einen gewissen Prominenten nicht aus den Augen verlieren durfte, fühlte ich mich. Ich musste mein Versteck ständig wechseln und durfte unter keinen Umständen bei meiner Arbeit ertappt werden.

War es mit Marcel allein schon schwierig gewesen, so wurde die Situation lebensbedrohlich, als mehr und mehr menschliche Füße sich zu Marcels Beinen unter den Tisch gesellten und mehr und mehr Augen Ausschau nach unliebsamen Hausbegleitern hielten.

Während ich bei den Einheimischen noch recht hoffnungsvoll sein konnte, dass mir bei Entdeckung nicht sofort alle gleichzeitig nach dem Leben trachteten, war ich mir ziemlich sicher, dass der Kreis um Marcel Kakerlaken ekelerregend fand und die Kreisteilnehmer alles daransetzen würden, diesen Zustand durch einen finalen Tritt oder Schlag zu beenden.

Es galt also, doppelt auf der Hut zu sein.

Mir war es recht, dass Kathrin abging. Sie hatte mich im Leib von Charlie noch »zuckersüß« gefunden. Meine Lebenszeit, die in meinem jetzigen Körper naturgemäß noch etwa fünf Monate andauern würde, war durch Kathrins hochgradige Nervosität auf wenige Tage reduziert, sagte mir mein Gefühl.

Trijnie traute ich auch zu, sofort und wild um sich zu schlagen, sollte sie einer Kakerlake gewahr werden. Sie war die Gefährlichste nach Kathrin.

Dann kam Pia in der Rangfolge. Sie kannte Charlie von klein auf, hatte sich eigentlich auch im Griff, war aber ein wenig schusselig und schrie schon, wenn sie einer Ratte begegnete. Auch wenn sie dabei eher daran dachte, dass sich hinter jeder Ratte ein wiedergeborener Mensch verbergen könnte, würde sie die gleiche Vermutung bei einer Kakerlake nicht anstellen und nicht erst nach Charlie fragen, bevor sie gnadenlos zuschlug.

Vera war von den Frauen die ruhigste, souveränste, die sich mit der Natur in Einklang befand und im Ländlichen großgeworden war. Und dennoch: an Kakerlaken war sie nicht gewöhnt und unterlag so, wie alle anderen Mitteleuropäer, den Überlieferungen und Ressentiments. Gerade ihre Beherrschtheit könnte sie im Augenblick der Konfrontation zu einer kaltblütigen Kakerlaken-Jägerin machen.

Marcels Charakter konnte ich studieren, als er in seinem Zelt auf Ameisenjagd ging. Wutentbrannt vernichtete er die armen Wesen, die sich auf Erkundung in sein Innenzelt gewagt hatten. Er ließ ihnen nicht den Hauch einer Chance. Wie sollte ich annehmen, dass er sich bei Kakerlaken anders verhalten würde; ja, das Gegenteil war zu befürchten.

Meiner Einschätzung nach ging von Adri die geringste Bedrohung aus. Er brauchte viel zu lange vom Erkennen mittels Augen und Hirn bis zur Umsetzung in Befehle zur Vernichtung und Weiterleitung dieser an die weit entfernten Hände und Füße. So konnte ich hoffen, immer den daraus erwachsenen Zeitvorteil zu meinen Gunsten nutzen zu können.

Zum Anfang zurück: In der Gruppe hatten sie für die Jagd auf Kakerlaken natürlich Synergie-Effekte, die sie nutzen konnten und vor denen ich ständig auf der Hut sein musste.

Cucha war weiterhin mit dem Nachwuchs beschäftigt. Sie maulte manchmal, ich sollte doch öfter nach Hause kommen. Letztlich war sie mir aber nicht richtig böse und ließ mir die Freiheiten und die Zeit, die ich brauchte, um auf Marcel aufzupassen, wie einst der treue Sir Charlie I., der Dackelrüde.

Mit dieser Aufgabe wuchs ich über mich hinaus.

Meine Sprintfähigkeit hatte durch den permanenten Adrenalin-Ausstoß Spitzensportniveau erreicht. Meine Sinnesorgane waren geschärft und empfindlich wie die Weltraumsensoren der NASA. Geruchs-, Seh- und Tastsinn waren durch zusätzliche Fluchtimpulse verstärkt, und das wichtigste: Ich konnte in die Zukunft schauen – nicht richtig – leider, aber ich wusste im Voraus, wenn Marcel vom

Tisch aufstehen wollte. Dann lockerte er die Muskulatur vorher und hob das Gesäß für einen Augenblick leicht an. Ich war darauf eingestellt, dass Adri unruhig zu treten begann, wenn Trijnie mit ihren nackten Füßen an seinem linken oder rechten Bein »Telegraphenmasten erklettern« spielte. Und wenn Pia Pipi machen wollte, weil sie vorher eine Weile die Knie kraftvoll schloss, und ich konnte voraussagen, wann Cécile mit Marcel spazieren gehen wollte, denn sie ergriff unter dem Tisch seine Hand und drückte sie; als Zeichen sozusagen.

Vera war derzeit zurückhaltend. Sie bewegte sich langsam – ihr fehlte ihr zweites »Ich«, wie sie sagte, Kathrin, Gott sei Dank!

So saß die Gesellschaft am Montagabend bei Maria – noch immer nichts Neues von der Polizei – und unterhielt sich, wie sie denn mit der Seele des verblichenen Charlie Verbindung aufnehmen könnten.

Mein Schlauchherz hüpfte vor Freude, denn das war es, was ich suchte: Ich brauchte eine Möglichkeit der Kontaktaufnahme und des Erkanntwerdens durch Marcel; mein Leben wäre sicherer und ich müsste nur noch einen Weg finden, mich ihm gegenüber auszudrücken. Er würde allen anderen die Situation erklären und mich auch in derzeitiger Gestalt in Schutz nehmen. Oder nicht?

Aber es war wie verhext: Je mehr Ideen diskutiert wurden, desto unwahrscheinlicher erschien mir die Chance, als Wiedergeburt von Sir Charlie erkannt zu werden. Ich verstand zwar die menschlichen Laute, konnte aber weder ein Wort noch ganze Sätze artikulieren.

Schließlich bat Vera darum, doch das Gläser- oder Tischrücken für Charlie zu vertagen, dafür aber zu versuchen, telepathisch mit Kathrin in Kontakt zu treten; sie hätte da eine Idee und bat die anderen, sie zu unterstützen.

Vera nahm ein Foto von Kathrin aus ihrer Handtasche und legte es in die Mitte von Marias rundem Tisch. Sie bat Maria, sich dazu zu setzen, und alle, sich ihrer energetischen Kräfte zu besinnen.

Der Knoblauchgeruch war verflogen, Marias heimische Gäste hatten sich schon verabschiedet. Die hochträchtige, schwarz-weiße Hündin, einem Pudel sehr ähnlich, lag ermattet auf ihrer Decke neben dem Kücheneingang.

Raoul, der von der Gemeinschaft so titulierte »Dorf-Kretin« saß wie immer an seinem Ecktisch und starrte in ein Weinglas, als hätte er schon einen Kontakt, und Kathrin würde sich im »Vinho Verde« spiegeln.

Ein laues Lüftchen wehte um die Veranda und ließ das über den Köpfen als Geflecht rankende Weinlaub rascheln.

Vera bat die fünf anderen am Tisch, sich an den Händen zu fassen, und schloss als Sechste den so geformten Kreis.

Ich war sehr gespannt, was folgen würde, und suchte mir unauffällig einen Beobachtungspunkt im Schattendach.

Vera bat, das Foto anzusehen und alle Sinne auf Kathrin zu konzentrieren.

Dann beschwor sie: »Kathrin! Kathrin! Kathrin! Hier sind Vera und ihr Telepathie-Netzwerk. Wir schließen jetzt den Netzwerkkreis. Nun öffnen wir die Tore zum Diesseits und zum Jenseits. Wir öffnen die Tore zum Diesseits und Jenseits; die Tore zur Freude und zum Guten, zum Bösen im Jenseits, zum Jenseits und Diesseits; wir machen die Tore jetzt auf.«

Alle gemeinsam: »Kathrin wir beschwören dich – sprich mit uns!

»Kathrin wir lieben dich, und wir brauchen dich!«

»Kathrin, wo bist du? Erscheine uns!«

Vera: »Kathrin, wir rufen dich!«

Vera hatte ihren Kopf vorgestreckt, um die Distanz »Augen – Foto« zu verringern. Ihre Arme zitterten, da die Hände, die von Pia und Maria so sehr drückten, dass die beiden kurz davorstanden, Schmerzschreie auszustoßen.

Aber nicht Maria und Pia klagten, sondern Marias Hündin »Tipi« begann, kläglich zu jaulen.

Adri löste den Kreis, lachte herzhaft, ging zu dem kraushaarigen Tier, streichelte ihm den Kopf, gab ihm einen Klaps und zog es sanft am Halsband zum Tisch: »Darf ich vorstellen: Das ist Kathrin! Sie wird uns jetzt Rede und Antwort stehen.«

»Du bist ja verrückt, Adri!«, empörte sich Vera. »Der Kreis ist jetzt aufgebrochen. So kann eine Verbindungsaufnahme nicht funktionieren. Außerdem ziehst du meinen Telepathie-Versuch ins Lächerliche. Der Hund kann gar nichts dafür. Lass ihn in Ruhe!«

Vera schien verärgert.

Pia legte ihr tröstend die Hand auf den Arm: »Lass es uns später noch einmal versuchen!«

Auch Maria löste sich aus dem Restkreis. Sie lockte ihre trächtige Hündin durch Fingerschnippen; die legte sofort ihren Kopf auf Marias Lederschuhe, dicht an Trijnies Füßen. In französisch-portugiesischem Mix erklärte sie, dass »Tipi« ein »Cão de agua português«, ein »Portugiesischer Wasserhund« sei, einer von der Art, wie ihn Präsidenten ihren Kindern gerne schenkten.

»Tipi« sang lieber als sie bellte.

Obwohl es auch in Portugal hieß, »Cão que ladra não morde«, würde der Umkehrschluss auf »Tipi« nicht zutreffen, denn Tipi sei eine »Seele von Hund« und habe noch nie einen Gast gebissen.

»Es wird immer ein erstes Mal geben – ich will nicht das erste Opfer sein. Die Präsidenten bewachen immerhin mehrere Leibwächter, die eingreifen können. Bei mir bräuchte der Hund nur zuschnappen«, scherzte Trijnie auf Deutsch.

Cécile übersetzte nicht.

Adri nahm Trijnie schützend in den Arm und beruhigte sie, als wäre sie noch klein: »Mijn meisje bent niet bang voor de hond.«

Trijnie tat, als hätte sie jetzt vor Adri Angst.

»Lächerlich!«, sagte Marcel.

Maria nahm Trijnies Hand und führte sie zum Kopf des Tieres. »Tipi« ließ sich das Betatschen gefallen.

»Wir sollten für heute Schluss machen und morgen nochmals versuchen, Kathrin und Charlie zu rufen«, schlug Marcel vor. »Vielleicht hat Adri dann ja etwas anderes zu tun. Zum Beispiel die Zelte zu schrubben oder die Terrasse zu kehren?«

Adri flachste zurück: »Ich gehe mit Kathrin Eis essen ...«, ernster fuhr er fort: »Nein, ich werde sie morgen mit dem Auto suchen. Ich glaube nicht, dass sie weit entfernt ist, und ich glaube nicht, dass sie sich etwas angetan hat. Aber an Telepathie glaube ich auch nicht.«

»Dann macht es auch keinen Sinn, wenn du es versuchst; denn nur, wenn du fest daran glaubst, kannst du die nötige Energie freisetzen«, erwiderte Vera und erhob sich, zum Aufbruch bereit.

Das war mein Signal. Ich stieg an einem umrankten, schwer verrosteten Stahlrohr wieder ab. Auf dem Weg zu meinem Versteck begegnete ich der dicken Katze »Lulu«, einer trotz ihres Gewichts fixen Mäusefängerin, die aufgrund ihres großen Appetits scheinbar auch vor Kakerlaken nicht Halt zu machen schien.

Gott sei Dank wollte sie mich nur fangen. Das mag für sie mit Spaß verbunden gewesen sein, für mich war es, als jagte sie mich über eine Achterbahn und wartete nur auf den rechten Augenblick, um mit mir »Ping-Pong« zu spielen.

Hatte ich noch gehofft, dass »Tipi« »Lulu« von ihrem quälerischen Tun abhalten könnte, so sah ich »Tipi« gerade mal ein Ohr in unsere Richtung drehen.

Die bei den Gästen so beliebte »três cor gato«, die Dreifarbenkatze »Lulu«, ließ erst von mir ab, als ich mich tot stellte; ein letzter Trick – aber erfolgreich.

Als hätte sie sich nicht schon für den Tierschutz eingesetzt, nahm Pia mit einem »iiih – eine Kakerlake!« auch noch Partei für »Lulu«. Sie war wohl die Einzige, die »Lulus« Spielzeug identifiziert hatte.

Ich verdrückte mich unter einen Blumenkübel und wartete einen günstigeren Moment ab, um wieder in meinen gemütlichen Futteral-Platz an der Klappe von Marcels Rucksack zu schlüpfen.

Marcel führte seinen Rucksack, zwar unterschiedlich gepackt, aber zuverlässig immer mit sich. Da waren Kamera, Papiere und Geld drinnen, wie er sagte, und die seien in seiner Nähe immer sicher; ein

Grund mehr für mich, auch auf den Rucksack aufzupassen. Charlie habe ihn auch rund um die Uhr bewacht.

Als Trijnie der Katze nachstieg und sie zu streicheln versuchte, sprang diese behänd neben Raouls leere Boxbeutelflasche. Der hob den Kopf von den auf der Tischplatte übereinanderliegenden Armen, gähnte herzhaft, trank sein Weinglas leer, verließ, einen Gruß winkend, Marias Haus und machte sich barfuß auf den Heimweg.

»Lulu« hatte auf Raouls angewärmten Stuhl zur Nachtruhe Platz genommen, und »Tipi« lag wieder auf ihrer zerschlissenen Decke, als Marcel am Terrassenaufgang das Plakat passierte, das die lächelnde Kathrin zeigte. Marcel hielt einen Moment inne, deutete auf Kathrins Bild und beteuerte Vera und Cécile, die sich gerade verabschieden wollten: »Morgen werden wir sie finden!«

Vera bedankte sich. Sie und Pia wünschten allen eine »Gute Nacht!«

Cécile drückte Marcels Hand im Dunkeln und ich wusste, dass ich über das, was jetzt folgte, Stillschweigen bewahren sollte.

Es war windstill geworden an der Lagune. Der volle Mond bestrahlte den See und warf kurze Schatten neben die Boote. Die Dorfbewohner, ihre Gäste, die Spatzen und die Möwen hatten sich zur Ruhe begeben. Ein einsames Zirpen machte aufmerksam, dass ein Liebespaar mit Joaos Boot erwartungsvoll über den See ruderte, um am Muschelstrand zu Schattenspielen zu werden.

Nur Trijnie hatte die Turteltour von Marcel und Cécile beobachtet und war sich nun sicher, dass die zwei anderen Zelte für eine ganze Weile unbewohnt waren.

Adri und sie hatten »sturmfreie Bude«.

Das dachte Trijnie zumindest, und auch Adri wusste es nicht besser.

Den Rucksack mit meinem Versteck hatte Marcel in dieser Mondnacht überraschenderweise im Boot zurückgelassen. Das rechtzeitige »Absitzen« war mir leider nicht mehr gelungen.

Kapitel 22

Der »Freundeskreis Marcel« saß bereits eine Zeitlang beim Frühstück auf Marias Veranda; nicht komplett, Cécile fehlte, und natürlich Kathrin.

»Tipi« lag vor einem Wassernapf auf der Seite; ihre Zitzen ragten erwartungsvoll aus den Fellkrausen. Ihr machte sichtbar die Hitze zu schaffen. »Lulu« war auf Mäusejagd, und Maria schien mit Familienangelegenheiten beschäftigt.

Pia malte vor den Anwesenden aus, wie der Kreis einen erneuten Versuch starten könnte, mit Kathrin in Kontakt zu treten. Sie war unterschiedlicher Meinung zu Vera, wie bei telepathischer Verbindungaufnahme mit Vermissten Beschwörungsformeln zu artikulieren wären. So kam es zu einer Fachsimpelei, die Adri erduldete; dann rief er aber dazu auf, lieber konkrete Schritte zu planen. Er bot sein Auto zum Suchen an. Das Signalgelb und die Form des Wagens würde Kathrin auch aus großer Entfernung erkennen. Da das gleiche auch auf Marcels Auto zuträfe, schlug Adri vor, mit zwei Teams gezielt auf Suche zu gehen und jedem Team Planquadrate zuzuteilen.

Marcel war zurückhaltend und schwieg. Pia dagegen war von der Idee eingenommen; Vera und Trijnie stimmten ihr zu. Überhaupt sei dies eine gute Gelegenheit, die nahe Umgebung kennenzulernen. Pia und Cécile sollten mit Marcel fahren; Adri wollte seine Freundin und Vera mitnehmen. Es war Dienstag; so dass die Tankstelle in Tavira wohl offen hatte. Adri wollte dort nach einer genauen Algarve-Karte fragen. Die Aufteilung der Gebiete war simpel: Marcel sollte östlich und Adri westlich der Lagune suchen. Soweit so gut; doch wo blieb Cécile?

Marcel stand auf, ging zur Brüstung und schaute Richtung Zelte.

»Sie kommt.«

Marcel winkte in ihre Richtung und setzte sich wieder.

Alle blickten gespannt in Richtung Treppe. Cécile war bislang morgens eine der Ersten gewesen. Jetzt kam sie lächelnd die Treppe hoch, die blonden Locken mit einem Tuch gebändigt und zog jemanden an der Hand hinterher. – Es war eine etwas betreten dreinblickende, aber gesunde Kathrin.

Cécile blieb stehen; sie ließ Kathrin vorbei auf Vera zustürmen und die beiden lagen sich nach rund drei Wochen das erste Mal wieder in den Armen.

Lakonisch sagte Adri: »Dann blasen wir die Suchaktion einfach wieder ab!«

Marcel lächelte, und Adri ahnte, dass der Bescheid gewusst hatte. Wenn Marcel aber von Kathrins Anwesenheit wusste, dann musste Kathrin die Nacht schon in Fabrica verbracht haben; und zwar in ihrem Zelt?

Adri blickte Trijnie an, und beide lachten sich zu.

Niemand verstand, worüber – bis auf Kathrin, die nach ein paar Glückstränen einen bedeutsamen Blick auf die Lacher warf und dann berichtete, dass sie am Abend des Vortags ungesehen zu Fuß aus Richtung Fuseta den Strand entlang zum Dorf gekommen war und von dem Marsch so müde war, dass sie sich sofort zum Schlafen ins Zelt gelegt hatte. Sie habe das Gefühl gehabt, gerufen worden zu seien.

Vera war perplex; die anderen auch.

»Wo warst du denn, dass dich selbst die Polizei nicht gefunden hat?«

»Eine Belgierin, die bei Costa gegessen hatte, las mich am Ortsausgang auf und nahm mich in ihrem Wagen mit. Als ich ihr mein Leid klagte, bot sie mir Quartier an. Sie fuhr mich zu ihrer Ferienhütte bei Fuseta in der Gegend des ›Parque Natural da Ria Formosa‹, gewährte mir Unterkunft und verköstigte mich. Erst gestern am frühen Nachmittag, als ich für uns Brot kaufen wollte, sah ich die Suchmeldung an der dortigen Bushaltestelle. Da ich nicht von der Polizei abgeholt werden wollte, wandte ich mich auch nicht an die in der Suchanzeige angegebene Telefonnummer, sondern verabschiedete mich von meiner zuvorkommenden Gastgeberin und machte mich gegen ihren Protest, zu Fuß auf den Weg.«

Kathrin hielt kurz inne, als müsse sie das Folgende körperlich noch einmal nachempfinden: »Es war ein Gewaltmarsch von mindestens zwanzig Kilometern. Ich musste mich zweimal mit dem Boot übersetzen lassen und den Tiefststand der Tide abwarten. Aber ich hatte von Cécile ja viele gute Tipps von ihrem Jakobsweg mitbekommen, so dass ich mir vornahm, diese zu beherzigen und diesmal durchzuhalten. Dass ich es geschafft habe, darauf bin ich ganz stolz. Es ist mein ›persönlicher Jakobsweg‹ geworden; wenn auch ein verkürzter.«

Cécile applaudierte, und alle umarmten Kathrin.

Als die Wiedersehensfreude sich ein wenig gelegt hatte, setzte Kathrin noch einmal an: »Es sollte jemand von euch die Polizei verständigen. Ich will mit denen nichts zu tun haben. Mein Verschwinden war ein Missverständnis. Aber es war kein Fehler. Ich brauchte ein bisschen Zeit zum Nachdenken.«

»Das macht Maria für uns«, entschied Vera.

Kathrin schien an Selbstbewusstsein zugelegt zu haben.

War das die Chance, dass sie auch sonst ruhiger geworden war und nicht mehr so nervöse und hektische Bewegungen machte wie vorher? Meine »Gefahr Nummer eins« war zurück!

Maria kam. Sie weinte vor Freude; dann servierte sie den beiden ihr Frühstück. Sie versprach, die Polizei in Tavira anzurufen.

Doch erst brachte sie eine Kiste und stellte sie ins hintere Eck der halb überdachten und nachts verschließbaren Verandaanlage.

Maria erklärte, dass »Tipi«, das hieße in der Sprache der Lakota-Indianer »hier wohne ich«, keinen Appetit hätte. Das wäre ein untrügliches Signal, sagte sie und machte ein vieldeutiges Gesicht.

Pia, die Marcels Charlie als Welpen betreut hatte, war aufmerksam geworden, weil die Hündin unruhiger war als vorher und sich verstärkt leckte. Auch sie vermutete, dass die Geburt der Welpen nahte.

»Tipi« hörte scheinbar, dass über sie gesprochen wurde, jaulte kurz, wohl um klarzumachen, dass sie verstanden hatte und verzog sich in den bereitgestellten Wurfkasten.

Ich war neugierig und wechselte von meinem Beobachtungsposten im Rucksack auf eines der hölzernen Tischbeine.

Pia stand überraschend auf, ohne die Knie vorher zusammengepresst zu haben, und fegte mich mit ihrer Serviette vom Tischbein zu Boden. Sie ging zu dem Wurfkasten, sah »Tipi« zu, wie sie fast unbeweglich und in sich gekehrt dasaß.

Pia rief: »Der erste Welpe kommt gleich!«

Alle machten Anstalten, sich zu erheben; jeder wollte die Hundegeburt miterleben. Deshalb herrschte unter dem Tisch totales Chaos.

Adri hatte sein Bein vorgeschoben; ich wich aus. Viel Platz blieb mir nicht.

Im gleichen Augenblick sprang Kathrin auf, blieb mit ihrem linken Fuß am Tischbein hängen, geriet ins Wanken und trat mit der rechten Sandale, für mich unberechenbar, direkt in meinen Fluchtweg – mit dem Absatz – mitten auf mich drauf.

Ich hatte nicht die leiseste Chance.

Ich spürte, wie mein Halsschild brach, die Mundwerkzeuge zerbröselten, der Unterleib zermalmt wurde und die Tracheen versagten. Mein letzter Gedanke galt Cucha – in Dankbarkeit, und der Geist schied von mir.

Kapitel 23

Mit einem »flupp« entwischte ich als Erster aus einem schwimmenden, wohlversorgten, völlig problemfreien Medium im Leib von »Tipi« und ahnte, dass die strampelnden Nachbarn auch bald folgen würden. Mit dem ersten Atemzug nahm ich die vereinte Seele von Charlie und Cucaracho in mich auf.

Was ich zunächst wahrnahm, war ein hässliches Geräusch, ein Knacken, als hätte jemand einen Kakerlakenkörper zertreten.

Dies zu erkennen verlangte zumindest, ein solches Spektakel selbst einmal miterlebt zu haben: Nichts für zarte Gemüter.

Kathrin jedenfalls schrie, als sie sich bewusstwurde, was sie unter dem Tisch angerichtet hatte; aus Ekel – nicht vor Entsetzen oder Mitleid über Cucarachos Tod.

Ich spürte die wohlige Wärme meiner Mutter. Obwohl ich nichts sehen konnte, schien mir meine Umgebung nicht fremd.

Auch wusste ich, dass ich Charlie III. war, dass ich zu Marcel gehörte, und dass Cucaracho Charlie II. gewesen war.

Meine Mutter stand den vollen Tag konzentriert in jenem Holzkasten. Alle fünfundvierzig Minuten nahm sie ihre Gebärposition ein und warf mir ein Brüderchen oder Schwesterchen entgegen; manche mit dem Hinterteil und manche mit dem Kopf voraus, bis wir sieben waren; eine magisch-mystische, eine kampfkräftige Zahl.

Mama biss nach jedem Wurf die Fruchtblase auf, damit die Geschwister frei durchatmen konnten und durchtrennte die Nabelstränge. Sie machte das routiniert; es war nicht ihr erster Wurf.

Damit war für uns jedoch das paradiesische Dasein vorbei, und der Ernst des Lebens begann.

Mama fraß die letzte Nachgeburt, so dass bei dessen Volumen auch der Letzte der Dauerneugierigen auf Marias Veranda verstand, warum »Tipi« vor dem Gebären auf Futter verzichtet hatte.

Dann war »Tipi« zu Recht müde. Sie legte sich auf die Seite, und der Kampf um die Zitzen begann. Ich hatte nicht geglaubt, dass ich so egoistisch sein könnte. Aber ich wurde gebraucht. Ich hatte noch Großes vor.

Maria erinnerte sich, dass sie Vera versprochen hatte, Sergeant Rodriguez zu verständigen und der Polizei in Tavira Entwarnung zu geben.

Die »Sergeant« war sogar am Telefon; sie schien über den Verlauf der Dinge erfreut, bestand aber darauf, Kathrin persönlich anzuhören. Dazu wollte sie mit einer Streife vorbeikommen.

Ja, natürlich gäbe es am Mittwoch »Sepia« und ein guter »Roter« stünde noch im Keller.

Den Dienstag hatte die Gesellschaft weitgehend wieder bei Maria verbracht, schwätzend, lesend, händchenhaltend oder an »Tipis« Wurfkasten kauernd.

Costa hatte schon besorgt angefragt, ob sie denn jetzt immer bei Maria essen wollten. Pia, von Costa umgarnt, musste versprechen, am Mittwoch wieder Marizas Kochkünste zu honorieren.

Der »Vinho Verde« ermutigte die Runde spät abends, es noch einmal zu versuchen und den Geist Charlies anzurufen. Diesmal hatte Pia die Leitung übernommen, sprach die Beschwörungsformel – aber kein Geist bewegte das Glas. Das war auf Marcels Charlie-Portrait positioniert, sollte als Indikator dienen und Auskunft geben, ob Charlies Seele nahe war. Pia hatte ausgeschnittene Buchstaben um Charlies Foto herum zu einem Alphabet-Kreis gelegt. Der Geist hätte über die Buchstaben mit denen kommunizieren sollen, die ihn angerufen hatten. Aber nichts geschah. Nur aus dem Holzkasten am anderen Rand der Veranda drang zartes Fiepen.

»Lulu« lag regungslos auf Raouls Schoß; der schlief.

Kapitel 24

Am Mittwoch war Pia früher aufgestanden, hatte einen kleinen Spaziergang um die Zelte gemacht und wollte gerade zu Maria, als diese ihr schon entgegenkam und sie an der Hand zu der Hundekiste führte.

Die Sieben Welpen kämpften um die beste Trinkposition.

Maria deutete auf eines der schwarzen »Würstchen«. Es hatte eine weiße Blässe unterhalb des Mauls und vier weiße Pfoten.

Gerade wälzte es sich um die eigene Achse, schob die Schnauze unter ein Geschwisterchen und ackerte mit den Hinterbeinen wie ein Maulwurf, bis es die produktivste »Andockstation« bei seiner Mama erobert hatte.

Pia erkannte ihn sofort. Es war der Erstgeborene, und Maria wollte ihn ihrer »companheira Pia« schenken.

Pia war gerührt. Sie dankte Maria für dieses großzügige Geschenk mit einer Umarmung und bat sich Bedenkzeit aus. Sie müsse mit ihrem Mann darüber reden. Auch sollte der Kleine so lange wie möglich bei seiner Mutter bleiben. Sie selbst müsste aber spätestens am Sonntag schon abreisen, und Marcel könnte auch nicht zwei Monate in Fabrica auf den Welpen warten. Eine spätere Abholung wäre aus finanziellen Gründen schwierig. Pia dachte an Roberts familieninterne »Sparideologie« und sprach darüber mit Maria.

Maria lächelte milde über Pias pekuniäre Sorgen und bot an, den Welpen persönlich nach München zu bringen; sie hätte eine kleine Erbschaft auf dem Konto und München noch nie gesehen. Am liebsten würde Maria zur Oktoberfest-Zeit kommen – das wäre, den Welpen betreffend, sogar realistisch.

Pia war sprachlos. Dann schien ihr diese Lösung vom Himmel zu fallen. Damit hätte sie bereits die wichtigsten Argumente gegen Roberts zu erwartende Bedenken parat. Sie konnte Maria Ende September ihr schönes München zeigen.

Hinzu kam, dass, ihrer Erinnerung nach, Portugiesische Wasserhunde auch als »Heilhunde« eingesetzt werden. Als Mutter dachte sie dabei an Marcel und sein blockiertes Hals-Chakra.

Pia wollte so schnell wie möglich über diese in Deutschland seltene Hunderasse nachlesen.

Darauf brauchte Pia nicht lange zu warten, denn als sie den gedeckten Frühstückstisch auf Costas Terrasse erreichte, hatte Marcel ein Lexikon auf dem Schoß und den »Cão de Água Português« aufgeschlagen; als wenn er die Frage seiner Mutter geahnt hätte.

Marcel las Pia die Charakteristika des Hundes vor: »… möglicherweise wurden Wasserhunde schon in vorchristlicher Zeit von den Persern nach Portugal eingeführt. Als die Römer die iberische Halbinsel besetzten, berichtete man vom ›canis piscator‹, der einem Fischer Hilfe leisten konnte. Er bewachte Boot, Gerät und Fang, er roch die Fischschwärme und gab den Fischern Signal zum Auswerfen der Netze, sprang ins Wasser und trieb die Fische ins Netz. Er trieb sogar entwischte Fische zurück, half beim Einholen der Fangvorrichtungen und hielt die Verbindung von Boot zu Boot und zum Festland. Mit der Modernisierung der Fischerei verlor er sein Aufgabengebiet. Heute findet man ihn als treuen Haushund in vielen Ländern. Aufgrund seines sanften, freundlichen Wesens und seiner Bindungsbereitschaft an den Menschen wird er als kinderfreundlicher Familienhund geschätzt und weltweit gezüchtet. In den USA wird die Rasse häufig in der tiergestützten Therapie eingesetzt.«

»Wow!«, erstaunte sich Marcel anerkennend, und Pia verkündete den Anwesenden: »Einen solchen Hund habe ich gerade von Maria geschenkt bekommen!«

»Die sind teuer«, wusste Cécile, und Adri konnte beitragen, dass diese Welpen bei niederländischen Züchtern nicht unter tausend Dollar zu haben seien.

Marcel strahlte, als hätte seine Mutter den ersten Heilschritt an ihm erfolgreich beendet.

Kathrin rief: »Er wird sicher so süß wie Charlie!« und Trijnie meinte: »Vielleicht ist er ja eine Wiedergeburt von Charlie? Wer weiß?«

Vera warf ein, dass sich Wasserhunde gut als Krafttiere eigneten.

Adri setzte eins drauf: »Sie jagen die Fische ins Netz. Also kann man von ihnen leben. Trijnie und ich nehmen Maria auch einen Welpen ab. Dann gehen wir auf eine Südseeinsel und leben mit Hilfe des Hundes von Muscheln und Fischen.«

Adris Idee fand Lacher; nur Trijnie blieb ernst.

»Congratulations«, meldete sich Mariza zu Wort: »They are the best dogs in the world, believe me!«

Marcel gab seiner Mutter einen Kuss: »Und wenn er stubenrein ist, schenkst du ihn mir, oder? Ich kenn dich doch.«

»Mal sehen!« Pia ließ die Beantwortung der Frage offen. Noch hatte sie nicht mit Robert telefoniert; das ginge erst am Nachmittag, nach Schulschluss.

»Ach Marcel«, sagte sie, »ich könnte es mir schneller überlegen, wenn du in eine Reiki-Sitzung einwilligen würdest, oder, wenn wir da nicht miteinander zurechtkommen, in eine Schamanenreise mit Vera, würdest du?«

Pia tauschte einen bedeutungsvollen Blick mit Vera aus; Vera nickte. Sie hatten über Pias Diagnose gesprochen.

Kathrin schaute auf und sagte kurz: »Kann ich nur empfehlen!«

Cécile stieß Marcel mit dem Ellenbogen in die Seite und bedeutete ihm nachhaltig, dass er einwilligen soll.

Marcel lachte verschämt über so viel Aufmerksamkeit für seine Person. Da er seit Biarritz mehr über Schamanenreisen erfahren wollte, stimmte er dem »Deal« zu.

Damit fehlte nur noch die Zustimmung des frankophilen Lehrers, der wahrscheinlich gerade seinen Schülern der »Vierten« in München das Kreisgesetz des Thales oder den Satz des Pythagoras, des »Reinkarnationsphilosophen« beibrachte.

Auch müsste Pia einen günstigen Ort für ihre Reiki-Sitzung festlegen.

Sie beschlossen, vormittags zum Strand zu rudern, sich mittags geschlossen der Polizei zu stellen und den Abend für esoterische Handlungen frei zu halten.

Costa war sehr interessiert. – Er hatte sich bei Pia zu einer Sitzung gegen sein blockiertes Stirn-Chakra angemeldet, das sie ihm nach einem gemeinsamen Glas Wein attestiert und dessen Heilung mittels Reiki versprochen hatte.

Joao machte ein zweites Boot für die Gruppe flott, und Kathrin musste zeigen, wie sie so einen Kahn allein hatte rudern können.

Auf der Überfahrt glaubte eine übermütige Cécile die Möwe zu erkennen, mit der sie sich jüngst erst in dreißig Jahren wieder verabredet hatte. Marcel lächelte und pflichtete ihr bei; die Möwe habe eine auffällige Markierung am Hals.

Die Möwe kreischte und umkreiste das Boot. Cécile verstand sie nicht. Vielleicht wollte sie nur darauf hinweisen, dass sie schon fünfundzwanzig Lenze zählte, und es ihr deswegen unmöglich sei, die Verabredung einzuhalten.

Kathrin ruderte, als hinge ihr Leben davon ab. Sie wollte Stärke zeigen.

Vera schien die Ruhe in Person zu sein; hatte sie es doch geschafft, ein weiteres Bett für Kathrin in ihr Zimmer unter den Traumfänger stellen zu lassen, ohne auf dumme Rückfragen antworten zu müssen. Cécile hatte dazu erklärt, dass Kathrin eine Stauballergie hätte und deshalb nicht mehr in ihrem Zelt auf der staubigen Dorfterrasse schlafen sollte. Das klang auch in den Ohren der Dörfler von Fabrica plausibel.

Die Strandzeit war begrenzt, da sich die Polizeiabordnung für zwölf Uhr dreißig angemeldet hatte.

Tatsächlich wartete Sergeant Rodriguez mit dem älteren Kollegen vor Marias Haus. Normalerweise ein eher bedrohlicher Anblick, die rechte Hand an der Pistolentasche, die Wagentüren offen, als wollten sie Kathrin gleich mitnehmen: Die Ausländerin werde sicherlich und ›jetzt erst recht‹ portugiesische Sicherheitsinteressen gefährden.

Doch es war angelerntes Auftreten, welches die Beamten da zeigten. Es sollte den straffällig Verdächtigen in den täglichen Konflikten auf Streife einschüchtern und den Respekt vor der Obrigkeit erhöhen. Solche Posen wirkten nicht auf Renitente, Unbelehrbare, Schwerkriminelle, aber auf Kathrin. Sie fühlte sich eingeschüchtert. Vera legte ihr beruhigend den Arm um die Taille.

Maria kam die Treppe herunter. Wie zufällig war der für Fabrica zuständige Geistliche, Pater Pedro, bei ihr. Beide begrüßten die Patrouille. Maria zeigte auf Kathrin. Wahrscheinlich sagte sie so etwas Ähnliches wie: »Das ist die Vermisste – quicklebendig, wie ihr seht – ein Versehen; Kommunikationsmangel – es täte den Touristen sehr leid, dass sie Sergeant Rodriguez und den anderen Beamten in Tavira durch ihre Suchmeldung so viel Kummer bereitet hätten. Sie wollten es wiedergutmachen und würden sich über ein gemeinsames Mittagessen sehr freuen.«

Die beiden Uniformierten schienen verdutzt. Ihre strengen Minen hellten sich auf, sie gaben reihum die Hand und der korpulente Ältere erteilte der Polizistin mit einer großzügigen Geste das Wort.

Sergeant Rodriguez kürzte ihr beabsichtigtes förmliches Statement an den Kreis Fremder humorvoll ab und nahm damit der Sache schnell den offiziellen Charakter: »We are pleased, that Kathrin is back and that she is okay. This is my colleague Luis, who is very hungry – let us go – we have to be back in Tavira in the early afternoon.«

Maria führte sie auf die Veranda, durch Knoblauchschwaden an dem gedeckten Tisch vorbei zu »Tipi« in ihrem Holzkasten.

Sergeant Rodriguez kannte die Hündin. Die Polizistin freute sich mit Pia und der Crew an den Welpen, während Luis von Adris Körperlänge besonders angetan war. In ungelenkem Englisch machte er Adri klar, dass dieser unbedingt für die portugiesische Basketballliga spielen sollte. Der Bann war gebrochen.

Es gab Sepia, Pellkartoffeln und gemischten Salat; nichts Neues, aber wie stets, hervorragend zubereitet.

Dazu kredenzte Maria einen nicht etikettierten, schweren Rotwein; einen Sonntagswein ihres verstorbenen Mannes, wie sie sagte. Es war das erste Mal, dass Maria ihren Mann erwähnte; niemand von der Gästegruppe hatte bislang gewagt, nach ihm zu fragen.

Maria hatte einen Plattenspieler auf einen Schemel gestellt und eine alte Platte von Amalia Rodriguez aufgelegt; Fado, wie sie erklärte – traurig, aber mit demselben Rhythmus, mit dem das portugiesische Herz schlüge.

Marcel erzählte Cécile und Pia, soweit es die Musik zuließ, was er über den Fado gelesen hatte, und von seinem Abend in Lissabon mit der Fremdenführerin Ana Paula in der »Adega Mesquita«; in den Gassen des »Bairo Alto«.

Dort waren Amalia Rodriguez und andere berühmte Fado-Sänger auf Azulejos-Kacheln abgebildet gewesen. Die Kachelgemälde hatten die Künstler nicht einfach auf den Verputz der Wände gesetzt, sondern sie schmückten Erker mit gotischen Fenstern, die mit geschmiedeten Fensterläden verziert waren. Direkt vor der Holzbühne hatte die Reisegruppe an einer festlichen Tafel Platz genommen, Franzosen vis à vis von Marcel, Spanier neben ihm. Es gab panierten Fisch, verschiedenes Fleisch und einen Pudding aus süßem Reis in Madeira, und es wurde immer nachgereicht bis Marcel mit einem energischen »Nao, obrigado!« Einhalt gebot. Ein alter Mann spielte dazu im Hintergrund die portugiesische Viola, ein zwölfseitiges Zupfinstrument. Volksweisen und Instrumente erinnerten Marcel manchmal an die Heimat.

»Ob ihr es glaubt oder nicht, im Ribatejo wird sogar geschuhplattelt. Und gesteppt wird auch wie beim Flamenco.«

»Warum eigentlich nicht? Schließlich waren die Sueben während der Völkerwanderung tief in die Iberische Halbinsel hinuntergezogen«, trug Pia bei.

»Mein Abend in Lissabon war hauptsächlich dem Fado gewidmet«, begeisterte sich Marcel, »die Sänger, Männer und Frauen, schütteten uns ihr Herz im Gesang der ›Saudade‹ aus. Maria Fatima rührte mich mit ihrer grenzenlosen Traurigkeit.«

Marcel ergänzte, wie so oft etwas lehrerhaft: »Salazar, der lange regierende Diktator Portugals bezeichnete das vage-hoffnungsvolle Träumen des Fado als krankhaften Fatalismus.«

Maria fühlte sich herausgefordert, stimmte in ein Lied ein und drückte dabei beide Hände an ihre Brust. Alle waren ergriffen, auch die Polizisten.

Trijnie fragte die uniformierte Dinah aus. Sie wollte wissen, wie das denn so wäre als Frau unter Männern? Und ob sie denn in Tavira auch Kolleginnen hätte? Wie sie denn einem körperlich überlegenen Straftäter begegnen würde? Ob es denn in einer patriarchalischen Domäne wie der Polizei kein Mobbing an Frauen gäbe?

Dinah Rodriguez zeigte amüsiertes Interesse an Trijnies Fragen und beantwortete sie geduldig, manche ernsthaft, andere mit einem nachsichtigen Lächeln.

Und Trijnie setzte nach: »The Fado-Singer Amalia shares her second name with you. Are you relatives?«

»I would like to be, but I am not. Many Rodriguez families do exist in Portugal.«

Obwohl Luis der für die Touristen gebildeten »Fremdenpolizei« angehörte, merkte vor allem Adri, der neben ihm saß, dass sein Englisch nur aus aufgepickten Brocken bestand. Für Adri war es darum nicht leicht, mit ihm zu plaudern. Das erwies sich allerdings als nicht so wichtig, denn Luis war vom Basketball gefangen und ließ Adri kaum zu Wort kommen. Oft ergänzte er sein brüchiges Englisch durch Sätze in Portugiesisch. Adri bekam immer längere Ohren. Er versuchte verzweifelt, Haltung zu bewahren.

Das Radebrechen zog sich über das Essen hin, bis der Kaffee getrunken war, Luis auf die Uhr schaute und die Gruppe laut und deutlich wissen ließ: »Sorry – we have to go!«

Der Abschied war herzlich: Marcel schoss ein Foto mit der Gruppe vor dem Polizeiauto, Kathrin reuig zwischen den beiden Polizisten; Luis hatte eine Handschelle gezückt und hielt sie wie zur Abschreckung in die Höhe; Maria hatte wie »Justitia« die Arme als Waage ausgestreckt und Dinah hob über Kathrins Kopf Zeige- und Mittelfinger zum Victory-Zeichen.

Eine selten einträchtige Szene zwischen uniformierter und ziviler Seite bot sich den neugierig hinzugetretenen Dorfbewohnern Joao, Raoul, Costa, Mariza, Jorge, Martinia, Roche: Ihre »Touristen« und Maria winkten gut gelaunt einer zweiköpfigen Polizei-Patrouille nach, und die immer präsente Kinderschar des Dorfes rannte jubelnd hinter dem weißblauen zweimeterfünfzig »Smart« her, der als letzten Gruß kurz das Martinshorn ertönen ließ.

Alle hatten sie ihren Segen von dem Geistlichen erhalten, der sich nun auf sein Fahrrad schwang und vergnügt, ein wenig kurvend, davon radelte.

Nur Adri grummelte, doch das war gespielt. Sollte er nicht gerade noch in Portugal verbleiben und von der »Liga de Clubs de Basquetebol Portuguese« vereinnahmt werden? Wenn es nach dem von sich überzeugten Luis gegangen wäre, hätte der Niederländer sich umgehend bei den Profis, wahlweise für die mehrmaligen Champions Ovarense, SL Benfica oder FC Porto, bewerben sollen.

Adri hatte das letzte Mal als Schüler Basketball gespielt. Das hatte der Student auch nicht zu verschweigen versucht. Luis glaubte ihm nicht und meinte, wie viele andere »Fernsehsportler« auch, dass ein guter Basketballer nur über die richtige Körperlänge verfügen müsse. Wenn der Sportler die begnadeten zwei Meter oder mehr aufweisen könnte, wäre es für ihn doch ganz leicht, den Ball in den Korb zu legen; ein fast philosophischer Ansatz für das Prinzip »Erfolg durch Leistung«.

Kapitel 25

Nach dem Besuch der Polizeistreife zog sich jeder zu einer ausgiebigen portugiesischen »Sesta« zurück.

Pia telefonierte vom Münzautomaten mit Robert und war froh, dass ihr Mann ohne größere Auseinandersetzung dem Besuch von Maria, dem Hund und dem Rückflug am Sonntag zustimmte.

Erst zum Abendessen fand die Gesellschaft wieder zusammen.

Pia stieß die Diskussion an: »Ich erzähle euch von einem Weltuntergangspropheten. Interessiert?«

Die anderen nickten.

»Nach der ausgefallenen Apokalypse im Frühjahr mussten die Anhänger des Predigers wieder ins normale Leben zurückfinden. Viele davon zunächst einen neuen Job suchen, da sie den alten in Erwartung des Weltuntergangs aufgegeben hatten. Erdbeben hätten das Ende der Welt einläuten sollen; nichts dergleichen geschah. Nur die »wahren Gläubigen« sollten, so der Weltuntergangsprophet, der Katastrophe entgehen. Eine hochschwangere Frau freute sich, dass sie die Geburt ihres Sohnes nun erleben durfte und mit ihr freuten sich nach der ›Entwarnung‹ die meisten ehemals Verblendeten. Nur hartnäckige Jünger des selbsternannten amerikanischen Propheten sprachen von ›Verschiebung‹ um ein halbes Jahr. Zunächst aber waren diese dem Spott ausgesetzt. Im Fernsehen sah man entlang von Straßen und auf Plätzen ausgebreitete Oberbekleidung, als Häme für die missglückte Vorhersage des Predigers. Die Auserwählten, die die Apokalypse überlebt hätten, sollten nämlich direkt in den Himmel aufsteigen und ihre Kleidung zurücklassen.«

Pia hatte die Story in einer Boulevardzeitung aufgeschnappt und wollte von allen wissen, ob sie eher an eine Bedrohung aus dem Weltraum oder an eine durch den Menschen verursachte Apokalypse glaubten.

Bei allen waren Ängste und Zweifel vorhanden. Selbst Adri wollte weder eine Kollision mit einem aus der Bahn geworfenen Planeten,

Asteroiden oder Trabanten noch einen nuklearen Supergau, der zum Ersterben allen Lebens führen würde, ausschließen.

Trijnie schlug vor, »sicherheitshalber« die Horoskope für die restlichen Tage ihres Aufenthaltes zu prüfen.

Pia bot an, ihr am nächsten Tag die Karten zu legen.

Trijnie war begeistert, da sie so die aus der Hand gelesenen Voraussagen der andalusischen »Zingara« überprüfen konnte, aber die Zeitungshoroskope würden sie auch interessieren.

Vera fiel ein, dass sie in ihrem Zimmer noch eine deutschsprachige Zeitung mit Horoskopseite liegen hatte; die holte sie.

»Ein Allerweltsblatt«, echauffierte sich Pia. »Da werdet ihr nur leserfreundliche Inhalte finden!«

Trijnie fragte nach »Wassermann« und Vera interpretierte für sie: »Trijnie hat seit Jahresbeginn hart gearbeitet und beruflich viel erreicht. Deine Errungenschaften kannst du im Sommer noch weiter ausbauen. Doch solltest du nicht überheblich werden. Du neigst jetzt dazu, auf stur zu schalten. Das bringt dich aber keinen Schritt weiter. Setze lieber auf Teamarbeit. Mars und Venus sorgen diesen Sommer für beste Liebesaspekte. Falls du noch Single bist, solltest du häufiger unter Leute gehen. Geh‹ raus in die Natur, treibe Sport an der frischen Luft. Das schenkt dir nebenbei noch einen klaren Kopf und bringt dich wieder in Form.«

»Das ist zu allgemein. Ich kann mit den Aussagen nichts anfangen.«, kommentierte Trijnie den »Wassermann«.

»Dann eben nicht«, sagte Adri.

Kathrin war Widder und bat Vera um die Zeitung. Dann las sie aus ihrem eigenen Horoskop laut vor: »Der Widder hat schlechte Laune diesen Sommer. Missverständnisse treten vor allem im Juli immer wieder auf. Sie belasten die Nerven und drücken auf die Grundstimmung. Doch der Sommer birgt auch eine neue Quelle der Kraft, die den Fokus auf neue Aufgaben in sein Leben lenkt. Nutzen Sie neue Herausforderungen, um Ihr Gleichgewicht wieder zu finden und sich von Missverständnissen und Streitigkeiten nicht mehr kleinkriegen zu lassen. Das Zulassen von neuen Perspektiven in Ihrem Leben könnte auch den Harmonie-Faktor in Ihren Beziehungen wieder erhöhen. Etwas mehr sportliche Betätigung kann auch nicht schaden, denn damit kann der Widder Stress perfekt abbauen.«

Sie schien betreten; Vera gab ihr die Hand und Marcel übernahm die Zeitung.

Er sagte: »Ich will sehen, was über Cécile geschrieben steht, sie ist eine Löwin: Cecile ist ein Sonnenkind und liebt den Sommer. Kaum erhascht sie die ersten Sonnenstrahlen, kann sie ihren Freiheitsdrang schwer bändigen. Voller Energie kann sie ihre Ideen umsetzen und wird dafür mit Erfolg belohnt. Unerwartete Überraschungen sorgen vor allem im Juli für viel Trubel. Siehe da! – Kleinere Hindernisse überwindet sie mit Leichtigkeit. Auch die Finanzsterne stehen günstig. Ein kleines Risiko kann sie jetzt eingehen, es wird sich für sie lohnen.«

»Das ist doch eine Aufforderung, nach München zu reisen. Du gehst nur ein kleines Risiko ein. Was meinst du, Cécile?« Marcel blickte sie erwartungsvoll an.

»Ich kann zwar in dem Horoskop nichts von einer Reise nach München lesen. Du solltest aber damit rechnen, dass ich unangemeldet komme!«

Sie waren sich einig, dass dies keine typischen Horoskope waren.

Pia berichtete von einer Tierheilerin: »Die stellte sich in einer Fernsehsendung als Tierkommunikatorin und Meditationslehrerin vor. Als Medium wollte sie vielen Tieren und Menschen auf ihrem Weg geholfen haben. Sie hatte von Kindheit an die Gabe, mit Tieren sprechen zu können. Schon als kleines Mädchen sah sie die Aura der Wesen in ihrer Umgebung. Sie sagte Geschehnisse vorher und kommunizierte mit ihren Freunden, den Tieren. Durch diese Gespräche wurde ihr, so ihre Angaben, auch der feinstoffliche, energetische und körperliche Zustand eines Tieres bewusst. Sie behandelte die Ursachen von Krankheiten, Verhaltensproblemen und Schockzuständen im Einklang mit der Seele des Tieres.«

Nur Pia hatte praktische Erfahrung mit einer Tierpsychologin. Sie hatte eine für Charlie engagiert, bis Robert aus Geldgründen eingeschritten war. Die verschriebenen »Bachblüten« hatten Charlie tatsächlich geholfen.

Adri meinte, dass diese Anbieter im Branchenverzeichnis oft keine Referenzen aufzuweisen hätten, so dass ihre Konsultation einem »Vabanque-Spiel« gleichen würde.

Gegen zwanzig Uhr verabschiedeten sich Pia und Marcel in Pias Zimmer.

Marcel legte sich auf Pias Bett nieder.

Pia band sich ein blaues Tuch um, holte ein Amulett mit einer Engelsfigur am Lederband aus ihrer Handtasche, hängte sich dieses um den Hals, zündete ein Räucherstäbchen mit dem Duft der römischen Kamille an, legte Marcel einen flachen Opal zwischen Hals und Brustbein und einen herzförmigen Aquamarin auf den Bauchnabel, zerrieb ein Bachblüten-Agrimony inzwischen ihren Handflächen und setzte sich auf einen Schemel schräg hinter Marcels Kopf.

Marcel wusste scheinbar, was ihn erwartete, denn er schloss wissend die Augen, als Pia begann, um Kräfte zu sammeln, gebetsartig vor sich hin zu murmeln: »... Gabriel, ich bitte dich, mich durch deine Energie zu stärken und mich zu begleiten und zu schützen auf dem Weg zu meinem höchsten Wohl und zum höchsten Wohl meines Sohnes Marcel ...«

Dann legte sie sich die linke Hand an den Hals, die rechte von unten an Marcels Kehlkopf, atmete tief ein und aus und konzentrierte ihre Gedanken auf die Prozedur »Vishuddhi – reinigen« und stimmte das Mantra an: »Ham ... ham ... ham ...«

Nun sollte ihre Energie in ihn fließen, die Blockaden seines Hals-Chakras lösen, den Fluss von Marcels energetischen Strömen in Gang setzen, seine Lebensenergie reinigen und harmonisieren und die Schilddrüsenfunktionen mit ihrer Produktion von Thyroxin, das unter anderem Nerven und Energieverbrauch regelt, positiv beeinflussen.

Das aktivierte Hals-oder Kehl-Chakra sollte sich dann in einer starken Kommunikationsfähigkeit äußern, unter der Reiki nicht oberflächliches Schwatzen meint, sondern die Fähigkeit zuzuhören, sich und andere zu verstehen und sich gegenüber anderen verständlich zu machen. Leben und Gefühle, beim disharmonischen Hals-Chakra nicht angenommen, sollten jetzt frei zugänglich sein, und Marcel sollte besser über seine Emotionen sprechen können. Besonders seine subjektiv empfundenen, periodisch auftretenden Schmerzen im Bereich des Halses sollten nicht wiederauftauchen.

Zwanzig Minuten waren etwa vergangen, und Pias Hände und Marcels Hals glühten.

Pia zog ihre Hand zurück und murmelte wieder etwas wie: »... Ich danke dir. Deine Energie hat mich gestärkt. Dein Licht hat meinen Weg erhellt ...«

Wenig später presste Pia eine Hand auf Marcels Stirn und sagte zu ihm: »Bleib bequem und entspannt liegen, Marcel, und denke nach, was du gespürt und gedacht hast. Später sprechen wir darüber, ja?«

Marcel nickte mit geschlossenen Augen.

Pia legte Halstuch und Amulett ab, ließ am Waschbecken mögliche verbliebene Fremdenergie mit kaltem Wasser von ihren Händen abfließen und ging zurück zur Gesellschaft.

Sie setzte sich neben Vera, flüsterte ihr etwas zu und zuckte mit den Schultern, so als wäre sie sich über die Wirkung ihrer Reiki-Anwendung gar nicht sicher.

Kapitel 26

Am Donnerstag traf man sich verspätet und ein wenig verkatert zum Frühstück bei Mariza.

Costa, dessen »drittes Auge« nicht in Ordnung sein sollte, und dem Pia Heilung versprochen hatte, war schon früh mit seinem »Pick-up-Toyota« nach Faro auf den Markt gefahren. Jorge, seinen Jüngsten, hatte er mitgenommen.

Während Cécile Marcel über die gestrige Reiki-Anwendung seiner Mutter ausfragte und Adri gegenüber Trijnie die Folgen seiner Karriere als Basketballprofi in Portugal weiterspann, sprach Pia mit Vera über Costas Beschwerden. Kathrin hörte mit.

Costa hatte sich Pia gegenüber nicht nur über sein Körpergewicht, sondern auch über ständige Nebenhöhlenentzündungen, chronischen Schnupfen, Kopfschmerzen und Konzentrations- beziehungsweise Merkschwächen beschwert.

Vera meinte, dass »QiGong« und »TaiChi«, das Stirn-Chakra stimulieren könnten, und es meditative Übungen gegen Störungen dieses »dritten Auges« gäbe. Zum Beispiel sollte man sich liegend entspannen und bei geschlossenen Augen die Farbe violett visualisieren, bis sie den Kopf voll einnähme. Dann sollte versucht werden, sie einzuatmen und sich dabei auf das eigene Stirn-Chakra, die Stelle zwischen den Augenbrauen, konzentrieren. Man könnte sich auch bei klassischer Musik entspannen oder sich einfach vorstellen, ein Vogel zu sein und wie es wäre zu fliegen.

Zu jeder der Übungen sollte das Mantra »Ksham« gesprochen werden.

Pia pflichtete ihr bei. Sie wollten Mariza in die Übungen einweisen. Eine Reiki-Anwendung wollte sie dennoch mit ihm vornehmen, auch wenn beim Stirn-Chakra körperlich nicht so viel erreicht werden könne wie durch eigene Meditationsübungen.

Costa musste dazu aber anwesend sein.

Aus heiterem Himmel braute sich über der Lagune ein Unwetter zusammen. Gelbschwarze Wolken türmten sich plötzlich über dem Küstenstreifen. Im Westen blitzte es, und sich wiederholendes Grollen rollte auf Fabrica zu. Die Konturen der Dünen auf der Nehrung verschwanden im Sandsturm. Fischer ruderten eilends ihre Boote an Land, Mütter riefen ihre Kinder ins Haus und die Tiere verstummten.

Mariza kam und half der Gesellschaft, in den mit großen Fenstern zur Terrasse versehenen Innenraum umzusiedeln. Sie sagte, dass sie bei Unwetter sehr schreckhaft sei und abergläubisch dazu. So ein Gewitter über dem Ort bedeutete Unheil.

Eine Stunde später kam der Anruf: Ein Kleinbus hatte auf der N 115 Costas Auto von hinten touchiert; ein glimpflich verlaufener Auffahrunfall, aber das Heck des »Pick up« war eingedrückt, und Jorge lag wegen des Verdachts auf Gehirnerschütterung und Schleudertrauma zur weiteren Untersuchung auf der Notfallstation des Bezirkskrankenhauses.

Auf Marizas Zettel, den sie Pia zeigte, stand: »Hospital Distrital de Faro, R. Leão Penedo, 8000-386 Faro, 289891100.«

Kathrin schrieb die Daten ab, falls jemand von ihnen Jorge besuchen wollte.

Mariza war aufgeregt: »I told you – this is not a good day.«

Sie erzählte, dass Costa sich bei dem Zusammenprall eine Platzwunde zugezogen habe, die gerade ambulant versorgt würde. Der Unfallgegner, so Mariza, war eine in Calé-Tracht gekleidete Großfamilie aus Sevilla gewesen, die in Albufeira zu einem Familientreffen gewesen war. Sie hatten es eilig, nach Hause zu kommen.

Das Familienoberhaupt händigte Costa zwar Namen und Adresse aus und gab eine Versicherung an, setzte aber die Reise vor dem Eintreffen der Polizei in Richtung Grenze fort, so dass die Angaben erst einmal nicht auf Richtigkeit überprüft werden konnten.

Mariza machte sich Sorgen, dass Costa auf dem Schaden sitzenbleiben könnte; der Toyota war erst acht Jahre alt.

Adri, der näher gerückt war, verkniff sich ein Lachen.

Mariza musste Adris Ironie gespürt haben; jedenfalls mahnte sie in seine Richtung: »We cannot buy a new car every year. In wintertime there are no guests coming to eat!«

Adri nickte geflissentlich und entschuldigte sich mit einem »Sorry, Mariza, I thought about another issue!«

Trijnie entschuldigte ihn: »Adri träumt immer noch von seiner ihm übertragenen Rolle als potenzieller Basketballprofi.«

Pia bot Mariza Hilfe an: »What can we do for you? How can we help?«

»We have to wait; Costa is busy now and will call again.«

Mariza und ihr Drittältester, Ronaldo, brachten für jeden ein Glas Portwein. Es war später Vormittag und keine normale Zeit für Alkoholisches in Portugal, aber Mariza hob ihr Glas und prostete mit den Worten »For help!« der Runde zu. Pia überlegte eine Weile, was genau sie damit hatte ausdrücken wollen. Wahrscheinlich sollte der Portwein allen ein wenig über den Tag helfen.

Ronaldo schaute nicht nur aus wie Ronaldo, sondern spielte auch Ball; nicht Fußball, aber Basketball. Und zwar als Animateur in einem großen Ferienclub am Ortsrand von Cabanas de Tavira. Er hatte Englisch und Französisch in der Schule gelernt. Beste Voraussetzungen, bei den Touristinnen anzukommen. Mit Zwanzig verdiente er zudem schon ordentlich Geld, so seine Mutter.

Ronaldo pendelte jeden Tag mit seinem flotten Roller zum »Cabanas Golden Club«. Eine Meerjungfrau als Tattoo schmückte seinen Arm, eine Goldkette mit Amulett die Brust. Zurzeit hatte er ein paar Tage Urlaub und versuchte wiederholt, mit Trijnie anzubandeln. Sein Werben um die kesse Holländerin war ihm auch ein »Fachgespräch« mit Adri zum Thema »Basketball« wert. Adri war nichtsahnend, in seinen Schachcomputer verliebt und auch blind gegenüber den durchaus wohlwollenden Blicken, die seine Trijnie auf Ronaldo warf. Er hätte Ronaldo in längere Ballgespräche verwickeln können. Das tat er aber nicht, und so entstand eine Liebelei zwischen »sexy Trijnie« und dem ungebundenen Ronaldo, dem Schwarm der weiblichen

Sommergäste am Strand von Cabanas. Ihre gegenseitigen Anziehungskräfte hatten die beiden fast perfekt vor der Runde tarnen können; aber eben nur fast.

Die Liaison hatte nichts Spirituelles an sich, eher etwas Animalisches. Sie hatte nur einen Höhepunkt an diesem durch das Wetter sonst verkorksten Tag; versteckt, von schlechtem Gewissen gefolgt.

Der gutgläubige Adri blieb gutgläubig. Sein Schachcomputer setzte ihn »Schach matt«. Das machte ihn wütend. Für seine Trijnie hatte er dabei keine Zeit.

Nur die aufmerksam beobachtende Kathrin hatte Trijnies kleinen »Schwächeanfall« verfolgt, aber »cool« geschwiegen; sogar gegenüber Vera. Heterosexuelle Beziehungsprobleme waren ihr ein Gräuel. Damit wollte sie nichts zu tun haben.

So verbrachten fast alle Fremden den Tag in Costas Gaststube, aßen, tranken, lasen, spielten, plauderten über esoterische Themen und befragten »die Karten«.

Der Gewittersturm hatte Spuren hinterlassen: Die Nehrung war schmäler geworden und an zwei Stellen überflutet worden. Da der Sturmwind mit der Flut zusammengefallen war, hatte der See eine Brandung entwickelt, die schwer an der Vertäuung der Bote gearbeitet und massiv die Mauer der Dorfterrasse unterspült hatte. Vier Boote waren leckgeschlagen beziehungsweise verloren gegangen, die Mauer war an ihren Rändern eingebrochen und Tonnen von Erdreich waren weggeschwemmt worden. Die Gemeinde würde den Gürtel ihres schmalen Budgets für die unausweichlichen Reparaturen noch enger schnüren müssen.

Roche berichtete von dem Desaster und sprach von bösen Geistern, die Fabrica mit dem Unwetter heimgesucht haben. Er vermutete, dass die Fremden diese Geister gerufen hatten. Sie wären die einzigen, die nicht zu den Andachten in die Kapelle gingen.

Mariza schaute erschrocken von Roche zu den Fremden und wieder zu ihm und sagte etwas Unverständliches im heimischen Dialekt.

Von da an war Mariza reservierter und wirkte nervös und zwiegespalten. Die Gesellschaft sah sie mit den Einheimischen tuscheln; wiederholt spürte Pia an diesem Tag abweisende Blicke von Menschen, die ihr vorher freundlich begegnet waren.

Marcel ging vor die Tür und kam betreten zurück. Von den drei Zelten stünde nur noch eines. Er, Cécile und Trijnie liefen los, um zu retten, was zu retten war. Adri war stoisch über seinem Schachspiel sitzen geblieben. Als sie zurückkamen, strahlten sie und berichteten, dass Schlafsäcke und Bekleidung trocken geblieben wären. Nur die Fieberglass-Stäbe der neueren Zelte hätten sich aus ihren Ösen gerissen. Dorthin hatten sie sich leicht wieder einfügen lassen. Marcels Hauszelt war konventionell verspannt und durch Sturmheringe gesichert gewesen; das hatte sich jetzt bezahlt gemacht.

Während Marcel, Trijnie und Cécile weg waren, ergab es sich, dass Adri wieder einmal »Schach-matt« war und mit dem Stuhl zu Kathrin rückte. Er fragte Kathrin verlegen, ob Trijnie und er denn kürzlich nachts sehr laut gewesen wären, und ob sie trotzdem hätte schlafen können?

Darum sollte er sich nicht kümmern, das wäre schon in Ordnung, meinte Kathrin. Eher sollte er sich über das Treiben von Trijnie und Ronaldo Sorgen machen. Sie lächelte Adri dabei vieldeutig an.

Wie eine Priesterin des Orakels zu Delphi hatte sie ihm damit auferlegt, sich um seine gemeinsame Zukunft mit Trijnie mehr Gedanken zu machen, um sie zu werben, um sie zu kämpfen, sie einem Widersacher zu entreißen. Daran, dass er sich um Trijnies Treue sorgen müsste, hatte Adri bislang nie gedacht. Er hatte das »Urvertrauen« aus intakten Ehen von den Eltern und Großeltern geerbt. So schien er wie vor den Kopf gestoßen. Als wäre er dem »bösen Blick« begegnet, floh er ohne ein weiteres Wort. Kathrin schaute ihm gedankenversunken nach und bereute ihren unsensiblen Kommentar. Erst jetzt sprach sie mit Vera über den Vorfall.

Beim Abendessen kündigten die beiden Niederländer an, dass sie am morgigen Samstag ganz früh aufbrechen würden. Sie müssten am

Montag zurück in Maastricht sein. Trijnie müsse ihren Job antreten, und Adri wolle mit der Stilrichtung »Handmalen« beginnen. Sie legten Wert darauf, sich noch heute zu verabschieden.

Das taten sie dann gleich, umarmten jeden und verteilten Küsschen. Lange lag Trijnie in Marcels Armen, vergoss Tränen und flüsterte in sein Ohr, dass sie »sehr, sehr unglücklich« sei.

Marcel bezog ihre Worte auf den Abschied von ihrem »Paradies« und streichelte ihr tröstend die Schulter.

Adri, den Kopf vor dem rotierenden Ventilator schützend eingezogen, bedauerte scherzend: »Unser Abgang läutet die Auflösung eines einzigartigen spirituellen Zirkels im Paradies ein, in dem alle Stadien und Formen der Existenz zusammenkamen. Die ›Runde der Blauen Lagune‹ hätte noch viel Potential gehabt, um Bewusstheitszustände zu erfahren, die jenseits der irdisch-polaren Realitäten zu finden wären.«

Marcel hüstelte vor Überraschung und konterte schlagfertig: »So nehmt ihr uns durch eure Abreise die Chance, uns weiterzuentwickeln.«

Marcel sah die beiden noch durch ein Fenster, wie sie auf der Terrasse wartenden Fischern auf Wiedersehen sagten. Ob mit »Boa noite«, »Até à próxima«, »Tot ziens« oder »Good night«, das konnte er nicht hören.

Als die beiden die Taverne verlassen hatten, wechselte Marcel das Thema und klagte, wie provozierend, über schlafraubende Träume, in denen er eine junge Frau sah, die seiner Mutter glich. Auch hätte er wieder Halsschmerzen.

Cécile lächelte nachsichtig, und Vera versprach, sich seiner Beschwerden anzunehmen. Das war zwar zwischen Vera, Cécile und Pia so abgesprochen; trotzdem wirkte Pia ein wenig enttäuscht. Es ärgerte sie, dass Robert Recht behalten hatte. Pia lenkte von ihrem scheinbar verunglückten Versuch ab, Marcels Hals-Chakra-Blockaden zu lösen: »Ich muss euch noch etwas zum Thema ›Bewusstseinszustände‹ erzählen: Ich habe ›Brico‹ erlebt.«

»Was, du hast ›Bricos Augen‹ gesehen?«, fragte Kathrin neugierig.

»So etwas Sensationelles hast du uns vorenthalten. Du hast seinen Blick gespürt und uns nicht teilhaben lassen«, beschwerte sich Vera geschwollen, nahm Kathrin demonstrativ in den Arm und wartete auf den Bericht.

»Ich habe über das Phänomen gelesen.« Damit bestätigte auch Cécile, dass ihr der Name Brico bekannt wäre.

Mit seinem souveränen Schweigen bedeutete Marcel, dass er eingeweiht war.

Sie saßen noch immer im Gastraum unter einem sich langsam drehenden Ventilator auf unbequemen Stühlen vor den Resten ihres Essens, ein Buch oder ein Journal auf dem Schoß, ein paar Heilsteine, ein Backgammon-Spiel, Räucherstäbchen, Kerzen und Tarot-Karten auf dem niedrigen Beistelltisch.

Der Regen hatte innegehalten und, obwohl die Terrasse noch dampfte, hatten Joao, Roche und andere Fischer an einem der nassen Tische dort Platz genommen.

Ronaldo wischte über die Sitzflächen der Stühle, kippte den Tisch kurz um, damit das Wasser ablaufen konnte, und brachte Wein, Nüsse und Feigen. Aus dem Weinlaub darüber lösten sich dicke Tropfen und platschten geräuschvoll auf den Tisch und in die Gläser, oder versickerten geräuschlos im Filz der verschmutzten, schwartigen Kopfbedeckungen.

Die Fischer warfen kritische Blicke durch die Verglasung. Die fünf verbliebenen Touristen hatten schon wieder verschwörerisch die Köpfe zusammengesteckt.

Pia berichtete: »Eigentlich gibt es gar nicht viel zu erzählen, denn die eigentliche Begegnung mit ihm dauerte nur ein paar Minuten. Er lächelte das Publikum ›liebevoll‹ an, und das war's. – Dafür stand ich eineinhalb Stunden vor einem Bürgerhaus außerhalb Münchens Schlange. Siebentausend Bewunderer, so las ich hinterher in der Zeitung, wollten ihn sehen, wie ich. Die meisten sicherlich neugierig wie ich, aber ich glaubte, für Bricos Energiefluss besonders empfindlich zu sein. Wahrscheinlich war ich zu aufgeregt, denn ich spürte nur mein klopfendes Herz, als mich sein Blick traf. Ihr wisst ja, dass Brico als ›Transformator der Heilenergie Gottes‹ gilt, zumindest bei dem Freundeskreis des verstorbenen Wunderheilers Bert Grübing. Der hatte angeblich nach dem Krieg in Bayern spektakuläre Heilungen erzielt.«

Costa kam in diesem Moment herein und eilte mit offenen Armen auf Pia zu, eine Kompresse an der Schläfe: »Es tut leid, dass den ganzen Tag nix hier war – aber Auto kaputt – Policia viele Fragen – Jorge Krankenhaus.«

Jorge ginge es soweit gut, verstanden die Fünf. Jorge müsste zur Überwachung bis Sonntag in der Klinik bleiben, so dass er, Costa, Pia zum Flughafen bringen würde.

Costa könnte als junger Mann wie Ronaldo ausgesehen haben, überkam es Vera, und sie befleißigte sich, noch bevor Pia antworten konnte, darauf hinzuweisen, dass Pia gerne wieder in ihrem Mietwagen mitfahren könne; sie hätten denselben Flug gebucht.

Kathrin pflichtete ihr nickend bei.

Costa war Herr der Situation: »Mach nix – ich allein fahren; aber ich einladen zu Flasche Wein – Okay?«

So tranken die sechs noch eine Flasche »Vinho Verde« und stießen auf Costas Gesundheit an; schließlich hatte er bei der Karambolage ziemliches Glück gehabt. Es muss ein Schutzengel gewesen sein, der ihn und Jorge begleitet hatte, meinte Pia, und Costa stimmte ihr zu.

Ob Pia denn noch zu ihrem Wort stehen würde; Mariza hätte ihm gerade vorher einreden wollen, dass eine Reiki-Heilung von einer Fremden unabsehbare Risiken bergen könnte, und dass die Fremden vielleicht böse Geister an die Lagune gerufen hätten. Er habe sie wegen ihres Aberglaubens gescholten; der wäre aber unter den Küstenbewohnern sehr verbreitet.

Costa wirkte nachdenklicher als sonst und bat Pia um die Reiki-Sitzung am Samstag, nach dem Frühstück.

Pia stimmte zu.

Ob Mariza denn dabei sein dürfte

Nein, das ginge nicht, weil Pia nicht abgelenkt werden dürfte; aber Mariza könnte die meditativen Übungen, die Vera und Pia ihr bereits ans Herz gelegt hatten, vorher anwenden; das wäre hilfreich.

Auch die zweite Flasche Wein ging zur Neige und die Unterhaltung wurde schläfrig. Es war an der Zeit, zu Bett zu gehen.

Der Himmel war wieder voller Sterne. Darunter zogen vereinzelt noch Wolkenfetzen vorbei. Die Zikaden hatten ihr Konzert angestimmt.

Marcel umarmte seine Mutter und sagte: »Es tut mir leid!«

Sie hielt ihn einen Augenblick fest umschlungen: »Keine Furcht mein Junge, Vera wird erfolgreicher sein als ich. – Gute Nacht!«

Vera erinnerte Marcel daran, bei ihrer »Reise« am Folgetag für Sonnenschutz zu sorgen. Kathrin würde darüber wachen, dass niemand sie stört; Kathrin nickte und küsste Marcel auf die Wange.

An den Sandalen klebten Erdklumpen, als Cécile und Marcel umschlungen die Zelte erreichten. Céciles Händedruck war da, und es bedurfte keiner weiteren Worte. Céciles Zelt blieb diese Nacht unbewohnt.

Kapitel 27

Adri und Trijnie hatten ihr Zelt schon im Morgengrauen abgebaut, ihr Gepäck in die »Kult-Ente« verladen und Marcel und Cécile noch einen Gruß zugerufen. Zeltwände sind hellhörig. Als sie dann mit ihrem 2 CV lostuckerten, war es mit der Nachtruhe in Marcels Behausung vorbei. Marcel wollte aufstehen, doch Cécile hielt ihn zurück.

»Bleib noch Marcel, die Erde dreht sich sonst schneller.«

»Warum sollte die Erde ihre Umdrehungsgeschwindigkeit ändern, wenn ich den Tag nützen will?«

»Weil das Schicksal es so will, dass wir uns jetzt, jetzt sofort lieben können, ohne vom Nachbarzelt aus belauscht zu werden. Sechs Stunden später könnte das Leben vorbei sein, zum Beispiel einer von uns tot. Der andere würde die Vergangenheit zurückdrehen wollen, weil es ihm leidtäte, die gemeinsame Zeit nicht intensiv miteinander verbracht zu haben.«

»So, du meinst, die Erde würde langsamer rotieren, wenn man die Zeit, die füreinander bestimmt ist, auskosten würde.«

»Ja, so ähnlich jedenfalls. Was ist nun?«

Marcel, der schon im Begriffe war, zum Waschen zu gehen, brach sein Vorhaben ab und nahm Cécile in die Arme, überwältigt von ihrer Lebenskraft und Liebe.

Als sie zum Frühstück auf Costas Terrasse ankamen, hatten Vera und Kathrin Joao schon wegen des Bootes informiert. Vera trug ihre Indianer-Tracht.

Pia war nicht zu sehen; sie bereitete sich in ihrem Zimmer auf die Reiki-Anwendung bei Costa vor. In einem Gespräch mit Mariza waren sie einig geworden, dass die Sitzung im Wohnzimmer der Familie stattfinden solle. Die zweifelnde Mariza wollte an der Tür dafür sorgen, dass niemand störte.

Es war noch früher Vormittag, als der vom Meer her wehende Wind die dumpfen Töne einer Trommel über die Lagune trug und die Menschen von Fabrica aufhorchen ließ.

Fischer und Dorfkinder schickten ihre Späher. Diese wurden von Cécile oder von Kathrin abgefangen und aufgeklärt, dass hier ein Kranker durch einen Ritus geheilt werden solle, wie ihn die Indianer seit Tausenden von Jahren praktizierten.

Das Fernrohr von Roche brachte auch nicht mehr Ergebnisse, als dass unter einem schattenspendenden Schrägdach Marcel bewegungslos dalag, die Österreicherin Vera im Navajo-Kleid die Trommel schlug, und die anderen beiden Frauen wie Gespielinnen der Circe unliebsame Zeugen auszuschalten versuchten, um deren Hexenwerk amazonenwürdig zu verteidigten.

Das monotone Trommeln hatte alle im Dorf erreicht, und so standen die Bewohner in Gruppen und versuchten zu deuten, was sich auf der Lagune abspielte. Manch einer war dabei, der sich an die bösen Geister vom Vortag erinnerte. Die Fremden hätten die Geister in die Lagune gelockt. Dieselben ließen keinen Zweifel, dass das Geschehen auf der Nehrung mit dem Ausbreiten der fremden Geister zu tun haben müsse.

Auch war verdächtig, dass der »Leuchtturm« und seine freizügige Freundin mit dem Morgennebel davongesegelt waren wie der »Fliegende Holländer«. Ja, Ronaldo hatte vor den Burschen des Dorfes mit seiner Amoure geprahlt, so dass sich die Legende um das »holländische Flittchen« wie ein Lauffeuer bis in das letzte Eck des Dorfes verbreitet hatte.

Einige wollten von Mariza gehört haben, dass der Tavernen Chef Costa sich gerade in seinem Wohnzimmer von der Deutschen »verhexen« ließe; sie wussten in ihren Zweifeln das ihnen Unbekannte nicht besser auszudrücken.

Die Stimmung im Dorf schien endgültig zu Ungunsten der Touristen zu kippen.

Von einer Schamanenreise hatte in Fabrica sicher noch niemand gehört; bis auf Maria. Die schaute von ihrer Veranda aus zum Strand und machte sich den richtigen Reim auf das Trommeln. Ihre Schwiegertochter Martinia hatte sie aus der Küche gerufen, denn Martinia war beim Reinemachen von »Tipi« angebellt worden; sie nahm an, als Reaktion auf das Trommeln.

Auch die Welpen waren in ihrer Kiste unruhig. Allen voraus versuchte sich der mit der Blässe an Hals und Brust und den schon erkennbaren weißen Pfoten verzweifelt am Ersteigen der senkrechten Holzwand. Es war aussichtslos. Als seine Mama nicht zurückkam, und es immer noch trommelte, warf er sich auf seine Geschwister und fiepte erbarmungswürdig. Charlie III. wollte bei wichtigen Begebenheiten dabei sein. Maria hob ihn heraus und streichelte sein noch zartes Fell. Doch sein Angstgezeter rief »Tipi« herbei, die an Maria hochsprang, um deutlich zu machen, dass sie die rechtmäßige Mutter sei. Daraufhin setzte Maria den Schreihals wieder zu den sechs anderen zurück.

Pia hatte die Reiki-Anwendung beendet, und ein ganz zufrieden dreinblickender Costa betrat die »Bühne«. Seine Frau hielt er, zur Überraschung aller, die das Auf und Ab dieser Ehe täglich miterleben mussten, umarmt.

Angesprochen auf die Hexerei der Fremden sagte er unwirsch auf Deutsch: »Papperlapapp«. Scheinbar hatte er damit des Öfteren schon seinen Unmut ausgedrückt, denn er wurde verstanden. Sofort fanden die Gespräche ohne ihn statt. Er wurde von der beginnenden Treibjagd ausgegrenzt.

Pia hatte sich auf ihr Zimmer zurückgezogen; verwundert registrierte sie, dass jemand von außen die Fensterläden schloss.

Als Marcel, Vera, Kathrin und Cécile zurückrudern wollten, lag Joaos Boot nicht mehr an der Stelle, an der sie es festgemacht hatten. Erst ein Anruf bei Pia brachte Hilfe. Pia ging zu Costa, der Ronaldo mit einem seiner eigenen Boote über den Lagunensee schickte.

Als Marcel sein Zelt erreichte, war dieses eingeknickt; einige Heringe waren herausgezogen. Eine Aufforderung, das Dorf zu verlassen?

Beim Mittagessen beratschlagten sie, was zu tun sei.

Zu weichen wäre der falsche Weg, da waren sich die Fünf einig.

Pia bat Costa, eine Gesprächsrunde mit Vertretern der Familien zu organisieren; sie wollten dort gerne zu ihrem Tun Rede und Antwort stehen.

Bei den »Dörflern« bestünde keine Bereitschaft zu einem Gespräch, berichtete Costa. Die Fischer sähen auch keine Notwendigkeit und ließen wissen, dass die Fremden sich auf den Schutz des Dorfes verlassen könnten; sie seien schließlich Gäste.

So hatten sie mit ihrer Offensive mindestens erreicht, dass sie bis zu ihrer Abreise am Sonntag unbehelligt bleiben würden.

Joao hatte sein Boot nicht selbst abgezogen. Wie Costa herausfand, war einer der jüngeren Heißsporne des Dorfs, ein anderer Joao, hinübergeschwommen und hatte das Boot gekapert. Sein Vater, ein Kaminkehrer, hatte ihn dazu angestiftet.

Für den Abend hatte Costa eingeladen. Mariza und ihre Familie hatten sich noch einmal große Mühe gegeben, sich in Tracht gekleidet und im Innenraum aufgetischt, was der Vorrat hergab.

Appetitanreger, Vorspeisen, Aal und Tintenfisch, Hühnchen und Kaninchen, Pellkartoffeln, Gemüse, Salate und eine Eisbombe als Nachtisch hatte Mariza und ihre Familie auf die Tafel gezaubert. Die Augen, die Mägen und selbst Vegetarier wurden satt. Dazu sorgten spritzige, kühle Weißweine für Stimmung. Bis auf eine fast humoristische Unterbrechung, als Roche an den Tisch kam und in »Seemannsenglisch« darum bat, beim Einpacken die mitgebrachten bösen Geister nicht zu vergessen, wurde es ein ausgelassener, lustiger Abend. Maria stimmte wieder Fado-Lieder von Amalia Rodriguez an. Costa setzte fort und sang sich die Seele aus der Brust. Später versuchte er sich an einem »Fandango«. Da dieser Tanz Reiter des Ribatejo darstellen sollte, die mit Sporen an den Stiefeln ein ungraziöses Hacke-Spitze-Ballett tanzten, wirkte seine Küstenbewohner-Interpretation des Fandangos etwas unbeholfen. Aber Costa glich Ungelenkes durch Hingabe aus, und als das Musikstück ausklang, und Costa schweißüberströmt auf seinen Sitz fiel, hatte er sich den frenetischen Applaus von Familie und Fremden mehr als verdient. Er verstand es sogar,

Marcel zum Tanzen zu bewegen. Céciles Augen leuchteten, und Vera, Pia und Kathrin sahen der belustigenden Szene zufrieden zu. Später tanzten auch die Frauen.

Costa und Marcel waren diejenigen, deren Feierlaune an diesem Abend kein Ende kannte. Das mussten Anzeichen für positive Heilerfolge sein. Über spirituelle Rituale wurde an diesem Abend, wie abgesprochen, nicht geredet. Nur Kathrin erinnerte an Indianisches, als sie, mit Erlaubnis von Vera, ihren Traumfänger holte und ihn Marcel schenkte. Marcel und sie seien sich doch durch die Schamanenreise mit Vera so viel nähergekommen, meinte Kathrin. Außerdem wäre dieses Geschenk eine Wiedergutmachung für Unannehmlichkeiten, die sie ihm in Santander bereitet hatte.

Es war spät geworden, als die Abschiedsgesellschaft nach diesem hinreißenden letzten Abend in Portugal auseinander ging.

Marcel stand mit Cécile noch eine Weile am Olivenbaum und suchte im faden Mondlicht nach »Zirpel«. Doch der hatte ausgerechnet jetzt eine Sendepause eingelegt.

Da sowohl Cécile als auch Marcel tags darauf den kühlen Morgen so weit wie möglich für die bevorstehende Fahrt nutzen wollten, aßen sie, noch ein wenig verkatert, an der Balustrade Müsli.

Die Lagune lag friedlich vor ihnen.

Der Morgennebel benetzte die Haut, und die Erde stand für Augenblicke still.

Spatzen zwitscherten von der Mauer. Möwen erinnerten an ein Rendezvous. Eine Zikade sang ihren Morgenkanon. Ameisen trugen schwere Lasten aus zerstörten Laufgräben. Ein Kakerlaken Weibchen rannte des Wegs auf der Suche nach ihresgleichen. Aus einer Mauerlücke lugte ein Skorpion, und ein Gecko wärmte sich am ersten Sonnenstrahl. Der See spiegelte die Dünen, so dass die Nehrung gewachsen schien. Fischer tuckerten zurück oder ruderten hinaus; nichts deutete in dieser Idylle auf böse Geister hin.

Als sie die beladene »Ente« und das bepackte Motorrad vor Marias Haus abstellten, um »Adeus« zu wünschen, kam »Tipi«, die Hundemutter, zu Marcel an den Fuß, ließ sich das schwarz-weiße Krausfell streicheln und begleitete die beiden nach oben auf die Veranda. Maria war schon wach und hatte ihnen Kaffee hingestellt.

Bei den Welpen war »Remmidemmi«. Wieder war es der Erstgeborene, der unbedingt aus der Kiste klettern wollte.

Marcel nahm ihn für wenige Minuten auf die Hand.

Marcels Mutter, Vera und Kathrin waren, improvisiert bekleidet, ungeschminkt und die Haare flüchtig gekämmt, von Costas Haus herübergekommen. Alle staunten, dass der Kleine in Marcels Hand völlig ruhig lag, noch immer blind, sich genüsslich auf den Rücken drehte, dann zurückrollte und vor Erschöpfung einschlief.

Pia war gerührt, pflückte den kleinen Kerl vorsichtig von Marcels Hand ab und setzte ihn zu seinen Geschwistern zurück. »Tipi« sprang in die Welpen Kiste und sofort begann wieder der Kampf um die Zitzen; da war auch bei dem Erstgeborenen nicht weiter an Schlaf zu denken.

Erst jetzt wagte sich »Lulu« hervor und umstrich schnurrend die Beine all derer, die mit ihr schmusten.

Wer die Fremden noch mochte, der kam zur Kaffeerunde auf Marias Veranda; es waren doch einige, die Adressen auszutauschen wünschten oder Erinnerungen an Portugal mitgaben.

So kam Marcel zu seinem »Barcelos-Hahn«, dessen Geschichte er seinerseits Charlie erzählt hatte.

Kapitel 28

Die Affäre mit Ronaldo hatte Adri in der Seele verletzt. Zum Glück verstand es Trijnie, sein Vertrauen zurückzugewinnen; ihre Beziehung ging aus der Krise gestärkt hervor. Die Amoure hatte zudem ihr künstlerisches Nachspiel: Adri nahm Trijnie seit den Tagen »im Paradies« aufmerksamer wahr. Er engagierte sie als Akt für die Fakultät und versuchte sie sogar »handgemalt« abzubilden. Diese Werke gerieten nach dem Dafürhalten von Trijnie zu abstrakt; nur noch Merkmale von Weiblichkeit waren zu erkennen. Aber klar war: Adri war von Trijnie inspiriert.

Trijnie verstärkte wie geplant das Personal im schicken »Café Sjiek«, in der Sint Pieterstraat am Stadtpark, um der Pilgermassen Herr zu werden, die anlässlich der elftägigen historischen »Heiligdomsvaart« in Maastricht einfielen. Im neuen Semester fand sie über eine »Cannabis Cummunity« zu einem schwulen Wahrsager, der ihr das ersehnte Kartenlegen und das Horoskope-Verfassen beibrachte.

Vera und Kathrin saßen bei Räucherstäbchen und Kerzenlicht auf ihrem Balkon in Igls und bastelten an zwei Indianerkleidern des 18. Jahrhunderts nach Vorlagen der Designerin Victoria aus St. Petersburg. Statt kostbaren Leders, aus dem die Designer-Unikate gefertigt werden, zogen die beiden Velours vor. Für Leder, das zudem schwieriger zu verarbeiten wäre, hätten unschuldige Tiere sterben müssen. Sie konnten nicht sicher sein, dass sich nicht verzweifelte Seelen von Wiedergeborenen an diese Hüllen klammerten.

Vera erzählte Kathrin die Geschichte vom unglücklichen Cellisten aus Salzburg. Sie verband ihre Erzählung mit der Schilderung ihrer Angst, die sie um ihre Lebensgefährtin hatte ausstehen müssen. Die Schreckensvision, dass die Polizei Kathrins Leiche aus den Wassern der Lagune gefischt haben könnte, hätte ihr »Messerstiche« versetzt, sagte sie.

Cécile fuhr Marcels »Ente« auf den geschwindigkeitsbegrenzten spanischen Straßen gedrosselt hinterher. Nur manchmal zeigte sie ihm, was so eine Kawasaki draufhat. Dann zog sie mit einem schalkhaften Lachen an ihm vorbei. Ihre Forschheit am Lenker kostete sie kurz vor Barcelona einen Strafzettel. Die katalonischen Polizisten der »Mossos d'Esquadra« hatten mit der französischen Studentin noch außergewöhnliche Nachsicht.

Cécile führte Marcel nach Straßburg und in ihre Familie ein. Noch in den Semesterferien organisierten sie den Gegenbesuch. Cécile lernte München kennen und war begeistert. Sie begegnete Pia, Robert und auch Isabell.

Marcel tuckerte mit Cécile nach Augsburg. Am dortigen Flugplatz überraschte er sie mit einem Flug über das Alpenvorland. In einer Cessna 172 erfasste sie das erste Mal auch physisch den dreidimensionalen Raum, nahm die grandiose Berg- und Seenlandschaft Oberbayerns und Schwabens in sich auf und fühlte, dass sie den Sternen näher war. Plötzlich war auch Antoine de Saint-Exupéry an ihrer Seite. Er erzählte von seiner Notlandung 1929, zweihundert Kilometer vor Kairo, mitten in der libyschen Wüste. Sein Versuch, einen neuen Streckenrekord auf der Linie Paris-Saigon aufzustellen, war fehlgeschlagen. Er musste fünf Tage lang über Felsen und Dünen wandern, bevor er auf eine Nomadenkarawane stieß, die ihn rettete. Mit dieser Panne war »der kleine Prinz« und mit ihm sein Asteroid, die Zeichnung mit dem Schaf, der Fuchs, die Affenbrotbäume, die dornige Rose geboren.

Cécile blickte nachdenklich auf ihren Piloten, dem sie für die Dauer des Fluges ihr Leben anvertraut hatte. Marcel holte gerade über Funk ein Update zum Wetter ein. Im Profil, den Steuerknüppel in der Hand und das »Headset« über den Kopf gestülpt, fand sie in ihm eine Entsprechung ihres literarischen Idols. Es war nicht das erste Mal, dass ihr eine Ähnlichkeit aufgefallen war. Hatte nicht Marcels Vater ihr gegenüber scherzhaft solch eine Vermutung geäußert? Sollte er Recht haben? Sie würde mit Marcel über sein Vorleben sprechen.

Am gleichen Abend, zurück in München, fasste Cécile einen Entschluss. Sie hatte sich fest für Marcel entschieden.

Das Ferienende trennte die beiden schmerzhaft. Cécile studierte noch ein Semester in Straßburg und wechselte dann an die Ludwig-Maximilian-Universität in München.

Marcels Essay hatte wegen der Entwicklung in Afghanistan und im arabischen Raum ein vielfältiges Echo gefunden. Bei seiner Zeitung hatte sich auch seine Reise-Liebhaberei herumgesprochen; besonders, dass er die Gabe hätte, »Paradiese« aufzuspüren. So bekam er alsbald reisejournalistische Aufgaben übertragen und war in der Folge viel unterwegs. Für einen neuen Charlie war da zunächst kein Platz; aber der Haushalt sollte sich ja vergrößern.

Pia blieb mit Maria in Verbindung und besorgte Hundekörbchen, Fressnapf und Spielzeug. Sie fieberte dem Welpen-Wollknäuel entgegen.

Maria hielt ihr Versprechen. Da das Leben auch bei ihr nicht alle Wünsche erfüllte, musste die Teilnahme am Münchner Oktoberfest ausfallen. Der Grund war der von ihr totgesagte und plötzlich wieder aufgetauchte Ehemann Eusebius, der nach Jahren der Seefahrt seinen Heimathafen wiedergefunden hatte, und nun mit seiner versöhnten Frau eine Woche nach »Wiesnschluss« die Bouchards besuchte. Die Portugiesen quartierten sich im »Gästehaus am Englischen Garten« ein. Sie spazierten quer durch die gepflegten Anlagen, entlang des Kleinhesseloher Sees mit seinen Tret- und Ruderbooten auf Entengrütze. Auf den Wiesen rannten Halb- und Vollwüchsige Bällen hinterher. Ab und zu hatte ein freilaufender Vierbeiner das bessere Geschick und die menschlichen Kicker das Nachsehen.

Vor dem »Seehaus« saßen fröhliche gestikulierende oder vor sich hin schweigende Leute vor mächtigen Bierkrügen, brachen Stücke von riesigen, geschlungenen, mit Salz bestreuten Brotringen ab und warfen sie in die Mitte sich streitender Schwäne, Gänse und Enten. Ein Dutzend Hunde, die unter den Tischen vor Knochenresten ausharrten, schienen abgebrüht oder müde zu sein; sie blinzelten den hungrigen Wasservögeln nur mitleidig zu.

Unter prächtigen Kastanien drehten Kinder auf Pferderücken und mit glänzenden Augen auf Hirsch und Reh ihre Karussellrunden, begleitet von der nostalgischen Melodie einer Drehorgel.

Die Herbstsonne hatte den Park in ein rauschendes Meer aus Farben getaucht. Es roch nach Laub, nach Bier und nach gegrilltem Fisch – doch wo blieb der Knoblauch? Maria und Eusebius versuchten die Stimmung mit allen Sinnen festzuhalten und nahmen ihren »Tausendsassa« an die kurze Leine.

Sie überquerten, wie von Pia beschrieben, die Fußgängerbrücke über den Mittleren Ring, passierten die »Hirschau« und blickten vom Oberföhringer Isar-Wehr auf die Wasserwalze und auf ein paar Stockenten, die es sich auf einer Kiesbank dahinter gemütlich gemacht hatten. Das Haus von Pia und Robert konnte nicht mehr weit sein.

Ich zählte inzwischen drei Monate, hatte Chip und Pass und war voller Zukunftsdrang. Den Flug hatte ich in der Kabine verbringen dürfen. Die fast ungeteilte Aufmerksamkeit der Stewardessen galt mir. Maria reichte Fotos bei Mitreisenden herum. Das war mir gar nicht recht, denn anschließend wollten sie mir alle persönlich das Fell kraulen.

Die glänzenden, braunen Kastanien, ihre stachelig-braunen Hüllen und die raschelnden Blätter erinnerten mich an längst Vergangenes. Mindesten drei Hunde, die ich aus meinem früheren Leben her kannte, hatten ihre Duftmarken entlang des Kiesweges hinterlassen. Meine Begeisterung wuchs, je näher wir der Flemingstraße kamen.

Schließlich erreichten wir den Bürgersteig der Mauerkircher Straße.

Es gab für mich kein Halten mehr. Ich riss mich von Maria los und stürmte über die Fahrbahnen auf den mir vertrauten Hauseingang zu, sprang die Türe an und bellte, so laut es ging.

Robert öffnete die Tür. Er wirkte überrascht, dass nicht Maria, sondern ich das Haus als erster gefunden hatte, und begrüßte die Gäste.

Pia kam. Sie hatte unser Wiedersehen wohl »wahrgesehen«, so unaufgeregt wie sie strahlte. Wie einen alten Bekannten nahm sie mich auf den Arm und nannte mich »Charlie«. Bestimmt hatte sie verstanden, dass Charlies Seele nach langer Reise bei ihr angekommen war.

Doch ich war noch nicht am Ziel. Ich wollte zu Marcel.

Seit meiner spektakulären Wiedergeburt als Cucaracho, der Kakerlak, ahnte ich, dass Reinkarnation unter den Menschen eines der heiß umstrittenen Themen war. Es gab noch viele Zweifler, zu denen ich Marcel zählen musste.

Ignoranten machten uns das Leben schwer.

Wir Wiedergeborenen wollten nicht ignoriert werden; wir wollten ein nützlicher Teil der Gesellschaft sein – unsere Erfahrungen einbringen.

Doch blieben wir eine nicht beachtete und vernachlässigte Minderheit.

Mit großem Aufwand untersuchten Forscher nützliche Dinge: Wie kochten die Römer? Wie lange trugen sie ihre Sandalen? Wie viele Knoten machte eine Galeere?

Man gab auch Steuergelder für dieses Projekt aus.

Warum dachten Professoren, Doktoranden, Studenten nicht daran, diejenigen zu befragen, die die Antworten auf ihre Fragen schon wussten? Kein einziger »Appell an Reinkarnierte« ging über den Äther; kein »Aufruf an Wiedergeborene« im Fernsehen und Radio.

So hielten Wiedergeborene ihr Wissen zurück; sie schämten sich gar.

Stellen Sie sich einmal vor, was geschehen wäre, wenn ein als Mensch Wiedergeborener vor einer Kommission erklärt hätte, dass er während des zweiten punischen Krieges an den Riemen einer römischen Galeere geschuftet hätte. Natürlich wusste er, wie schnell sein Schiff unter »Volle Kraft voraus, ihr verdammten Sklaven!« lief. Das mörderische Tempo war schließlich seines Schweißes Erfolg.

Hätte die Kommission seiner Expertise vertraut? Nein, ganz sicher nicht. Die Wissenschaftler hätten ihn erst verlacht und dann verjagt.

Wie wäre es erst einem portugiesischen Wasserhund ergangen, der in seinen Vorleben Kakerlak und Dackelrüde war, wenn der sich naseweis »zu Wort« gemeldet hätte?

So hoffte ich auf Marcel.

Ihn sollte das Trommeln in der Lagune auf eine höhere Bewusstseinsebene gehoben haben als die der Erforscher römischen Alltäglichkeiten, der Zweifler und Ignoranten.

Die Schamanenreise mit Vera müsste Marcel eigentlich erleuchtet haben. Dann würde Marcel endlich das verbindende Karma von Charlie I, Cucaracho und mir verstanden haben. Meine zukünftige Partnerschaft mit Marcel wäre voller Sonne.

Kapitel 29

Als Marcels erster Roman gute Kritiken und einen Preis erhielt, ging er zu seinem Chefredakteur und sagte ihm, dass er fortan Bücher schreiben wolle.

Marcels Erfolg hielt an. Gedichtbände und weitere Romane folgten.

Den kraftvollen Frauen, die sein portugiesisches Paradies besucht und ihn erleuchtet hatten, setzte er in seinen Schriften Denkmäler, ehrend, charakterstark, rücksichtsvoll.

Eine seiner Protagonistinnen beschrieb er mit ihrem Hündchen so lebendig, dass eine Verehrerin in einem Brief behauptete, ihren längst verstorbenen Vierbeiner in dem Romanwauwau wiedererkannt zu haben.

Die Kinder waren schon zu Bett gegangen. Marcel saß mit seiner Frau Cécile am Kamin ihres neuen Hauses am Ammersee, zwanzig Fahrminuten zum Flugplatz. Er las ihr die Zeilen vor und lächelte vor sich hin, ein wenig unsicher, ironisch-bedeutungsvoll, wie Cecile zu erkennen glaubte.

Cécile legte Marcel die Hand auf die höher gewordene Denkerstirn, so als wollte sie durch ihre Energie einen unsichtbaren Vorhang zur Seite schieben, der seine Erinnerung versteckte. Sie fragte nachsichtig: »Warum nimmst du ihre Worte nicht ernst? Vielleicht können nur Frauen ihre Beweggründe verstehen. Die Briefschreiberin hatte möglicherweise eine tiefe seelische Verbindung zu ihrem Hund. Der starb zu ihrem Leidwesen. Was mit der Seele des Hundes geschah, davon wusste sie nichts. Dein Buch hat ihr die Augen geöffnet. Freu dich darüber. Du hast doch selbst viele Jahre gebraucht, um aus dem Gewirr deiner Träume herauszufinden und sie zu deuten.«

Dabei strich sie ihm schwärmerisch über die sich bis tief in den Nacken rankenden Locken.

Sir Charlie Douglas III. hatte bei den letzten Worten die Ohren gespitzt. Er bellte zustimmend. Der Schwanz wedelte noch eine Zeitlang, bis sich der schwarzweiße Wasserhund wieder seinen eigenen Träumen und denen seiner »Vorgänger« zuwandte. So hatte es zumindest den Anschein.

»Sieh unseren Charlie an«, sagte Cécile. »Er träumt. Vielleicht träumt er gerade die Illusionen einer Zikade oder die eines Kakerlaken? Wäre es nicht denkbar, dass er das eine oder andere in einem früheren Leben war?«

Marcel sah sie zweifelnd an: »Woher willst du wissen, dass und was Zikaden und Kakerlaken träumen?«

Cécile blieb ernst, wie der »Kleine Prinz«, wenn er von den Geschehnissen auf seinem Asteroiden erzählte: »Wissen tue ich es nicht. Aber meine Fantasie sieht es, und die ist wichtiger als Wissen, sagte Albert Einstein.«

Cecile legte den Kopf nachdenklich zur Seite und fuhr fort: »Ich stelle mir einfach meine Kinderzeit vor. Aus der Perspektive von ›Klein-Cécile‹ höre ich schärfer mit dem Herzen; ich sehe leichter neben Elefanten in Riesenschlangen auch entrückte Zikaden und die Illusionen von Kakerlaken.«

Cécile wartete auf eine Reaktion von Marcel; der schwieg.

»Ich muss doch nur wollen und fest daran glauben. Geht es dir nicht auch so, mein fliegender Poet?«

Cecile strich Marcel nochmals über die Haare, blickte aber sinnend in meine Richtung.

»Was für eine kluge Frau«, war denn auch mein letzter Gedanke, bevor mich paradiesische Träume aus dem Hier in das noch schönere Reich der Tiere entführten.

EPILOG

Den ungezählten Kommentatoren zu Ausprägungen der Esoterik im Internet sei Dank. Ohne deren praktische Erfahrungen mit alternativen Heilmethoden, besonders die des »Synergetik-Institut« wäre dieser Roman nicht entstanden. Der Respekt vor den philosophischen Altmeistern der Reinkarnation, Pythagoras und Platon, verpflichtete zu anstrengenden Ausflügen in die Esotherik. Die Leser mögen die Herausforderungen ob der Begegnungen mit den Wahrheiten des Lebens verzeihen.

Der Autor glaubte nicht an Wiedergeburt. Doch beim Schreiben dieses Buches waren ihm Zweifel gekommen. Fortan schaute er behutsamer vor sich hin und setzt auch heute noch jede Schnecke auf die Seite. Man weiß ja nie, ob man nicht eine Wiedergeburt von Napoleon Bonaparte, Antoine de Saint-Exupéry oder Sir Charlie Douglas vor sich hat.